中国艺术研究院基本科研业务费院级学术研究项目

项目编号：2021-1-9

新时代优秀文艺作品理论初探

A PRELIMINARY THEORETICAL EXPLORATION OF THE EXCELLENT LITERARY AND ARTISTIC WORKS IN THE NEW ERA

鲁太光 · 著

新时代文艺理论研究丛书

BOOKS OF RESEARCH ON LITERARY AND ARTISTIC THEORIES IN THE NEW ERA

文化藝術出版社
Culture and Art Publishing House

图书在版编目（CIP）数据

新时代优秀文艺作品理论初探 / 鲁太光著. —北京：
文化艺术出版社，2024.6
（新时代文艺理论研究丛书）
ISBN 978-7-5039-7629-2

Ⅰ. ①新… Ⅱ. ①鲁… Ⅲ. ①文艺评论—中国—当代
Ⅳ. ①I206.7

中国国家版本馆CIP数据核字（2024）第103493号

新时代优秀文艺作品理论初探

著　　者　鲁太光
责任编辑　魏　硕
书籍设计　李　响　姚雪媛
出版发行　文化艺术出版社
地　　址　北京市东城区东四八条52号　（100700）
网　　址　www.caaph.com
电子邮箱　s@caaph.com
电　　话　（010）84057666（总编室）　84057667（办公室）
　　　　　84057696—84057699（发行部）
传　　真　（010）84057660（总编室）　84057670（办公室）
　　　　　84057690（发行部）
经　　销　新华书店
印　　刷　国英印务有限公司
版　　次　2024年6月第1版
印　　次　2024年6月第1次印刷
印　　张　11.5
字　　数　220千字
开　　本　880毫米×1230毫米　1/32
书　　号　ISBN 978-7-5039-7629-2
定　　价　68.00元

总序

习近平总书记在哲学社会科学工作座谈会上的讲话中明确指出，坚持以马克思主义为指导，是当代中国哲学社会科学区别于其他哲学社会科学的根本标志；坚持以马克思主义为指导，核心要解决好为什么人的这个哲学社会科学研究的根本性、原则性问题。习近平总书记强调，我国哲学社会科学要有所作为，就必须坚持以人民为中心的研究导向。

中国艺术研究院是我国唯一一所集艺术研究、艺术教育、艺术创作、非物质文化遗产保护和文化艺术智库为一体的国家级综合性学术机构。中国艺术研究院要认真贯彻落实习近平总书记的重要讲话精神。

首先，做真学问。真学问就是以人民为中心的学问，就是有情怀、求真知、守真理、为人民的学问。全院学者需心系人民、用心用情，努力以高质量的艺术研究成果服务于人民日益增长的美好生活需要。

其次，要做大学问。全院要从国之大者的高度认识艺术研究，开展艺术研究，不能将艺术研究变成一己喜好、杯水风波。我们鼓励个人研究与国家需要相结合，鼓励专家学者既立足现实又眼光长远，努力以高质量的艺术研究成果助力中国式现代化，助力中华民族伟大复兴。

再次，要做有根的学问。一是从中华文明的“突出特性”，特别是“连续性”出发，认识中国，认识中国艺术，努力把马克思主义基本原理同中国具体实际、同中华优秀传统文化相结合，建设中华民族现代文明，推进艺术研究工作。二是要从中国艺术研究院的学术传统出发，赓续好“前海学派”的学术精神、学术作风、学术方法，以中国艺术学“三大体系”建设为抓手，力争在重点领域取得突破性成果。

“新时代文艺理论研究丛书”以习近平文化思想为指导，在反复研读习近平总书记文艺工作重要论述的基础上，精选党领导文艺的经验研究、新时代人民文艺论述研究、新时代优秀文艺作品理论研究、新时代文艺批评研究、新时代文艺市场发展和治理研究五个专题，既进行理论探讨，也对一些重要文艺现象、作品进行评析，总结党在领导文艺工作的不同阶段，特别是党的十八大以来，创造性运用马克思主义基本原理解决文艺问题时进行的探索、取得的成果、凝萃的经验，以及对中国特色社会主义新时代文艺工作的指引作用。应该说，这是一套具有较高质量的学术丛书，是学习习近平文化思想的初步收获。

今年是习近平总书记《在文艺工作座谈会上的讲话》发表10周年。在这个特殊的年份出版这套丛书，既是献礼，也是为了表达我们的心声：我们将继续努力，以高质量的艺术研究服务人民、服务国家。

周庆富

2024年4月15日

目录

下编　中外优秀作家的创作道路与启示

绪　论

新时代需要优秀文艺作品

2014年10月15日，习近平总书记在北京主持召开文艺工作座谈会，在听取与会作家、艺术家代表的意见之后，发表重要讲话。

习近平总书记《在文艺工作座谈会上的讲话》是中国化马克思主义文艺理论的崭新成果，是党和国家文艺史上的标志性文献。在《在文艺工作座谈会上的讲话》中，习近平总书记从“实现中华民族伟大复兴需要中华文化繁荣兴盛”“创作无愧于时代的优秀作品”“坚持以人民为中心的创作导向”“中国精神是社会主义文艺的灵魂”“加强和改进党对文艺工作的领导”五个方面[①]，对我国社会主义文艺发展状况进行了整体研判，对取得的成绩进行了高度肯定，对存在的问题进行了深入剖析，对发展方向进行了科学指引。这五个方面是一个有机整体，相互联系，层层推进，不可偏废，更不可割裂理解。然而，如果抱着精细研究、认真落实的目的，则可以从某一角度切入，对其进行深入、细致的专题阐释。笔者就带着这样的问题意识，进行学习、思考。经过学习，笔者发现，《在文艺工作座谈会上的讲话》的一个极其重要的主题，甚至是最重要的主题，就是优秀文艺作品问题，即吁请、指引广大文艺工作者在中

① 习近平：《在文艺工作座谈会上的讲话》，《人民日报》2015年10月15日。

国特色社会主义新时代创作出越来越多的优秀文艺作品，尤其是体现社会主义核心价值观的优秀文艺作品，为实现中华民族伟大复兴这一艰难而又壮丽的事业注入强劲的精神动力与情感能量。在一定程度上甚至可以说，《在文艺工作座谈会上的讲话》五个部分中的其他四个部分，都是围绕着第二部分“创作无愧于时代的优秀作品”展开的：第一部分从实现中华民族伟大复兴的高度，强调创作优秀文艺作品的重要性，第三、第四、第五三个部分，从不同的角度出发，强调创作优秀文艺作品的条件，即创作优秀文艺作品要坚持以人民为中心的导向、立足中国精神，加强和改进党对文艺工作的领导——其中包括文艺评论问题，即“切实加强文艺评论工作”[①]。

之后，习近平总书记就文艺工作又发表系列重要论述，对新时代文艺工作做了更系统、细致的部署，优秀文艺作品始终是其核心议题。

习近平总书记对创作优秀文艺作品问题的重视可谓空前，他首次将创作优秀文艺作品问题提到战略性高度予以强调。首先，《在文艺工作座谈会上的讲话》单列一部分，拿出五分之一的篇幅专门讨论这个问题，从文章格局上看，在党和国家领导人关于文艺工作的重要论述中，这是第一次。不仅如此，《在中国文联十大、中国作协九大开幕式上的讲话》中，《在中国文联十一大、中国作协十大开幕式上的讲话》中，习近平总书记依然浓墨重彩地强调这个问

① 习近平：《在文艺工作座谈会上的讲话》，《人民日报》2015 年 10 月 15 日。

题。其次，《在文艺工作座谈会上的讲话》从“衡量一个时代的文艺成就最终要看作品”[①]这个角度出发，展开论述优秀文艺作品的重要性，进而对什么是优秀文艺作品、优秀文艺作品的作用、影响优秀文艺作品创作的主要障碍、如何创作优秀文艺作品等关键问题作了全面、深刻的讲解，理论思考之周到、细腻，在党和国家领导人关于文艺工作的重要论述中，也是第一次。之后，习近平总书记还多次就这一问题展开论述，可谓思之深，言之切。最后，如上文所说，在某种意义上，习近平总书记“讲话”的主旨就是鼓励广大文艺工作者创作出无愧于时代、无愧于人民的优秀文艺作品。一位党和国家领导人从如此“专业”的角度论述文艺问题，并将其放在国家整体战略布局中思考，这在党和国家的文艺政策史上更是第一次。这提醒我们：新时代需要优秀文艺作品。

一言及此，一系列问题浮现出来：我们为什么需要优秀文艺作品？我们需要什么样的优秀文艺作品？我们的优秀文艺作品创作情况如何？我们该怎么办？本书就是要对上述问题，特别是前两个问题进行集中研究，其他问题，则间接回应。由于进入这一论域的路径很多，仁者见仁，智者见智。能力所限，笔者只能从自己擅长的角度切入进行“简论”，希望能对推动新时代优秀文艺作品创作有所助益。

对笔者而言，这只是开始。路漫漫其修远兮，吾将上下而求索。

---

① 习近平：《在文艺工作座谈会上的讲话》，《人民日报》2015 年 10 月 15 日。

上编

我们为什么需要优秀文艺作品

其实，就像任何时代的人都需要空气和阳光一样，任何时代的人也都需要优秀文艺作品，因为内在于其中的美也是空气与阳光：精神的空气与阳光。就像道德与逻辑一样，美对于人也是必不可少的。不过，对于今天的我们来说，除上述回答外，还有更为具体的内容：优秀文艺作品是解决我国社会主要矛盾的需要，优秀文艺作品是实现中华民族复兴的需要，优秀文艺作品是社会主义文艺发展的内在要求。

第一章

解决我国社会主要矛盾
需要优秀文艺作品

一

新时代为什么需要优秀文艺作品，关于这个问题，可以从不同的维度切入回答。笔者以为，其中一个重要的原因，也是最直接的原因，就是文艺，特别是优秀文艺作品是满足人民日益增长的美好生活需要的必要因素，也就是说，是解决新时代我国社会主要矛盾的内在要求。

党的十九大报告提出，“中国特色社会主义进入新时代，我国社会主要矛盾已经转化为人民日益增长的美好生活需要和不平衡不充分的发展之间的矛盾。我国稳定解决了十几亿人的温饱问题，总体上实现小康，不久将全面建成小康社会，人民美好生活需要日益广泛，不仅对物质文化生活提出了更高要求，而且在民主、法治、公平、正义、安全、环境等方面的要求日益增长。同时，我国社会生产力水平总体上显著提高，社会生产能力在很多方面进入世界前列，更加突出的问题是发展不平衡不充分，这已经成为满足人民日益增长的美好生活需要的主要制约因素”①。这一科学论断，是当前和今后一个时期我们认识中国问题、研究中国问题、解决中国问题的理论依据之一。从这个前提出发，文艺问题就不只是单纯的业务问题，还是事关解决中国特色社会主义新时代主要矛盾这一系统工程中的一个有机环节，即构建好中国话语和中国叙事体系，创作出越来越多的优秀文艺作品，讲好中国故事、塑好中国形象、树好中国精神、传好中国情感，是解决中国特色社会主义新时代主要矛盾的必然要求和可行之举。

二

之所以这样讲，首先是因为“人民日益增长的美好生活需要和不平衡不充分的发展之间的矛盾”中，一个突出的问题，就是物质生产发展与精神生产发展，与文艺创作、生产发展之间的不平衡不充分问题。具体地说，历经革命、建设、改革三个阶段，经过胼手胝足的努力，能干、肯干、敢干、善干的中国人民，在社会主义经济建设方面取得巨大成就，物质生产取得极大进步。据有关研究显示，2018 年，我国 GDP 达到 90 万亿元，按不变价计算，比 1952 年增长 175 倍，年均增长 8.1%，折合 13.6 万亿美元，占世界经济总量的 16%，稳居世界第二位。而且，由于我国经济增长率比美

① 习近平：《决胜全面建成小康社会，夺取新时代中国特色社会主义伟大胜利》，载《习近平谈治国理政》第三卷，外文出版社 2020 年版，第 9 页。

国高 1 倍以上，国际研究机构普遍预测，我国经济总量将在 10 年后超过美国。① 虽然由于疫情、国际贸易壁垒等不利因素影响，经济增速有所下降，但 2023 年我国 GDP 仍达到 1260582 亿元，比 2018 年有了较大幅度的增长。② 随着中国经济发展，人民物质生活也得到了极大改善。我们仅以粮食安全为例对此加以说明。新中国成立后，"谁来养活中国"就是西方一些政治家和学者关注的问题。比如，1949 年美国国务卿就说："中国人口在十八、十九世纪里增加了一倍，因此使土地受到不堪负担的压力。人民的吃饭问题是每个中国政府必然碰到的第一个问题。一直到现在，没有一个中国政府使这个问题得到解决。"③1995 年，美国世界观察研究所所长莱斯特・布朗在他对中国未来进行预测的《谁来养活中国》一书中旧调重弹，认为由于水和土地资源禀赋有限，中国要想养活日益增长的人口，将被迫进入国际粮食市场，而中国到国际市场采购必然会引发通货膨胀，从而抬高粮价，使得世界上更贫困的地区退出国际粮食市场，因此将加剧全球性贫困。④ 然而，事实胜于雄辩，在中国共产党的领导下，中国人民苦干加巧干，发挥了极大的能动

---

① 参见林兆木《新中国 70 年经济社会发展伟大成就》，《宏观经济管理》2019 年第 9 期。

② 《中华人民共和国 2023 年国民经济和社会发展统计公报》，国家统计局官网，2024 年 4 月 24 日查询。随着国家宏观调控进一步发挥作用，高质量发展不断得到巩固、推进，我国经济将继续回升向好。

③ 林兆木：《新中国 70 年经济社会发展伟大成就》，《宏观经济管理》2019 年第 9 期。

④ Lester R. Brown, *Who Will Feed China?: Wake-Up Call for a Small Planet*, New York: W. W. Norton & Company, 1995.

性，新中国成立后，逐步解决了“吃饱”的问题，改革开放后，又逐步解决了“吃好”的问题，使上述“预言”一一落空。据统计，从2004年起，我国粮食总产量实现十二连增，2018年粮食产量达13158亿斤，全国近14亿人口人均944斤，超过世界平均水平，而且农、林、牧、副、渔全面发展，为中国从温饱到小康提供了坚实保障。对此，联合国粮农组织前任总干事达席尔瓦先生给予高度评价，他说：“中国用仅占世界9%的可耕地和6.4%的淡水资源，养活了世界近1/5人口”，“为全球‘减贫减饥’作出了突出贡献。”[①] 随着脱贫攻坚成果巩固发展，相信中国在这方面的成绩将会更加亮丽出色——当然，这需要更加实事求是、耐心细致的工作，需要付出大量心血。笔者举上面的例子，并不是说中国经济发展不存在问题，而只是想提醒我们注意，中国经济发展取得上述成绩是多么的不容易，我们几乎是在一穷二白的基础上建成了一个相对发达的社会主义现代化国家。这也提醒我们，一定要珍惜这来之不易的局面，力促中国社会良性发展。

在中国物质文明取得巨大成就的过程中，中国的精神文明，包括文化生产、文艺创作等也取得了重要进展，特别重要的是，坚持以马克思主义为指导，坚守中华文化立场，立足当代中国现实，结合当今时代条件，发展面向现代化、面向世界、面向未来的，民族的科学的大众的社会主义文化，探索出了一条中国特色社会主义

---

① 林兆木：《新中国70年经济社会发展伟大成就》，《宏观经济管理》2019年第9期。

文化发展道路。据有关研究显示，得益于国家政策的支持、鼓励、引导，近年来，我国文艺产品日益丰富。影视与网络文艺方面，“1979 年生产故事影片 67 部。2017 年生产电视剧 310 部 13310 集，电视动画片 83599 分钟。生产故事影片 798 部，科教、纪录、动画和特种影片 172 部。互联网时代创新了文艺观念和文艺形态，创造主体大众化。截至 2017 年年底，全国网络文学创作队伍约 1400 万人，重点文学网站的原创作品总量达 1646.7 万种。网络文学改编为影视、网游与动漫等新文艺形式，形成网络文艺与网络文娱产业，影响力已辐射至海外”①。文学创作成绩也相当亮眼，仅就中国当代文学作品出版数量来看，“可以说是世界上数一数二”，“我们现在就长篇小说这个门类，这一年就将近五千种长篇小说”，而“新中国成立到 1977 年”，将近 30 年，“我们总共只有 423 部长篇小说”，所以现在一年的产量是“过去 30 年的十倍”。不只在数量方面是这样，中国当代文学在观念、题材、形式等方面也都锐意探索，多元发展，取得了不俗的成绩。②

不过，实事求是地看，虽然中国当代文艺生产、创作取得了较大成绩，但与物质生产方面所取得的成绩相比，显然还有一定差

① 欧阳雪梅：《改革开放 40 年中国文化建设的成就》，《国家行政学院学报》2018 年第 6 期。笔者汇总了国家广播电视总局办公厅公示的 2023 年 12 个月全国拍摄制作电视剧备案数据，2023 年全国共拍摄制作电视剧 486 部，15665 集。此外，据《国家广播电视总局办公厅关于 2023 年度全国国产电视动画片制作发行情况的通告》，2023 年全国审查通过发行的国产电视动画片共 345 部。这两项数据，比 2017 年又有了显著增长。国家广播电视总局官网，2014 年 4 月 24 日查询。

② 参见吴义勤《中国文学 40 年》，中国作家网 2018 年 10 月 17 日。

距。跟人民群众对美好生活的需要，特别是对美好文艺生活的需要相比，差距则更明显，成为制约解决中国特色社会主义新时代主要矛盾的短板。其中最主要的就是优秀文艺作品问题，即尽管自新中国成立以来，我国在文艺创作、生产等方面取得了长足进展，但在优秀文艺作品方面，我们却很难这样说。而且，与五四新文化运动时期相比，与社会主义革命、建设时期相比，与改革开放的新时期特别是前期相比，21 世纪以来，我们在优秀文艺作品创作方面似乎遭遇瓶颈，精品力作相对较少。是的，我们现在不再像中华人民共和国刚刚成立的时期那样，面临的是产品数量较少，供应不足，人民群众无书可读、无戏可看的问题。相反，我们现在不仅文艺产品数量巨大，而且文艺形式繁多，特别是随着现代传播技术的进步，人民群众接受文艺作品变得极其便捷，拥有一部智能手机几乎就能满足阅读、收听、观看等基本的文艺需求。然而，在看到文艺产品极大丰富、文艺传播极其便捷这些优点的同时，我们也应该看到文艺产品质量相对不高、优秀文艺作品数量相对较少的问题。不说其他文艺形式，仅看影视作品，虽然一年生产、播出那么多，但我们也应该问问：这么多作品，有多少给观众留下了深刻印象呢？更进一步说，既叫好又叫座的又有多少呢？说老实话，答案恐怕不怎么乐观。我们如果再追问一句，这么多作品，有多少译制到国外了呢？或者，译制到国外了，接受程度如何？它们是“走出去”了，但“走进去”了吗？即走进海外观众心中，成为他们认识中国的载体了吗？对于这个问题的回答，恐怕要更加谨慎乐观。

这应该是习近平总书记《在文艺工作座谈会上的讲话》中一方

图 1-1　普希金像

面肯定改革开放以来“我国文艺创作迎来了新的春天，产生了大量脍炙人口的优秀作品”，同时也指出“在文艺创作方面，也存在着有数量缺质量、有‘高原’缺‘高峰’的现象，存在着抄袭模仿、千篇一律的问题，存在着机械化生产、快餐式消费的问题”[①]的一个原因吧！

而且，值得特别指出的是，文艺作品与物质产品最大的区别之

---

① 习近平：《在文艺工作座谈会上的讲话》，《人民日报》2015 年 10 月 15 日。

一，就是文艺作品尤其强调质量问题，强调以质取胜，而无法像一般物质产品那样，只要质量合格，就可以标准化设计，批量生产，靠数量取胜。我们甚至可以说品质是作品的生命。一部优秀的文艺作品，影响力胜过一千部一万部一般的作品，影响力更是千年万年，甚至不朽。更不要说那些粗制滥造、低级趣味的作品，只能朽化人的心灵，降低人的审美判断力、道德判断力，乃至人的感受力，起到无穷的坏作用。

这就是为什么到今天，我们阅读老子、孔子、庄子、屈原的作品，阅读李白、杜甫、白居易的作品，阅读辛弃疾、关汉卿、曹雪芹的作品，阅读鲁迅、郭沫若、茅盾的作品，阅读柳青、赵树理、路遥的作品，依然能够被他们吸引，依然能够感到他们的生命气息，感到他们好像还活在我们中间一样，尽管他们已经离开了我们，有的已经离开了我们几百年、上千年。这也是为什么我们阅读普希金、托尔斯泰、陀思妥耶夫斯基、别林斯基、车尔尼雪夫斯基的作品，阅读司汤达、巴尔扎克、雨果的作品，阅读歌德、席勒、海涅的作品，阅读惠特曼、马克·吐温、福克纳的作品，阅读卡夫卡、乔伊斯、普鲁斯特、马尔克斯的作品，阅读一切世界文艺大家的作品时，深深地为他们所塑造的世界、刻画的人物、讲述的故事、传达的情感、讲授的哲学打动的原因，即使他们远在异国他乡，离我们有千里万里，有漫长的时光。

只要弄清楚这一点，我们就会明白优秀文艺作品的重要性，就不会再为我们在数量上所取得的成绩而太过高兴——高兴是应该的，但不应长久沉浸其中，甚至因此忽略问题，而是应该直面问题，静下心来，甚至是横下心来，思考、解决创作优秀文艺作品的问题。说老实话，“高峰”之作需要天时、地利、人和，其产生具有一定的偶然性，但优秀文艺作品是可以创作出来的，只要我们够用心、努力，而且随着优秀文艺作品数量增多，量变可促进质变，为“高峰”奠基。

三

除了精神生产与物质生产之间不平衡不充分的发展之外，城乡之间不平衡不充分的发展，也是制约人民日益增长的美好生活需要的重要问题。在现代社会体系中，城市日益居于中心地位，农村则退居边缘地位，城市与农村之间在生产发展水平、经济收入水平、消费水平、社会保障能力等方面，差距相当巨大。据国家统计局官网显示：2023 年度，我国人均可支配收入 39218 元，城镇居民人均可支配收入 51821 元，农村居民人均可支配收入 21691 元，城市是农村的 2.39 倍。居民人均消费支出 26796 元，城镇居民人均消费支出 32994 元，农村居民人均消费支出 18175 元，城市是农村的 1.81 倍。[①] 可见，虽然随着国家脱贫攻坚战略的实施，农村经济有所发展，农民生活有所改善，在人均可支配收入、人均消费支出方面，城乡差距也有一定缩小，但二者间的差距，依然肉眼可

---

① 《中华人民共和国 2023 年国民经济和社会发展统计公报》，国家统计局官网，2024 年 4 月 24 日查询。两个倍数是笔者根据数据计算的。

见。① 与之相对应，在公共文化产品供给方面，这种差距也十分明显。客观地说，对于生活在城市，尤其是北京、上海、广州、深圳等发达城市的市民来说，文化产品、文艺作品供应不是核心问题——核心问题是产品质量问题，但对广大农村地区而言，不仅产品质量是急需解决的问题，产品数量也是急需解决的问题。

我们以在农村文娱活动中占首要地位的电视剧为例来说明这个问题。② 随着中国物质生产发展，中国农民收入增高，农村公共文化设施不断普及，据国家统计局官网数据，2018 年，农村电视人口覆盖率达 99%。③ 也就是说，“硬件”已不是制约农村文化消费、享受的主要因素。然而，“硬件”问题解决了，“软件”问题却远没有解决，即根据农村地区实际打造、创作的文化产品、文艺作品却

① 笔者也查阅了 2019 年的数据，据《中华人民共和国 2019 年国民经济和社会发展统计公报》，2019 年度，我国人均可支配收入 30733 元，城镇居民人均可支配收入 42359 元，农村居民人均可支配收入 16021 元，城市是农村的 2.64 倍。国民人均消费支出 21559 元，城镇居民人均消费支出 28063 元，农村居民人均消费支出 13328 元，城市是农村的 2.11 倍。国家统计局官网，2024 年 4 月 24 日查询。

② 据财政部科教文司、华中师范大学全国农村文化联合调研课题组调研显示，农民在劳动之余从事较多的 5 种文娱活动分别是看电视（27.35%）、打牌（12.69%）、读书看报（11.15%）、下棋（7.25%）、听广播（7.11%）。参见《中国农村文化建设的现状分析与战略思考》，《华中师范大学学报（人文社会科学版）》2007 年第 4 期。现在，这种情况应该有了一定变化，“看手机”的人多了，但看电视依然有代表性。

③ http：//data.stats.gov.cn/easyquery.htm?cn=C01&zb=A0Q0B&sj=2018。广播 / 电视节目综合人口覆盖率指根据原国家新闻出版广电总局制定的《广播电视人口覆盖率统计技术标准和方法》进行统计调查的，在对象区内能接收到由中央、省、地市或县通过无线、有线或卫星等各种技术方式转播的各级广播 / 电视节目的人口数占全国总人口数的百分比。

相当匮乏。例如，2018 年，在央视收视排名前 30 名的热播剧中，都市情感、家庭题材依旧占据最大的比重（33%），而农村题材仅占 7%。[①]2018 年之前几年的数据也不怎么理想，有研究者通过对原国家新闻出版广电总局发布的《国家电视剧发行许可证》数据进行整理发现：2014 年，农村题材电视剧 27 部，在全部 429 部电视剧中，占比为 6.29%；2015 年，农村题材电视剧 15 部，在全部 394 部电视剧中，占比为 3.81%；2016 年，农村题材电视剧 14 部，在全部 334 部电视剧中，占比为 4.19%。[②] 我们当然不能想当然地认为农村观众就一定喜欢看农村题材的电视剧，就像我们不能想当然地认为都市观众就一定喜欢看都市题材的电视剧一样——别忘了，“陌生化”是文学艺术的一个基本原则，也是人们喜欢文学艺术的一个内在原因。但无论如何，在有广袤农村地区、广大农村人口的中国，[③] 在农民主要的文化消费品电视剧中，农村题材作品占比如此之低，是一个值得重视的问题。无论如何，这是城市和农村间文化发展不平衡、不充分的一个十分明显的例证。

更为重要的是，对农村地区文化生产、文艺创作的轻忽，不仅严重影响着农村地区的文化供应，而且影响着整个国家文化发展，

---

① 参见尹鸿《2019 中国电视剧产业发展报告》，中文互联网数据资讯网 http：//www.199it.com/archives/874800.html，2019 年 5 月 14 日。

② 参见胡岳《当前中国农村题材电视剧创作现状、问题及发展思路》，《东南传播》2017 年第 7 期。

③ 据国家统计局官网，2019 年，中国有城镇人口 84843 万人，乡村人口 55162 万人。在城镇人口中，有相当数量的农民工。http：//data.stats.gov.cn/easyquery.htm?cn=C01&zb=A0301&sj=2019。

影响着优秀文艺作品的创作。农村题材的电视剧作品之所以少，一个重要的原因就是随着城市化发展和社会变迁，农村人口尤其是有文化的农村人才流失严重，而缺乏农村文化背景的创作者，面对着复杂深刻、瞬息万变的"三农问题"，无力把握，无处入手，因而很难写出反映新时代农村生活、表现新时代农民情感与诉求的作品。久而久之，恶性循环，农村和农民成为被中国文艺"遗忘的角落"。或者，出于收视率考虑，农村和农民成为被曲解的对象，成为任人打扮的他者。

但实际上，我们必须跳出农村和农民问题看待中国农村和中国农民。历史地看，不要说中国农民是中国革命的主力军，为建立中华人民共和国做出了巨大贡献，就是自中华人民共和国成立以来，特别是改革开放以来，中国农村社会的巨大变迁，也是中国社会发展的一个极其悲壮而又伟大的面向。在这个过程中，中国农民付出了极大的努力，甚至是牺牲，支持了中国的现代化、城镇化，既是中国由穷而富、由富而强的参与者，也是中国由穷而富、由富而强的见证者，即中国农民既是中国革命、建设、改革这一波澜壮阔的历史正剧的重要"剧中人"，也是其最重要的"剧作者"之一。正是由于这个原因，我们党和国家才高度重视农业、农村、农民问题，坚定不移地实施乡村振兴战略，自 2004 年以来，中央一号文件连续多年聚焦"三农"问题，脱贫攻坚更是将"三农"问题提升到新时代中国特色社会主义事业成败高度。党的二十大报告更是作出了"全面建设社会主义现代化国家，最艰巨最繁重的任务仍然在农村”[①]的科学判断，进而提出乡村振兴战略。说句良心话，在这个历史进程中，中国的文学艺术不能缺席。令人欣慰的是，这几年，有关部门已有所行动，中国作家协会全力打造的“新时代山乡巨变创作计划”就是一名牌行动，引人注目。目前，这一创作计划正处于推进之中，可以想见，会遭遇一些困难，也会产生一些问题，但只要用心思考，用情创作，长期坚持，一定会有收获。

值得注意的是，我们必须看到，在这一山重水复、柳暗花明、一波三折、艰难前行的历史进程中，中国农民也在不断地改造着自己、锻炼着自己、提升着自己、发展着自己，使自己不但努力跟上时代的步伐，而且融入时代的大合唱，甚至引领时代的节奏。在这个过程中，农民的心理变化十分丰富，性格活动十分活跃，人物形象十分饱满。也就是说，在创作有关中国农民的文艺作品时，我们不仅要看到一颗颗“传统心”，更要看到一颗颗“现代心”；不仅要看到一颗颗“乡愁心”，更要看到一颗颗“希望心”；不仅要看到一颗颗“农民心”，更要看到一颗颗“中国心”。换句话说，这亿万颗心灵的嬗变，是现代中国发生、发展的必要条件，是实现中华民族伟大复兴中国梦的必要条件。因此，在对其进行考察时，我们不仅要着眼于百年来中国农村社会变迁的具体历史实践，更要着眼于百年来中国社会变迁的历史必然性，并进而揭示这种历史必然性与无数中国农民本身——人自身——发展的丰富的内在关系。只要

① 习近平：《高举中国特色社会主义伟大旗帜，为全面建设社会主义现代化国家而奋斗》，载《习近平著作选读》第一卷，人民出版社 2023 年版，第 25 页。

弄清楚了这一点，我们就会知道，在中国农村蕴含着多么丰富的文艺素材，活跃着多少历史的“剧中人”与“剧作者”，闪烁着多么美丽的心灵。只要将这些内容完美地呈现出来，我们就能创作出优秀的文艺作品，不仅能够满足广大中国农民的美好生活需求，而且能够满足广大城市市民的美好生活需求。因为，这不只是“农村故事”“农民故事”，更是“中国故事”。

实际上，在这个方面，我们有一些成功的案例和经验。由张永新执导，中央电视台、山东影视传媒集团（山东电影电视剧制作中心）等单位联合出品，2014 年 9 月 17 日央视一套一经首播即引发热议的电视剧《马向阳下乡记》，就是一个很好的案例。在这部电视剧中，我们所关注的当然是“马向阳”，但又主要不是他，而是经由他“介绍”，一个接一个，次第出现在观众们面前的大槐树村的父老乡亲们：能力超群、心思缜密、自私自大、精明执拗而又不乏德望的“二叔”，大气彪悍、刀子嘴豆腐心、心念全村、“保护”丈夫的李云芳，调皮捣蛋、心地善良、真性情、有担当、敢爱敢恨的小宝，慈爱、厚道、公正的奶奶，精于算计、小自私、爱虚荣、拿着鸡毛当令箭的会计梁守业……这些人物一出场一行动，整个大槐树村甚至整个中国乡村的“戏”就活了。通过这出“小戏”，我们又看到了一场现实中国的“大戏”——心灵“大戏”：要想实现中国式现代化，要想实现乡村振兴，我们还要闯多少关呀，特别是心灵关，这一关闯不过去，现代化难。这才是这部电视剧火爆的真正原因：这不是一个村庄，而是一个村庄里的中国。因而，这也不是一个村庄的故事，而是一个村庄里的中国故事。

由孔笙、孙墨龙执导，黄轩领衔主演，张嘉益、闫妮、黄觉、姚晨、陶红、王凯特别出演，2021 年 1 月一经播出就火遍大江南北的脱贫攻坚剧《山海情》，也是一个典型的成功案例。在这部电视剧中，几乎每一个人——他们的一言一语、一举一动——都能深深地打动观众，引发深刻的心灵共鸣。之所以如此，是因为他们追求美好生活的梦想与中华民族伟大复兴的中国梦紧密契合，可以说水乳交融。笔者分析剧中一个并非主角的人物——水花——的例子，进行说明。

其实，水花的故事感人的秘密就隐藏在她的名字中。我们都知道，这部剧是以宁夏西海固为背景的，这个地方的气候特点之一是干旱，这在相当程度上影响了当地人民的美好生活需求。知道了这个背景，就知道“水花”这个名字本身就是一个美丽的梦想——什么时候她的生活中才能有“水花”呢？如果有了“水花”，她家的生活可能就不会那么贫穷，她的父亲也就不可能为了一头驴、两只羊、两笼鸡的彩礼把她“卖”到邻村，先是让她失去了美好的爱情，继而又失去了美好的生活——她的丈夫在给她打水窖、找“水花”时遭遇塌方事故，导致双腿残疾，所有生活的重担都压在她一个人肩上。理解了水花生存困境的由来，就可以理解吊庄移民、易地搬迁，建设闽宁镇对于她的意义——就是为了找到滋润生活的“水花”，这当然能感动她、激发她。这就是吊庄移民刚刚开始，遭遇村民质疑，困难重重时，她毅然决然地带上残疾的丈夫、年幼的女儿和全部家当，长途跋涉，奔赴闽宁的原因：她在这一行动中看到了“水花”，看到了给她希望的“水花”。所以，水花的故事既十分具体，高度个性化，又极度浓缩，具有象征意义。可以说，她的故事虽然像一滴水，却反映了整个太阳的光辉。

我知道，这样的作品创作难度大，但真正有价值的事哪有不难的！

四

阶层之间不平衡不充分的发展，也是制约人民日益增长的美好生活需要的障碍。随着改革开放向纵深发展，中国经济社会也经历了深刻变革。这一变革有力地推动了中国的现代化进程，为中华民族伟大复兴注入了强劲的动力。但我们也必须看到，这一变革也带来了一些深层次的问题，比如，中国社会分层问题。有研究者从经济周期变动的视角来观察这个问题，认为从 1991 年到 2000 年前后，中国的改革和社会转型，可以说是由一个经济周期作为基础的。[①]1991 年的经济增长率达 9.2%，对比 1989 年的 4.1%、1990 年的 3.8%，呈现了明显的复苏势头。1992 年年初邓小平南方谈话后，10 月召开的中共十四大明确提出以建立社会主义市场经济作为改革目标。主要由于投资拉动，1992 年经济增长率跃升至 14.2%，达到本轮周期的最高点。之后缓慢下滑，到 1998 年以后陷入所谓“七上八下”的局面（1998 年 7.8%，1999 年 7.6%，

① 参见祝东力《两个周期内的中国——1990 年代初以来经济社会与思想简评》，《文化纵横》2014 年第 4 期。

2000 年 8.4%，2001 年 8.3%），经济全面紧缩，1997 年 7 月爆发的亚洲金融危机稍后波及中国，进一步加剧了这一进程。与本轮经济周期重叠的是国有企业的大规模改革。1993 年 11 月，中共中央做出《关于建立社会主义市场经济体制若干问题的决定》，明确提出国有企业改革的方向是建立现代企业制度，使国有企业成为市场竞争主体。随着本轮经济周期进入衰退期，大批国有企业陷入困境，1997 年年底，全国国有及国有控股大中型工业企业的亏损面达 39.1%。在国有企业改革中，大批中小企业关停并转，造成大量职工下岗，[①] 更为严重的是，由于 90 年代后期经济衰退加剧，农村剩余劳动力进入城市第二、三产业的通道被阻塞，同时，乡镇企业陷入困境，继而进行产权制度改革，集体所有制企业大多改为私营企业，农村贫富分化。世纪之交，这些因素叠加在一起，导致“三农”问题爆发，成为公共议题。在这一系列叠加效应影响下，传统“两个阶级一个阶层”（工人阶级、农民阶级、知识分子阶层）的社会结构发生深刻变动，乃至解体、重组，新的社会结构初步形成。

2002 年年初，陆学艺主编的《当代中国社会阶层研究报告》一书问世，引发强烈社会反响。该著以组织资源（权力）、经济资源（资本）、文化资源（知识）占有状况作为划分社会阶层的标准，把当代中国社会分为 10 个阶层：国家与社会管理者、经理人员、

① 参见吕政、黄速建主编《中国国有企业改革 30 年研究》，经济管理出版社 2008 年版，第 134、139 页。据中国劳动力市场信息网监测中心数据显示：1998 年至 2000 年，全国国有企业下岗职工共 2137 万人，主要集中在老工业基地和经济欠发达地区，东北三省占 25%。

私营企业主、专业技术人员、办事人员、个体工商户、商业服务业员工、产业工人、农业劳动者、无业失业半失业者。[①] 以后 4 个社会阶层为基础，中国社会产生了一个比较庞大的“底层”。这一研究成果告诉我们，既要重视经济建设，也要重视社会建设，否则，经济建设与社会建设“一条腿长一条腿短”，势必会影响中国经济社会长远发展，影响中国转型升级，影响中华民族伟大复兴事业。

党的十九大报告指出中国社会主要矛盾已转变为人民日益增长的美好生活需要和不平衡不充分的发展之间的矛盾，既直面现实，又高屋建瓴。为解决这一矛盾，党的十九大报告从“五位一体”总体布局出发进行了系统部署，特别强调增进民生福祉是发展的根本目的，因而要“坚持在发展中保障和改善民生”，“必须多谋民生之利、多解民生之忧，在发展中补齐民生短板、促进社会公平正义，在幼有所育、学有所教、劳有所得、病有所医、老有所养、住有所居、弱有所扶上不断取得新进展，深入开展脱贫攻坚，保证全体人民在共建共享发展中有更多获得感，不断促进人的全面发展、全体人民共同富裕”。[②] 可见，补民生短板、社会短板，实现共同富裕，是全面建成小康社会的应有之策。

要解决这个问题，需多领域、多层次、多环节共同发力。文化

---

① 参见陆学艺主编《当代中国社会阶层研究报告》，社会科学文献出版社 2018 年版，第一部分《当代中国社会阶层研究报告》。

② 习近平：《决胜全面建成小康社会，夺取新时代中国特色社会主义伟大胜利》，载《习近平谈治国理政》第三卷，外文出版社 2020 年版，第 18—19 页。

建设、文艺创作也是其中的一项重要任务，即“满足人民过上美好生活的新期待，必须提供丰富的精神食粮”①。在与教育、文化、卫生、体育领域专家代表座谈时，习近平总书记更是明确提出，“推动高质量发展，文化是重要支点；满足人民日益增长的美好生活需要，文化是重要因素；战胜前进道路上各种风险挑战，文化是重要力量源泉”②。

在这个方面，各阶层之间文化资源供给的不平衡、不充分，是一个值得重视的问题。具体来说，与其他社会阶层相比，由商业服务业员工、产业工人、农业劳动者、无业失业半失业者等组成的“底层”在文化服务、文艺生活方面，存在着资源相对不足的问题。对此，我们仅以农民工的文化状况、文艺需求为例进行说明。据国家统计局官网《2019 年农民工监测调查报告》，“2019 年农民工总量达到 29077 万人，比上年增加 241 万人，增长 0.8%”。而且，这个人口庞大的群体正在努力融入所在城市的生活，调查报告指出，进城农民工对所在城市的归属感有所提高，“40% 认为自己是所居住城市的‘本地人’，比上年提高 2 个百分点”。由于该调查报告没有农民工文化资源方面的数据，因而我们无法对其进行准确描述，但其中农民工参加各类组织活动的数据，或许能够为我们提供一些有益的参考。该调查报告显示，“在进城农民工中，

① 习近平:《决胜全面建成小康社会，夺取新时代中国特色社会主义伟大胜利》，载《习近平谈治国理政》第三卷，外文出版社 2020 年版，第 34 页。

② 习近平:《在教育文化卫生体育领域专家代表座谈会上的讲话》，新华网 2020 年 9 月 22 日。

27.6% 参加过所在社区组织的活动，比上年提高 1.1 个百分点，其中，3.9% 经常参加，23.7% 偶尔参加”。[①] 这个数据虽然有所增长，但 27.6% 的参与率，怎么也不能说高，而且，3.9% 的经常参与率，更发人深省。再具体到文化活动，其比率只能更低。尤其值得重视的是，有研究指出，“近年来，农民工中的新生代群体越来越受到广泛关注。不仅因为他们在数量上开始超过传统农民工——大约占外出农民工的六成以上；而且新生代农民工基本特征、观念及精神风貌等与传统农民工存在很大差异。新生代农民工生活环境、受教育和职业技能培训水平，及对新生事物的敏锐度等方面相对传统农民工均有明显优势。他们具有更强烈的城市化动力，希望融入城市生活，更希望获得尊重与认可。因此，新生代农民工需求层次结构也由生存型向发展型转变，追求由物质生活向精神层面拓展，需要丰富多彩的文化产品满足他们的精神文化需求。与此同时，他们对社会安全感、公平感、满意感、信任感等社会评价则处于相对消极状态，开始萌发强烈的权利意识”[②]。也就是说，如果我们能够正视并妥善解决这一问题，这一群体可能是中国下一波经济与文化发展的强大推动力。反之，则有可能成为中国下一波经济与文化发展的洼地。

而且，就像我们上文谈到农村、农民问题时所说的一样，这个

① 《2019 年农民工监测调查报告》，国家统计局官网 http：//www.stats.gov.cn/tjsj/zxfb/202004/t20200430_1742724.html，2020 年 4 月 30 日。

② 任珺、王为理：《农民工城市公共文化产品供给探析》，《江汉学术》2014 年第 5 期。

庞大的群体不仅是中国现代历史的“剧中人”，也是“剧作者”；不仅是文艺作品尤其是优秀文艺作品的需求者，也是优秀文艺作品的重要来源。因此，保障这个群体的文化供给，提升这个群体的文化意识，甚至深入这个群体，创作反映他们生活与梦想的优秀文艺作品，应纳入日程。文艺工作应以优秀作品为解决我国社会主要矛盾助力。

五

实际上，由于这个群体的文化需求长期得不到重视、满足，他们已开始行动，自己去满足这一需求，尽管还只有少部分人这么做。其中一个重要现象，就是许多在城市打工的底层劳动者我手写我心，进行文艺创作，特别是诗歌创作，表达自己的心声，特别是对美好生活追求的心声，听到、理解这一心声，能够加深我们对这个问题的理解。为此，笔者想通过对邬霞的诗歌《吊带裙》的解读来谈谈这个问题。

不过，在正式解读之前，我们还是先读一读邬霞的这首诗吧：

吊带裙[①]

包装车间灯火通明

---

① 邬霞：《吊带裙》，太白文艺出版社 2019 年版，第 3—4 页。

我手握电熨斗
集聚我所有的手温

我要先把吊带熨平
挂在你肩上不会勒疼你
然后从腰身开始熨起
多么可爱的腰身
可以安放一只白净的手
林荫道上
轻抚一种安静的爱情
最后把裙裾展开
我要把每个皱褶的宽度熨得都相等
让你在湖边　或者草坪上
等待风吹
你也可以奔跑　但
一定要让裙裾飘起来　带着弧度
像花儿一样

而我要下班了
我要洗一洗汗湿的厂服
我已把它折叠好　包装好
吊带裙　它将被运出车间

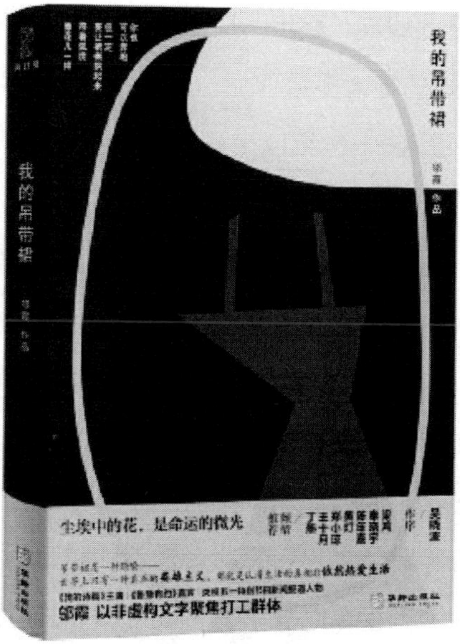

图 1-2 邬霞《我的吊带裙》书影

走向某个市场　某个时尚的店面
在某个下午或晚上
等待唯一的你

陌生的姑娘
我爱你

邬霞，四川内江人，生于1982年。14岁时，这个中途辍学的女孩——现也早已为人妻、为人母了，南下深圳，和母亲一起，在同一家工厂打工，做制衣厂女工。后波波折折，不断跳槽，但跳来跳去，尽管竭尽全力，还是没能“跳出”打工的生活，还是靠打工生活。[①]

笔者阅读了她的绝大多数作品，觉得《吊带裙》不仅是她最好的作品，而且是进入21世纪以来最好的诗歌之一，因为这首诗不仅讲述了她自己的故事，讲述了她自己的追求，讲述了她自己的梦想，也讲述了无数打工者的故事、追求与梦想，因而是一首关于中国梦的诗歌。

这首诗的意义层次比较丰富，下面笔者抽丝剥茧，一一道来。

首先，这首诗讲的是劳动者创造了价值，创造了美——吊带裙，而价值、美又与她分离的故事。这是马克思主义理论的一个核心观点，其后果则是异化——劳动者创造的越多，失去的就越多，最后连自己的身体和灵魂也会失去，会变得扭曲、畸形、单向度、不健全。按照马克思主义的观点，应该反思、批判、反抗。毋庸讳言，邬霞的这首诗中包含着这样的想法——“她”那被汗水浸湿的厂服和这件美丽的吊带裙之间形成的巨大反差，也让我们意识到这样的想法可以理解。

但这首诗最打动我们的，却不是这一点，而是诗人的化恨为爱。正是这一点，使这首诗的情感和美学得到了升华。试想，如果把诗歌的最后一句“我爱你”改成“我恨你”，则这首诗就不是诗了。之所以如此，一方面，是因为今天的中国毕竟不同于马克思、

---

① 2022年，邬霞出版了非虚构作品集《我的吊带裙》（华龄出版社），比较细致地讲述了自己的打工经历，讲述了自己的情感故事，讲述了自己的梦想与追求，为我们解读她的诗歌，提供了一个很好的副本。

恩格斯笔下的资本主义社会——在那里，资本与劳动的确壁垒分明，截然对立。在我们这里，固然存在着劳动与资本的对立，但我们正在努力化解这一问题，正在想方设法“驯服”资本。这为情感转化提供了社会学基础。另一方面，也是更重要的，恰恰在这里，展示了中国普通劳动者的胸怀，展示了“她”的朴实与博大，展示了“她”的厚道。尽管自己“集聚所有手温”——情感与劳作，创造的吊带裙——爱与美的化身，被“陌生的姑娘”拿走了，但“她”依然爱她。这让我们——包括“陌生的姑娘”在内的每一位“陌生的他者”——反思：我们怎样才能对得起这句“我爱你”呢？我们怎样才能让生活中的“对立”少一些，和谐多一些，合作多一些，让像邬霞这样的普通劳动者说“我爱你”时更从容呢？这就是情感的力量之所在，这也是美的力量之所在，更是文学艺术的奥妙之所在——见常人之所不见，发常人之所不发。有时，“爱”的确是比“恨”更强大的力量。

更重要的是，诗歌中的“陌生的姑娘”到底是谁呢？这是解读这首诗的关键。毫无疑问，这里的“陌生的姑娘”首先是一位“她者”——没有“她”，叙事无法展开。“她”拥有美丽的吊带裙，拥有美好的爱情，拥有美好的生活。这多么令人羡慕啊！但这里的“陌生的姑娘”同时也是诗人自己，甚至是无数渴慕拥有美好爱情、美好生活的普通劳动者。更具体地说，是邬霞和“她”的伙伴们灵魂出窍了——“她们”的灵魂离开了“她们”的身体，离开了“她们”的厂房，穿上“吊带裙”，来到了“湖边”，来到了“草坪上”。“她们”的“腰身”上安放着“一只白净的手”，“轻抚一种安静的爱情”。看呀，“她们”奔跑起来了，裙裾飘飘，带着弧度，“像花儿一样”。说到底，这个“陌生的姑娘”是未来的诗人，对她对未来生活的想象。

这就是中国梦，普通劳动者的中国梦。中国梦当然是民族梦、国家梦，是一个宏大的梦想，但又是每一个中国人的梦想。或者说，只有每一个中国人，特别是普通劳动者的中国梦实现了，作为中华民族国家梦想的中国梦，才能够更成功、更美丽、更动人。

这方面，既是文学艺术的胜场所在，也是文学艺术的职责所在。

第二章

实现中华民族伟大复兴需要优秀文艺作品

一

优秀文艺作品不仅是满足我国人民日益增长的美好生活需要，特别是精神生活需要，解决我国社会主要矛盾的必要资源，而且是提高中华民族文化品质，丰富中国人民精神内涵，美化中国人民心灵世界，增强中华文明底蕴，提升文化软实力，进而实现中华民族伟大复兴的重要依托。

对此，习近平总书记的论述十分明确。《在文艺工作座谈会上的讲话》中，他明确指出："一个民族的复兴需要强大的物质力量，也需要强大的精神力量。没有先进文化的积极引领，没有人民精神世界的极大丰富，没有民族精神力量的不断增强，一个国家、一个民族不可能屹立于世界民族之林。"这就是说，"没有中华文化繁荣兴盛，就没有中华民族伟大复兴"。[①] 习近平总书记还从历史与现实状况出发，阐述了这一观点。他指出："中华民族有着强大的文化创造力。每到重大历史关头，文化都能感国运之变化、立时代之潮头、发时代之先声，为亿万人民、为伟大祖国鼓与呼。中华文化

① 习近平：《在文艺工作座谈会上的讲话》,《人民日报》2015 年 10 月 15 日。

既坚守本根又不断与时俱进，使中华民族保持了坚定的民族自信和强大的修复能力，培育了共同的情感和价值、共同的理想和精神。”[①] 这段话清晰地展现了中华文化，尤其是优秀文艺作品与中华民族命运共同体形成、现代人民国家建设、民族精神发展间密不可分的关系。回顾近代以来的文艺史，我们可以说，优秀文艺作品在中国从沉沦到崛起、从崛起到奋进，即在中华民族伟大复兴的漫长而艰难的历程中发挥了不可或缺的作用。我们甚至可以说，中国文艺是与现代中国一起浴火重生、凤凰涅槃的。这不仅决定了其独特的内容，而且形塑了其艺术形式与美学精神。

自近代以来，文艺就是欲扭转中国社会颓势的一些先行者唤醒民族魂魄、点亮精神灯火的必要手段。在这方面，梁启超论小说与群治之关系的“棒喝说”，可谓经典论述。在他看来，由于小说——当时最重要的文艺形式——具有“支配人道”的巨大力量，所以，“欲新一国之民，不可不先新一国之小说。故欲新道德，必新小说；欲新宗教，必新小说；欲新政治，必新小说；欲新风俗，必新小说；欲新学艺，必新小说；乃至欲新人心，欲新人格，必新小说。何以故？小说有不可思议之力支配人道故”[②]。由此开启了“小说界革命”。这一潮流潜延至“五四”时期，终于蔚为大观，成为现代中国诞生的文明催化剂。

---

① 习近平：《在文艺工作座谈会上的讲话》，《人民日报》2015 年 10 月 15 日。

② 梁启超：《论小说与群治之关系》，载林文光选编《梁启超文选》，四川文艺出版社 2009 年版，第 165 页。

为了全面认识文艺在现代中国诞生中的重要作用，有必要回顾一下胡适、陈独秀、鲁迅等五四新文化运动主将的相关论述。胡适《文学改良刍议》的核心观念就是“文学进化之理”，即文学随时代变迁，“一时代有一时代之文学”，因而现代中国必然需要现代文学。正是从这一理论前提出发，他才提出改良文学的“八事”：须言之有物、不摹仿古人、须讲求文法、不作无病之呻吟、务去滥调套语、不用典、不讲对仗、不避俗字俗语。[①] 胡适的论述虽然客观平和，但感时忧国之心却明白可见。陈独秀则更为决绝激进，他借鉴欧洲文明经验，检讨中国失败教训，指出“盘踞吾人精神界根深底固之伦理道德、文学艺术诸端，莫不黑幕层张，垢污深积”，因而“单独政治革命所以于吾之社会，不生若何变化，不收若何效果也”，为此必须发动文学革命，开发文明利器，为此他“愿拖四十二生的大炮，为之前驱”。[②] 鲁迅关于文艺的看法，虽然讲究辩证，但无论如何，他始终坚信“文艺是国民精神所发的火光，同时也是引导国民精神的前途的灯火”，而且，正因为二者之间是“互为因果”的，所以他才疾呼我们的作家要“取下假面，真诚地，深入地，大胆地看取人生并且写出他的血和肉来”，即要创造“一片崭新的文场”，要“有几个凶猛的闯将”！[③]

由于时间阻隔，我们很难真切体验这些前驱发出上述摩罗之声

① 参见胡适《文学改良刍议》，《新青年》第二卷第五号，1917 年 1 月 1 日。

② 陈独秀：《文学革命论》，《新青年》第二卷第六号，1917 年 2 月 1 日。

③ 鲁迅：《论睁了眼看》，载《鲁迅全集》第一卷，人民文学出版社 2005 年版，第 254—255 页。

时的孤独与坚毅，但毫无疑问，我们今天仍然享受着他们创造的精神财富。如果没有这些先驱者的远见卓识，没有他们的勉力践行，没有他们投入全部心力的创作，使新文化运动在初期便创造出了大量的优秀文艺作品，乃至以鲁迅小说、杂文为代表的“高峰”之作，使中国现代文艺自开始便达至巅峰，我们无法想象我们今天生活的空间——物质空间与精神空间。这就是说，如果没有五四新文化运动，我们无法想象现代中国的诞生。在这个意义上，我们说，正是新文化运动，以文学的方式，为中国带来了现代民族国家意识，带来了现代人文精神，带来了现代美学理念，并最终带来了共产主义学说，将中国人民从沉睡多年的“铁屋子”中唤醒，使他们奋力打破这“铁屋子”，走上了追求独立、民主、自由、富强的现代道路。也正是在这一过程中，一批文艺大家、思想大家应运而生，为民族独立、人民觉醒而上下求索、啼血疾呼，一篇篇、一部部优秀文艺作品横空出世，使原本寥落的夜空群星闪烁，照亮了暗淡的夜晚，点燃了国人的心火。我们可以想象，如果没有胡适透辟说理的《文学改良刍议》，没有陈独秀勇猛决绝的《文学革命论》，没有鲁迅反抗绝望的小说、杂文，没有郭沫若天马行空的浪漫新诗，没有茅盾透视现代中国社会性质的现实主义长篇力作《子夜》，没有这些现代文学大家与他们的同道一起，像盗取天火的普罗米修斯一样，为中国盗来现代文艺，盗来现代文明之火、理想之火、信仰之火，中国还要在漫漫长夜中迷失、彷徨更长的时间。

正因为如此，毛泽东同志才以“五四”为分界线，将中国文化战线或思想战线划分为“两个不同的历史时期”，“在‘五四’以前，中国文化战线上的斗争，是资产阶级的新文化和封建阶级的旧文化的斗争”，“‘五四’以后则不然。在‘五四’以后，中国产生了完全崭新的文化生力军，这就是中国共产党人所领导的共产主义的文化思想，即共产主义的宇宙观和社会革命论”，而且，“由于中国政治生力军即中国无产阶级和中国共产党登上了中国的政治舞台，这个文化生力军，就以新的装束和新的武器，联合一切可能的同盟军，摆开了自己的阵势，向着帝国主义文化和封建文化展开了英勇的进攻”。经过艰苦奋斗，“这支生力军在社会科学领域和文学艺术领域”，“都有了极大的发展”。“这个文化新军的锋芒所向，从思想到形式（文字等），无不起了极大的革命”，“而鲁迅，就是这个文化新军的最伟大和最英勇的旗手”。[①] 这就是说，在毛泽东同志看来，文艺是改造中国的一支现代“新军”。

也正因为如此，在《在纪念五四运动100周年大会上的讲话》中，习近平总书记才特别强调它的文化意义，强调它在发现青年及蕴于其中的力量的意义，“五四运动前后，我国一批先进知识分子和革命青年，在追求真理中传播新思想新文化，勇于打破封建思想的桎梏，猛烈冲击了几千年来的封建旧礼教、旧道德、旧思想、旧文化。五四运动改变了以往只有觉悟的革命者而缺少觉醒的人民大众的斗争状况，实现了中国人民和中华民族自鸦片战争以来第一次全面觉醒。经过五四运动洗礼，越来越多中国先进分子集合在马克

---

① 毛泽东：《新民主主义论》，载《毛泽东选集》第二卷，人民出版社1991年版，第696—698页。

思主义旗帜下”，更为重要的是，“通过五四运动，中国青年发现了自己的力量，中国人民和中华民族发现了自己的力量。中国人民和中华民族从斗争实践中懂得，中国社会发展，中华民族振兴，中国人民幸福，必须依靠自己的英勇奋斗来实现，没有人会恩赐给我们一个光明的中国。历史深刻表明，只要中国人民和中华民族勇于为改变自己的命运而奋斗牺牲，我们的国家就一定能够走向富强，我们的民族就一定能够实现伟大复兴”！①

的确，就像《国际歌》所唱的：“从来就没有什么救世主，也不靠神仙皇帝，要创造人类的幸福，全靠我们自己。”没有任何人会“恩赐”给我们一个光明的国家、一种光明的生活、一条光明的道路。这一切全靠我们自己——人民，靠我们“发现”自己，进而“发现”自己的力量和未来。实现这一目标，离不开文化，离不开优秀文艺作品。这是新文化运动给予我们的最可宝贵的精神遗产和最大的思想启示。

随着中国革命形势发展，随着现代中国在千回百转中艰难向前，中国新文艺也相应地发展着，以毛泽东同志 1942 年在延安举行文艺座谈会并发表讲话为标志，中国新文艺进入新的历史阶段，开创了以工农兵为主体的人民文艺、社会主义文艺的新道路、新方向。在这一过程中，一批革命文艺、人民文艺经典破土而出，唤醒中国、震撼世界。其中，最璀璨的是中国革命文艺的双子星《黄河

① 习近平：《在纪念五四运动 100 周年大会上的讲话》，《人民日报》2019 年 5 月 1 日。

大合唱》和歌剧《白毛女》。在《黄河大合唱》的旷古希声中，我们感到那九曲盘旋、纵贯中国的，不再是流动的黄水，而是涌动着的黄色巨人、崇高的精神流体。在这黄色巨人督促下，在这精神感召下，我们看到，中国的山水都要站立起来，中国的草木都要站立起来，中华民族的每一个儿女都要站立起来，中国因此而站立起来。在歌剧《白毛女》中，一曲《北风吹》，让我们尝尽黑暗的旧中国的寒凉、无情、残酷，而那曲《太阳出来了》，则让我们感知到觉醒的中国人民砸碎囚禁他们千年的镣铐的决心和迎接新生的欢欣、幸福、敞亮。无数这样的优秀文艺作品汇成一股情感的巨流、思想的巨流、精神的巨流，成为告别旧中国、创造新中国的绵长心力。多少中华儿女就是在这革命文艺、人民文艺旋律的鼓舞下投身革命，奋斗终身的啊。我们可以说，正是在革命文艺、人民文艺激荡起的民族、民主精神激发下，照耀下，创造了人类历史却又被长期遮蔽的人民大众，尤其是占中国人口绝大多数的贫苦农民才第一次登上历史舞台，进而登上文艺的历史舞台，并成为主角之一——中国革命，以及其后社会主义革命、建设的生力军。

在《〈黑格尔法哲学批判〉导言》中，马克思告诉我们："批判的武器当然不能代替武器的批判，物质力量只能用物质力量来摧毁；但是理论一经掌握群众，也会变成物质力量。理论只要说服人[ad hominem]，就能掌握群众；而理论只要彻底，就能说服人[ad hominem]。所谓彻底，就是抓住事物的根本。而人的根本就是人本身。”[①]实际上，就中国革命的经验来看，理论之所以能够说服人，为人所信仰，除了其彻底性，除了能够“抓住事物的根本”外，还要采取合适的形式，或者说，需要完美的载体。而其时最完美的载体就是文艺，或者说，经过无数革命文艺家努力，文艺成为革命理论的精美“外衣”，引人关注、引人共情、引人思考、引人行动，也就是说，通过革命文艺，尤其是优秀的革命文艺作品，共产主义理想才能流入人心，成为他们自觉的认识、行动，即转化成为改造世界的“物质力量”。这也再次提醒我们，文艺绝非书斋里的苦思冥想，而是和无数的人、无穷的远方有关，是使美丽情感、清明智慧、强劲思想融入大地的绝佳载体。

从这个意义上，我们可以说中国社会主义革命之所以取得胜利，中国社会主义建设之所以取得巨大成就，离不开革命理论的转化，离不开文艺作品，尤其是优秀文艺作品所发挥的无声而巨大的转化作用。正是由于这个原因，我们党才始终高度重视文艺工作，将其作为社会主义事业的有机组成部分。正是由于这个原因，毛泽东同志将文艺工作者称为“文化军队”，称赞其“帮助了中国革命”。[②]也正是由于这个原因，习近平总书记才从我国和世界发展大势出发，站在中华民族伟大复兴的高度思考文艺问题，鼓励、督促作家、艺术家做时代的先觉者、先行者、先倡者，“通过更多有

---

① ［德］马克思：《〈黑格尔法哲学批判〉导言》，载中共中央马克思恩格斯列宁斯大林著作编译局编译《马克思恩格斯文集》第一卷，人民出版社 2009 年版，第 11 页。

② 毛泽东：《在延安文艺座谈会上的讲话（一九四二年五月）》，载《毛泽东选集》第三卷，人民出版社 1991 年版，第 847 页。

筋骨、有道德、有温度的文艺作品，书写和记录人民的伟大实践、时代的进步要求，彰显信仰之美、崇高之美，弘扬中国精神、凝聚中国力量，鼓舞全国各族人民朝气蓬勃迈向未来。”即通过文艺“举精神之旗，立精神之柱、建精神家园”。[①]

在改革开放的社会主义新时期，文艺依然在凝心聚力，使全体中国人民围绕着社会主义经济建设这个中心任务，同心同德，共同奋斗方面，发挥了极其重要的作用。借用一个形象的说法，文艺是新时期的迎春曲，不仅在对“伤痕”的反思中，逐渐打碎了思想坚冰，使人们重新正视现实，重新思考中国的命运，重新擘画中国的未来，而且密切关注时代脉动，真情礼赞改革先锋，出现了以蒋子龙的中短篇小说《机电局长的一天》《乔厂长上任记》、柯云路的长篇小说《新星》、张洁的长篇小说《沉重的翅膀》等为代表的“改革文学”代表作，为那些披荆斩棘前进的改革勇士、斗士唱出了一支支赞歌，极大地振奋了时代精神，也使自己与经济战线上的开拓者一起，成为改革先锋。

随着改革向纵深发展，我们的文艺也努力开掘新的空间。在耗尽全部心血创作的长篇小说《平凡的世界》中，路遥怀着对普通劳动者的无尽深情，写下了以孙少安、孙少平兄弟为代表的普通劳动者在改革开放过程中遭遇的艰难、挫折、汗水、泪水，写下了他们生命不息奋斗不已的进取精神，以及他们在奋斗中的收获与喜悦，

---

① 习近平：《在文艺工作座谈会上的讲话》，《人民日报》2015 年 10 月 15 日。

也为他们的命运而眼含泪水，痛苦思考，深深地抚慰了一代代普通劳动者的心灵，使他们能够以饱满的热情继续迎接新的生活，新的挑战，乃至新的失败。而路遥本人，也因其“像牛一样劳动，像土地一样奉献”的人生哲学与实践，成为时代的楷模。再如，歌曲《在希望的田野上》，在轻快的旋律、爽朗的词曲中，把改革开放给中国人民带来的幸福生活和美好心情淋漓尽致地歌唱出来，脍炙人口、一纸风行，开一代新风。

在《在中国文学艺术工作者第四次代表大会上的祝辞（一九七九年十月三十日）》中，邓小平倡导文艺工作者“应当在描写和培养社会主义新人方面付出更大的努力，取得更丰硕的成果。要塑造四个现代化建设的创业者，表现他们那种有革命理想和科学态度、有高尚情操和创造能力、有宽阔眼界和求实精神的崭新面貌。要通过这些新人的形象，来激发广大群众的社会主义积极性，推动他们从事四个现代化建设的历史性创造活动”①。新时期，尽管声音多元、探索多样、情势多变，但客观看，广大文艺工作者却较好地完成了这一历史重托。其中甘苦，值得深味。

简单回顾一下中国现代文艺史，就会发现，就像习近平总书记在《在文艺工作座谈会上的讲话》中所指出的那样，每到重大历史关头，中国文艺都能感时忧国、有所作为，成为凝聚中国人民共

---

① 邓小平：《在中国文学艺术工作者第四次代表大会上的祝辞（一九七九年十月三十日）》，载《邓小平文选（一九七五——一九八二年）》，人民出版社 1983 年版，第 181—182 页。

识、激发中华民族心志的重要载体。现在中华民族又到了转型升级的关键时刻，文艺也面临新的挑战。

二

回顾中国近代以来的历史，特别是文艺史，就会发现文艺之所以在中国革命、建设、改革历程中发挥了那么大的作用，产生了那么深的影响，赢得了那么多的荣誉，一个极其重要却被相对忽视的原因就是文艺在创造、传达共同价值方面发挥了独一无二的作用。梳理一下这条线索，对于理解今天文艺在民族复兴事业中的作用不无裨益。

我们都知道，五四新文化运动的口号是民主和科学，即当时形象的提法“德先生”和“赛先生”，可以说，这就是那个时候的共同价值和思想主题。这一共同价值和思想主题，是陈独秀首先响亮地提出来的。1919年1月15日，他在《新青年》第六卷第一号上发表《本志罪案之答辩书》，指明社会上一些人士

图 2-1　《新青年》书影

之所以非难《新青年》非难新文化运动，是因其“拥护那德英克拉西（Democracy）和赛因斯（Science）两位先生”，进而明言：“要拥护那德先生，便不得不反对孔教，礼法，贞节，旧伦理，旧政治。要拥护那赛先生，便不得不反对旧艺术，旧宗教。要拥护德先生又要拥护赛先生，便不得不反对国粹和旧文学”。[①] 由此可知，陈独秀所言“德先生”并非狭义的作为政治制度的民主，而是泛指民主观念和民主精神，是一种与封建伦理道德和专制制度相对立的精神；而其所言“赛先生”并非狭义的自然科学研究，而是指科学精神或科学思想；因而“德先生”加“赛先生”就是主张自由平等和个性解放的民主精神与反对愚昧落后和迷信盲从的科学精神的合题，是“可以救治中国政治上道德上学术上思想上一切的黑暗”的必由之途，是他们“断头流血，都不推辞”地去追求的共同价值。[②]

“德先生”和“赛先生”在当时之所以具有这么大的号召力，成为凝聚中华民族精神、意志的共同价值，一个重要原因在于虽然辛亥革命推翻了封建王朝统治，却并未涤荡封建统治留给中国的专制与愚昧的千年痼疾，封建统治形散神不散，阴魂游荡，中国近代以来的诸多灾难皆源于此，中国难以抬脚走现代化道路也皆因有此两条绊马索。为此，揭出专制与愚昧的病痛，就是走向民主与科学的第一步，而这也果然成了新文化运动的主题，想一想著名的“科

---

① 陈独秀：《本志罪案之答辩书》，《新青年》第六卷第一号，1919 年 1 月 15 日。
② 陈独秀：《本志罪案之答辩书》，《新青年》第六卷第一号，1919 年 1 月 15 日。

玄论战”便知端倪。

其时的文艺，更是致力于提炼、传播、活化这一主题。读了鲁迅的中篇小说《药》，我们便知专制之害有多深、愚昧之毒有多烈——华老栓、华小栓明明是专制统治的受害者，可他们不仅不理解、同情即使牺牲也要解救他们的革命者夏瑜，还要花钱找关系，“买”牺牲者的鲜血治痨病，这就是愚昧的可怕之处，而这愚昧又是专制的恶果。一念及此，我们便于心底憎恶专制与愚昧，亲近“德先生”“赛先生”。可以说，鲁迅的创作大都是为了反专制与愚昧、迎民主与科学而作，想一想他的《狂人日记》封建社会吃人的断语，想一想他的“我们今天怎样做父亲”的辛苦追问，想一想他的“我之节烈观”的犀利抨击，想一想他的《娜拉走后怎样》的冷静剖析，我们便知其创作之真义。何止鲁迅，这简直是那时所有作家倾注精力书写、揄扬的主题。想一想巴金的长篇小说《家》中那在深宅大院中如花朵般尚未绽放就枯萎的生命，我们便能理解这一主题。想一想老舍的长篇小说《骆驼祥子》中祥子那日益松懈的肉身和委顿的精神，我们便能理解这一主题。想一想曹禺的话剧《雷雨》中周家那如乌云般积聚的矛盾，如闪电般曝光的秘密，以及在这矛盾与秘密中日益病态、发疯的人物，我们便能理解这一主题。正是在这样持续不断的书写中，封建专制不仅形散而且神散，“德先生”“赛先生”终于如亲友一样，进入中国人的生活。

如果说民主和科学是新文化运动及之后一个时期的思想主题和共同价值，那么随着形势发展，特别是随着战争与革命形势发展，（民族）独立与（人民）解放逐渐上升为 20 世纪 20 年代之后中国最为重要的思想主题和共同价值，其具体表征是共产主义逐渐在新文化运动各种学说的百家争鸣中一鸣惊人、一枝独秀，成为思想主潮。早在1920年7月31日，在《发起文化书社》中，毛泽东同志就表达了寻找“新文化”的心声，指出不但在其时的湖南，就是全中国、全世界一样尚没有新文化，“一枝新文化小花，发现在北冰洋岸的俄罗斯。几年来风驰雨骤，成长得好，与成长得不好，还依然在未知之数”，因而，“如何可使世界发生一种新文化”，就成为大家“公负的责任”。[①] 但随着1921年7月中国共产党成立，随着中国共产党成立后领导的系列革命行动，随着艰苦卓绝、九死一生的长征胜利，中国共产党和红军在延安站稳脚跟，随着中国共产党不仅在军队、政治、经济建设等方面取得显著成绩，而且在思想、文化、理论建设方面逐渐成熟，那枝孤悬海外的“新文化小花”，不仅在中国落地，而且次第怒放。由此，独立和解放就继民主和科学之后，上升为其时令人瞩目的思想主题。

就像文艺是“德先生”和“赛先生”在中国落户的得力助手一样，文艺同样是独立意识和解放精神在中国遍地开花、深入人心的载体。我们上文已经分析过歌曲《黄河大合唱》和歌剧《白毛女》的贡献，现在，我们再分析几个不那么宏大的作品，以为例证。为了呼应独立与解放的时代主题，当时的一些文艺形式发生了有意味的变革、创新，比如“鼓点诗”就是适应战时环境而出现的一种诗

---

① 毛泽东：《发起文化书社》，载中共中央文献研究室、中共湖南省委《毛泽东早期文稿》编辑组编《毛泽东早期文稿》，湖南人民出版社2013年版，第449页。

歌形式。田间的名篇《假使我们不去打仗》就以无比直白的诗句告诉其时的中国人："假使我们不去打仗，/ 敌人用刺刀 / 杀死了我们，/ 还要用手指着我们骨头说：/ '看，/ 这是奴隶！'"[①] 简明的诗句对应着险峻的时局，撞击出强劲的诗意。茅盾的散文《白杨礼赞》中那挺拔的白杨就是求民族独立、人民解放的先锋形象，也预示着求得民族独立、人民解放后的中国形象。西方木刻版画和中国深厚的年画传统在延安的革命氛围中化合，迎来版画运动，涌现了彦涵、古元、力群等一批优秀的版画家，创作了《豆选》《割草》《离婚诉》等一大批为民族独立、人民解放而鼓与呼的作品，一把刻刀、一块木板，刻出了最生动的中国形象、最分明的中国风骨。陕北民歌，这原本层累了历代农民辛苦、寄寓着他们微茫心愿，辛酸又高亢的下里巴人曲调，经历革命文艺改造，化辛酸为甜美，变自嘲为自豪，使空想成理想，像燎原炬火，顺风生长，点燃陕北，点燃中国，唱响了"东方红"，唱出了新生活。值得一提的是，独立与解放的主题并未压抑民主与科学的主题，而是吸纳、升华之，使之成为自己的内在要素，这也体现在文艺中。比如赵树理的中篇小说《小二黑结婚》所讲述的就不只是爱情自由、婚姻自主的故事，也不只是破除迷信、反对封建的故事，而是在小芹和小二黑的爱情故事中寄寓了民族独立、人民解放的深刻愿景，故而动人。这一趋势在社会主义革命和建设时代的文艺中得到更为鲜明的

---

① 田间：《假使我们不去打仗》，载《田间》，人民文学出版社 2006 年版，第 21 页。

呈现。这一时段的文艺作品，塑造了许多愚公式的人物，其要搬除的，不只有阻碍中国人民实现民族独立、人民解放目标的“大山”，还有阻碍中国人民追求民主、科学，实现美好、自由生活的目标的“大山”。

进入新时期后，随着国际、国内局势的演变，特别是和平与发展成为“世界上真正大的问题，带全球性的战略问题”①，成为决定世界历史和人类命运走向的两大问题，经过艰难探索，中国共产党明确社会主义的本质是“解放生产力，发展生产力，消灭剥削，消除两极分化，最终达到共同富裕”②。基于这一思考，党中央做出了“把全党工作的重心转到实现四个现代化上来的根本指导方针”③，确立党在社会主义初级阶段的基本路线，改革和发展成为思想主题和共同价值。中国人民解放思想、实事求是、同心同德、团结一致，努力赶上时代，实现了中华人民共和国成立以来党的历史上具有深远意义的大转折。

这一时期的文艺作品与民族同行，为时代放歌，为改革和发展提供了强大的精神动力。徐迟的报告文学《哥德巴赫猜想》以一滴水反映整个太阳光辉的方式告诉人们，科学的春天是怎样来到中国

---

① 邓小平：《和平和发展是当代世界的两大问题（一九八五年三月四日）》，载《邓小平文选》第三卷，人民出版社 1993 年版，第 105 页。

② 邓小平：《在武昌、深圳、珠海、上海等地的谈话要点（一九九二年一月十八日——二月二十一日）》，载《邓小平文选》第三卷，人民出版社 1993 年版，第 373 页。

③ 邓小平：《解放思想，实事求是，团结一致向前看（一九七八年十二月十三日）》，载《邓小平文选》第二卷，人民出版社 1983 年版，第 130 页。

又是怎样滋润中国大地的，以文学的方式告诉人们科学技术是第一生产力，告诉人们改革和发展离不开科学技术，离不开科技工作者倾情奉献。何士光的《乡场上》、高晓声的《李顺大造屋》等小说，以细腻的笔触描绘出在长期贫困和极端政治压抑下渐趋麻木的人们如何在改革和发展新风吹拂下，渐渐苏醒、活跃起来，画出了改革时代亿万人民的心电图，进而告诉人们，改革事关国家命运，发展事关人民福祉。歌曲《春天的故事》《走进新时代》则在美丽的旋律中荡漾时代脉搏。

上述梳理让我们看到文艺在创造、传扬共同价值，推动中国革命、建设、改革中发挥了多么重要的作用，一个问题也随之提出：在今天，在中国特色社会主义新时代，在中华民族伟大复兴的关键时刻，文艺又该如何作为呢？客观地看，尽管在经济、社会发展等方面，尤其在物质财富方面，今天比历史上任何时期都宽裕得多、从容得多，但在创造、传扬共同价值方面，问题却复杂得多，困难得多。这有多方面的原因，在笔者看来，有两个原因尤其不容忽视。首先是随着中国改革进入深水区，经济高速发展，但也出现了一些新问题，如社会阶层分化、断裂，与之伴生，人们的价值观日趋多元，认同也日益多样，社会分众化趋势越来越明显，这也是党的十九大报告认为进入中国特色社会主义新时代后我国社会主要矛盾是人民日益增长的美好生活需要和不平衡不充分的发展之间的矛盾的一个主要原因。在这样的情况下，如何寻找、凝聚共识，或者说，如何在尊重差异的基础上形塑一种更加包容但也更有说服力、向心力的共同价值、思想主题，显得尤为重要。更进一步，如果说

“复兴”是近代以来中华民族、中国人民面对的总主题，那么民主与科学、独立与解放、改革与发展可谓新文化运动时期、中国革命与建设时期、改革开放时期这一总主题的阶段性主题，那么，今天我们能否像前人那样创造性地提出类似主题，并以文学艺术为其赋格？这对我们的思想能力和美学能力来说都是一大挑战。[①]

其次，随着生产力发展，特别是科学技术进步，对文化、文明提出了更高要求，对生产关系、社会结构提出了更高要求。按照马克思主义基本原理，生产力和生产关系是左右社会发展的两大基础条件，生产力是决定性因素，“每一历史时代主要的经济生产方式和交换方式以及必然由此产生的社会结构，是该时代政治的和精神的历史所赖以确立的基础”[②]，因而“精神生产随着物质生产的改造而改造”[③]。但马克思主义同时强调精神生产对物质生产、社会关系对生产力有强大的反作用，精神产品一旦为大多数人所掌握，就转

---

① 关于这一挑战在文艺领域的具体表现，参见拙作《解决我国社会主要矛盾需要优秀文艺作品——习近平总书记文艺工作重要论述研究之一》，《中国当代文学研究》2021年第1期。笔者认为，“繁荣”与“文明”可作为当下的一个共同价值、思想主题进行探讨。“繁荣”首先是经济意义上的，是发展的更高阶段，但又不局限于经济层面，而是在经济发展的基础上，全面提升社会建设水准，让经济发展成果更好地惠及社会、服务民生。“文明”是更高层面的要求，即我们在努力发展经济、建设社会的同时，还要进行文明升级，以更高的文明反推经济发展、社会进步。从深层看，近年来中国发生的一些影响大的问题，大多与文明有关。

② [德] 恩格斯：《共产党宣言》“1888年英文版序言”，载中共中央马克思恩格斯列宁斯大林著作编译局编译《马克思恩格斯文集》第二卷，人民出版社2009年版，第14页。

③ [德] 马克思、恩格斯：《共产党宣言》，载中共中央马克思恩格斯列宁斯大林著作编译局编译《马克思恩格斯文集》第二卷，人民出版社2009年版，第51页。

化为物质力量。这提醒我们，一方面要重视生产力发展对社会的作用，另一方面要重视文化、文明发展对社会的作用，即通过文化创新、文明进步为社会提供更为丰富多彩、稳妥有效的精神产品，提升社会结构容量和弹性。

在科学技术日新月异，在人类社会中的地位越来越重要、作用越来越突出的当下，这项任务变得尤为迫切。比如，在不断迭代的新媒介技术面前，我们如何处理信息与真实的关系问题？在基因编辑技术面前，我们如何处理生命尊严与科学伦理的关系问题？在因了科技加持杀伤力变得空前巨大的武器面前，我们如何处理战争与和平问题？……当前一些文艺作品，特别是科幻作品，已因应这一现实进行思考、创造。刘慈欣的“三体”三部曲在浩渺的宇宙中思考人类命运，放大到近乎无限的时空不仅没有给人以乐观预期，反而将人类之微渺、命运之艰难前无古人地放大出来，可谓穷形尽相，其中的“黑暗森林法则”① 想象更是以极端的方式将文明困境及其出路问题提至空前的高度。在笔者看来，作家是以宇宙为镜鉴烛照人类生存困境。郝景芳的中篇小说《北京折叠》之所以引发巨

① 所谓“黑暗森林法则”是将宇宙想象为一座黑暗森林，每个文明都是这个森林中带枪的猎人，“像幽灵般潜行于林间，轻轻拨开挡路的树枝，竭力不让脚步发出一点儿声音，连呼吸都小心翼翼……他必须小心，因为林中到处都有与他一样潜行的猎人。如果他发现了别的生命，不管是不是猎人，不管是天使还是魔鬼，不管是娇嫩的婴儿还是步履蹒跚的老人，也不管是天仙般的少女还是天神般的男孩，能做的只有一件事：开枪消灭之。在这片森林中，他人就是地狱，就是永恒的威胁，任何暴露自己存在的生命都将很快被毁灭”。刘慈欣：《三体 II：黑暗森林》，重庆出版社 2008 年版，第 446—447 页。

大影响，不仅是因为小说中“三个空间”的设定折射了当代社会分层的现实，而且因为其提出了科技发展与生命政治的关系问题，提出了科技发展如何拓展生命空间——让所有人，而非少数人，享有更高质量的生活——而非相反的问题，提出了物质生产发展与调适社会关系的问题，即如果没有强劲的文明进步、文化发展、精神提升，科学技术的进步、物质生产的发展带给人们的不一定是福音，在有些极端情况下还可能是沉沦与灾难。

这样的提醒可谓振聋发聩，值得每一个人反思。这还提醒我们，在今日之中国提炼核心文化主题、创造共同价值是多么迫切的任务。

三

中华民族伟大复兴并非一国之内的事情，还是国际交流、竞逐的结果，因而还必须在文明对话或冲突、文化领导权的层面上观察文艺。

在这样的层面上看，我们面临的任务更艰巨、挑战更艰难。换言之，在全球化的今天，我们必须面对整个世界局势的变化，必须在全球视野内考量国内的诸多事物和现象，因为从来没有一个时代像我们这个时代一样，全球交往如此发达，“世界”好像就在眼前，触手可及，但也从来没有一个时代像今天一样，全球交流变得如此困难重重。

图 2-2　安东尼奥·葛兰西像

这首先涉及文化领导权问题。这是马克思主义思想史上的一个重要理论命题，这一命题提醒我们，与经济、政治、军事等领域的竞争不同，文化领导权之争是一场更为长期而艰巨的竞争，其开展方式往往隐而不彰，其后果也往往潜滋暗长、影响深远，因而是一个民族、一个国家、一个社会长治久安须臾不可忽视的重要领域。这也提醒我们，中国虽然已经取得了社会主义革命的胜利，经过社会主义建设、改革和发展进入中国特色社会主义新时代，但文化领导权之争不仅并未因此而结束，反而变得更激烈，形势也更严峻了。这主要体现在两个方面：一是以美国为首的资本主义国家集团对我们的意识形态渗透从未停止，与经贸、科技等领域的斗争结合在一起，愈演愈烈、日益复杂。而且，有一个趋势越来越明显，那就是这种竞争越来越表现为“文明的冲突”，越来越带有价值观色彩，越来越深地渗入文化领域。二是伴随着“文明的冲突”、价值观竞争、文化争夺，我们也越来越多地遇到拜金主义、享乐主义、极端个人主义和历史虚无主义等错误思潮冲击等问题。在这种情势下，文化领导权问题越发突出，文艺作用问题也格外凸显。当一个民族、国家的文艺能量充沛、深入人心时，党对这个民族、国家的文化领导权必然稳固，反之亦然。正因为如此，在文艺工作座谈会上讲话时，习近平总书记才一再强调中国精神，强调文化自觉，强调文化自信，并对文艺领域存在的"'以洋为尊'、'以洋为美'、'唯洋是从'"的问题，对"热衷于'去思想化'、'去价值化'、'去历史化'、'去中国化'、'去主流化'"的问题，对"套用西方理论来剪裁中国人的审美"的问题提出警示。[①] 因为我们今天面临的是历史迷宫般的百年未有之变局，是异常微妙的全球结构。在这样的历史迷宫、全球结构中，我们可能遇到的狂风骤雨、暗礁险滩，不是更少而是更多了，爬坡过坎、实现全面建设社会主义现代化国家所要承受的压力和挑战，不是更小而是更大了。这样，一系列重要的问题提了出来：文化领导权之争是软实力之争，软实力"是一种依靠吸引力，而非通过威逼或利诱的手段来达到目标的能力"[②]，那么，为了发挥软实力，为了吸引世界目光、吸纳世人情感，我们应该向世界提供什么样的价值、文化？我们应该向世界讲述什么样的"中国故事"？我们应该怎样向世界讲述"中国故事"？这些都是大问题。为此，需要广大文艺工作者潜心凝神，用高水平创作进行回答。

---

① 习近平：《在文艺工作座谈会上的讲话》，《人民日报》2015 年 10 月 15 日。

② ［美］约瑟夫 · 奈：《软实力》"前言"，马娟娟译，中信出版社 2013 年版，第Ⅻ页。

这还涉及人类文明交流问题。中国共产党是秉承、发展马克思主义的先进政党，不仅承担着为中国人民谋幸福、为中华民族谋复兴的重任，还承担着为人类进步事业奋斗、为人类文明发展奋斗、为建设人类共同价值奋斗的重任。为此，中国不但一再呼吁世界各国同心协力，构建人类命运共同体，而且以自己具体生动的实践，为人类命运共同体建设提供中国经验。因而，以生动的笔触描述中国人民丰富多彩的实践，特别是当代实践，以“中国故事”参与世界叙事，推动文明交流，促进文明互鉴，克服文明冲突，就成为文艺的职责之一，而文艺也具有得天独厚的优势。正因为如此，在文艺工作座谈会上讲话时，习近平总书记才称文艺是“世界语言”，才提醒广大文艺工作者，国际社会对中国的关注度越来越高，世界人民想了解中国、认识中国，这一需求十分巨大，光靠正规的新闻发布、官方介绍，靠外国民众亲身感受已经无法满足，“而文艺是最好的交流方式，在这方面可以发挥不可替代的作用，一部小说，一篇散文，一首诗，一幅画，一张照片，一部电影，一部电视剧，一曲音乐，都能给外国人了解中国提供一个独特的视角，都能以各自的魅力去吸引人、感染人、打动人”①。

这还涉及文学资本、文学信用问题。关于这个问题，法国学者帕斯卡尔·卡萨诺瓦有个非常有意味的说法——“文学世界共和国”。与一般学者总是从“世界文学”这个角度出发研究跨国文

---

①　习近平：《在文艺工作座谈会上的讲话》，《人民日报》2015年10月15日。

学问题，研究文学的“民族性”与“世界性”关系不同，帕斯卡尔·卡萨诺瓦“将‘世界文学’看成是一个整一的、在时间中流变发展着的文学空间，拥有自己的‘首都’与‘边疆’、‘中心’与‘边缘’。这些‘中心’与‘边缘’并不总是与世界政治版图相吻合。‘文学世界’犹如一个以其自身体制与机制在运作的‘共和国’。在‘文学共和国’中存在着复杂的统治与被统治关系，激起文学自身的斗争、反抗和竞争”[①]。她通过论证指出，“国际文学空间是在 16 世纪建立起来的，与此同时，文学被当成一种斗争的工具，并且这一工具从此便不断地扩大并蔓延开来”，随着竞争加剧，一些“国际文学中心”建立起来，进而“国际文学地理”也被建立起来，被赋予了“一个具体的认证权，即对文学进行认证的唯一合法的权力，负责制定与文学认可相关的规则”。[②]

她进一步指出，这种竞争与经济上的竞争在逻辑上并无不同，因而文学也可被视为“资本”“价值证券”“支票”，而且可以根据一个国家或地区“文学资本”的丰富程度，建立一个“文学权威指数”，以让人直观地观察文学上的竞争、斗争。在她看来，决定一个国家“文学资本”丰富程度、“文学权威指数”高低的因素，既取决于其“文学存量”，也取决于其“文学增量”，因而“‘经典作家’是最古老的文学民族的特权，他们将自己古老民族的奠基性

① ［法］帕斯卡尔·卡萨诺瓦：《文学世界共和国》“总序”，罗国祥、陈新丽、赵妮译，北京大学出版社 2015 年版，第 4 页。

② ［法］帕斯卡尔·卡萨诺瓦：《文学世界共和国》，罗国祥、陈新丽、赵妮译，北京大学出版社 2015 年版，第 5—6 页。

民族文本构建成了永恒的文本，把他们的文学资本定义为超民族、超历史的文学资本”，[①] 即衡量“世界文学”，衡量其他国家、地区、民族、语言文学的标准。

“信用”是另一个决定性因素。保罗・瓦莱里认为，所有巨大的“非物质财富”所获得的“信用”都取决于“公众舆论”，即公众给予它的认可度及其正统性。庞德的说法则更为形象生动，他说：“任何一种思想都好比一张银行支票，它的价值取决于接收支票的人。如果是洛克菲勒签了一张一百万美元的支票，那这张支票肯定没问题。但假如是我本人签了一张一百万的支票，那肯定是一个玩笑或者愚弄，这张支票就没有任何价值……知识上的支票也是同样道理……人们不会在没有任何参照的情况下接收一张外国人的支票。在文学领域，这一参照就是写该作品的作者的‘名气’。人们对他的信任需要一定的时间……”帕斯卡尔・卡萨诺瓦对上述观点进行总结后继续阐发道：“庞德所描绘的‘信用’概念可以让人明白在文学世界里，价值是如何与信用相连的。当一位作家成为一个‘参照’时，当他的名字成为文学市场上一种价值的时候，也就是说，当人们认定他写的东西有价值时，他就被奉为作家了，人们就会赋予他‘信用’：这一‘信用’就是庞德所说的‘参照’，根据人们给予的信任，便能赋予一个作家、一个机构、一个场所或者一个‘名字’以权力和价值；这就是他觉得拥有的、人们认为他拥

---

① ［法］帕斯卡尔・卡萨诺瓦：《文学世界共和国》，罗国祥、陈新丽、赵妮译，北京大学出版社 2015 年版，第 10 页。

有的以及人们让人相信他拥有的权力。”[①]

这里所说的其实是“文学增量”的问题，即通过创作优秀作品，一个作家可以不断积累自己的文学名望、文学信用、文学财富、文学权力，使自己在“文学市场”上顺利“流通”，不断“增值”。进而言之，如果一个城市、地区、民族、国家、语言能够源源不断地推出优秀的文艺作品，出现一位又一位优秀的文学家、艺术家，尤其是名家、大家，则这个城市、地区、民族、国家、语言就可以不断积累自己的文学名望、文学信用、文学价值、文学权力，使自己在“文学市场”上顺利“流通”，不断“增值”。持续不断地这样发展下去，就会使自己成为“文学世界共和国”的“中心”乃至“首都”，使自己成为衡量其他文学的标准，在“文学世界共和国”内不断提升自己的影响力。

帕斯卡尔·卡萨诺瓦的研究虽然表现出强烈的欧洲中心主义乃至法国中心主义、巴黎中心主义意识，值得我们注意，但她直面问题，直言世界文学力量、资源分配不均等的现实，提出的判断、衡量不同国家、地区、民族、语言在世界上的文学地位的标准和坐标，却相当有启发。她提醒我们，没有一代又一代优秀文艺家创作的一部又一部优秀文艺作品，不仅一个国家在“文学世界共和国”中的“文学信用”会降低，“文学财富”会贬值，“文学权力”会缩水，甚至连自己的“文学主权”也无法得到保护，沦为其他文学

---

① ［法］帕斯卡尔·卡萨诺瓦:《文学世界共和国》，罗国祥、陈新丽、赵妮译，北京大学出版社 2015 年版，第 12 页。

“中心”“首都”的附庸。从这个角度看，创作尽量多的优秀文艺作品，于公于私，都至关重要。

四

最后，还必须在“世界文学”的层面上观察中国当下的文学创作，因为，这还关系到中国文学在“世界文学”中的地位、作用等问题。

由于歌德和马克思的论述，[①]“世界文学”成为一个声名远扬的概念，成为文学创作、研究者期待的美好愿景。[②]在 19 世纪，欧洲

---

① 1827 年 1 月 31 日，歌德在与他的年轻朋友和秘书爱克曼谈话时说：“我愈来愈相信，诗是人类的共同财产。……民族文学在现代算不了很大的一回事，世纪文学的时代已快来临了。现在每个人都应该出力促使它早日来临。”（[德]爱克曼辑录：《歌德谈话录》，朱光潜译，人民文学出版社 1978 年版，第 103、104 页。）20 年后，在起草《共产党宣言》时，马克思、恩格斯也提到了“世界文学”问题，指出随着资本主义发展，世界市场形成，物质交换加速，“过去那种地方的和民族的自给自足和闭关自守状态，被各民族的各方面的互相往来和各方面的互相依赖所替代了。物质的生产是如此，精神的生产也是如此。各民族的精神产品成了公共的财产。民族的片面性和局限性日益成为不可能，于是由许多种民族的和地方的文学形成了一种世界的文学”。[马克思、恩格斯：《共产党宣言》，载中共中央马克思恩格斯列宁斯大林著作编译局编译《马克思恩格斯文集》（第二卷），人民出版社 2009 年版，第 35 页。] 歌德从人文主义理想、世界文明发展立场出发谈“世界文学”，马克思、恩格斯从资本主义发展的动力和趋势谈“世界文学”，为作为学科的“世界文学”提供了两大互补的支柱性条件，奠定学科发展基础，仔细琢磨，很有意味。

② 关于“世界文学”这一概念的缘起、学科发展历程、存在的问题，以及发展远景等，张隆溪的《什么是世界文学》（生活·读书·新知三联书店 2021 年版）和方维规的《“世界文学”推原》（文化艺术出版社 2022 年版）两本著作有简明而又清晰的梳理、介绍，笔者文中这一部分内容深受它们的启发，并多有引用。

还兴起了比较文学研究，突破了国别文学研究的局限，在一定程度上实践了“世界文学”理念。但由于比较文学长期限于欧洲中心主义，进入 20 世纪之后，备受争议，“尤其经过批评理论的形塑之后，越来越脱离文学本身，从而陷入学科危机”①。在 20 世纪末和进入 21 世纪后，全球化进程加速，国际交往频繁，跨国文化交流愈益平常，学界重提“世界文学”以应对比较文学危机，渐次成为文学研究的一大潮流。

随着研究推进，作为学科的“世界文学”研究范畴和重心也渐趋稳定。首先，戴维·丹姆洛什②从“流通”(circulation)这一核心问题出发，指出“世界文学包括超出其文化本源而流通的一切文学作品，这种流通可以是通过翻译，也可以是在原文中流通(欧洲人就曾长期在拉丁原文中读维吉尔)。在最广泛的意义上，世界文学可以包括超出本国范围的任何作品……无论何时何地，只有当作品超出自己本来的文化范围，积极存在于另一个文学体系里，那部作品才具有作为世界文学的有效的生命”，他进而总结说：“世界文学不是无穷无尽、无法把握的一套经典，而是一种流通和阅读的模式。”正如张隆溪评价的，这样“就在于把世界各国汗牛充栋的无数文学作品，缩小到相对而言比较小的范围”，使“世界文学”“在

① 方维规：《何谓世界文学？》，载《“世界文学”推原》，文化艺术出版社 2022 年版，第 1 页。

② 也有人译为“戴维 · 达姆罗什”。

概念上变得更为清晰，可以实际操作”。[①]但在肯定戴维·丹姆洛什的贡献时，张隆溪也指出了他“回避了价值判断的问题”，因为“流通本身并不能区分流通的作品之高下优劣”[②]，他进而提出“经典与世界文学”的问题，即“世界文学”的经典性问题，强调其审美价值，他总结道：“世界文学就正是如此，只有世界不同文学传统中经得起时间检验，像江河一样万古长流的经典，汇集起来才成为真正意义上的世界文学，成为值得我们珍视、值得去认真阅读和鉴赏的、名副其实的世界文学。”[③]方维规也强调了“世界文学”的这两个维度，他一方面指出，“目前（西方）学界有一个共识，即‘世界文学’概念不能理解为所有文学的整体，亦非世界上最佳作品之经典。世界文学是普遍的、超时代的、跨地域的文学；若要跻身于世界文学，必须是超越国族界线而在其他许多国族那里被人阅读的作品”[④]，同时又强调，“论述世界文学，不可能不谈‘经典’或曰‘正典’。那些在全世界得到广泛传播、在世界人民眼中具有重要意义的有声望的作品，可被看作世界文学，这基本上依然是一个共识”[⑤]。

可见，“流通”与“正典”，是进入“世界文学”的两道门槛。

---

① 张隆溪:《什么是世界文学》，生活·读书·新知三联书店2021年版，第23、24、25页。戴维·丹姆洛什的两段原话，也转引自此著。

② 张隆溪:《什么是世界文学》，生活·读书·新知三联书店2021年版，第25页。

③ 张隆溪:《什么是世界文学》，生活·读书·新知三联书店2021年版，第46页。

④ 方维规:《“世界文学”推原》，文化艺术出版社2022年版，第44页。

⑤ 方维规:《“世界文学”推原》，文化艺术出版社2022年版，第49页。

这就为观察当下的中国文学创作提供了有益的参考坐标。首先，就目前情况来看，中国文学要进入“世界文学”，“流通”——在相当程度上，是翻译——固然是一个问题，却不再是核心问题，因为随着国际交往发展、国家扶持力度加大，中国当代文学作品外译越来越普遍，但光有“流通”不见得就进入“世界文学”大家族了，或者借用当前比较时髦的说法，中国文学能“走出去”（翻译到国外），却不一定能“走进去”（为外国读者所阅读、接受），这就需要我们重视“经典”或“正典”问题，即创作具有审美价值、思想价值和深度情感的优秀作品，这样的作品被“送”出去之后，能够为国外读者所阅读、欣赏。或者，更理想的结果，是被国外研究者、读者主动发现后“拿去”。换句话说，只有被“拿去”的文学作品才更有可能成为“世界文学”，因为这不仅更符合文学国际传播规律，而且也更符合文学接受规律：就国内实践来看，那些缺乏美学和思想内涵，缺乏文学情感和感染力，却被想方设法“送”给读者的作品，又有多少为读者所接受呢？

此外，我们当然要从文化领导权、软实力、文明冲突与对话的角度思考文艺问题，因为我们就身处这样的时代和环境之中。从这样的角度出发，我们当然应该重视流行文化、通俗文化，就当前来说，尤其应该重视随着网络和信息技术发展而出现的网络文学和诸种新文艺形式。但同时，我们还要考虑这些流行文化、通俗文化和新文艺形式的发展、提升问题，因为说到底，它们也面临着“经典”的考验。历史上，那些因影响巨大而对文明冲突或对话发生过重要影响的流行文化、通俗文化作品，有不少后来都被经典化了，被写入文艺史中。这对既蓬勃发展又野蛮生长的网络文学和各种新文艺形式是个镜鉴。更重要的是，我们还要敢于、善于超越文化领导权、软实力、文明冲突与对话的层面观察、思考文艺问题，因为归根结底，文艺是人类前行的精神灯火，中国文学要想对“世界文学”有所贡献，就必须向“世界文学”提供越来越多的“经典”或“正典”，使人类精神前行灯火中的中国之光越来越明亮，越来越璀璨，越来越动人，越来越美丽。否则，我们很难在“世界文学”中占有一席之地，更不要说影响了。

也许，只有从这个角度，我们才能更好地理解习近平总书记对优秀文艺作品的期待。因为，实事求是地讲，如果不考虑创造性转化、创新性发展问题，如果不考虑我们的“文学存量”——古典文艺作品，仅看中国当代文艺史，特别是新时期以来的文艺状况，我们面临的挑战是很严峻的。我们虽然创作了大量文艺作品，其中不乏优秀之作，但真正产生世界性影响、具有经典性、能成为“世界文学”家庭成员的作品却很少，中国在“世界文学”大家庭中的地位不高，影响不大，我们尚未充分利用这种“世界语言”与世界人民沟通心灵、深化理解。这或许也是习近平总书记在文艺工作座谈会上的讲话中缕述古今中外文艺大师、文艺经典的一个原因。由此，可见这一问题之重要性。

第三章

优秀文艺作品是社会主义文艺发展的内在要求

一

优秀文艺作品问题是马克思主义文艺理论中的一个核心问题，也是社会主义文艺发展中必须直面的一个关键问题。作为马克思主义文艺理论的创始人，马克思、恩格斯不仅终身保持着极高的阅读品位与审美标准，他们对自己作品品质的要求更可谓严苛。由于长年累月孜孜不倦、夜以继日地工作，加上反动势力无休无止的迫害，马克思的研究工作时时为贫穷和疾病所困扰。这种困难在他撰写《资本论》的过程中表现得尤其突出，他患了严重的肝病，但在这种情况下，他最担心的不是自己的健康，而是作品的质量。面对病痛困苦，他立下这样的决心："我必须对党负责，不让这部著作为肝病期间出现的那种低沉、呆板的笔调所损害。"[①]可以说，为了自己的作品，马克思牺牲了自己的"健康、幸福和家

① ［德］马克思：《马克思致斐迪南·拉萨尔（11月12日）》，载中共中央马克思恩格斯列宁斯大林著作编译局编译《马克思恩格斯文集》第十卷，人民出版社2009年版，第167—168页。

图 3-1 马克思像

庭”，甚至“一直在坟墓的边缘徘徊”。[①] 对此，恩格斯在给康拉德·施米特的信中满怀深情和敬意地评价说：“马克思认为自己的最好的东西对工人来说也还不够好，他认为给工人提供的东西比最好的稍差一点，那就是犯罪！……”[②] 虽然马克思创作的不是文艺作品，而是政治经济学著作，但他对品质的极致追求，给我们提供了极其有益的启示。实际上，正是由于这样的追求，才使他的作品不仅取得了科学上的胜利，而且取得了美学上的胜利。是的，他的一系列著作，既是政治经济学的整体，也是艺术的整体。

此外，正是从这一初衷出发，马克思和恩格斯总是从“美学观

① ［德］马克思：《马克思致齐格弗里德·迈耶尔（4 月 30 日）》，载中共中央马克思恩格斯列宁斯大林著作编译局编译《马克思恩格斯文集》第十卷，人民出版社 2009 年版，第 253 页。

② ［德］恩格斯：《恩格斯致康拉德·施米特（8 月 5 日）》，载中共中央马克思恩格斯列宁斯大林著作编译局编译《马克思恩格斯文集》第十卷，人民出版社 2009 年版，第 588 页。

点”和“史学观点”，即“非常高的亦即最高的标准”[①]出发来讨论文艺问题，他们总是关心“小说的性质”方面发生的“革命”，[②]他们总是希望“世界上最丰富的东西——精神”有多种多样“存在的形式”，希望“精神的太阳”能够丰富多彩，希望写作的笔调、风格能够多种多样。[①]也正是出于这样的初衷，他们不仅对那些经典作家的经典作品念念不忘，多次引用、阐释，对错误的文艺思想进行针锋相对的斗争，揭示其错误的根源，廓清其不利影响，就是对革命同道的文艺作品，也总是一方面给予热情鼓励，但另一方面又总是客观评价，甚至直言批评——他们给斐迪南·拉萨尔、明娜·考茨基、玛格丽特·哈克奈斯的信就是这样的典型。因为他们深知，对于文艺作品来说，如果不能取得美学上的胜利，风格上的胜利，观点与倾向的胜利是不可靠的。

列宁继承和发扬了马克思、恩格斯的文艺学说，不仅提出了文学的党性原则、“两种民族文化”等理论，极大地推进了马克思主义文艺理论，而且与马克思、恩格斯一样，高度重视文艺的品质问题，将辩证法娴熟地运用于文艺分析之中，以将作品中的进步因素与落后因素区别开来，便于人们接近前者而远离后者，他

---

① ［德］恩格斯：《恩格斯致斐迪南·拉萨尔（5月18日）》，载中共中央马克思恩格斯列宁斯大林著作编译局编译《马克思恩格斯文集》第十卷，人民出版社2009年版，第177页。

② ［德］恩格斯：《大陆上的运动》，载中共中央马克思恩格斯列宁斯大林著作编译局编译《马克思恩格斯全集》第一卷，人民出版社1956年版，第594页。

① ［德］马克思：《评普鲁士最近的书报检查令》，载中共中央马克思恩格斯列宁斯大林著作编译局编译《马克思恩格斯全集》第一卷，人民出版社1956年版，第7页。

对列夫·托尔斯泰和赫尔岑的批评，就是这样的。不仅如此，他对“美”始终保持高度的敬意，比如，对一些文艺理论家因为他们眼中的“美”是“旧”的就要抛弃，又因为他们眼中的“美”是“新”的就将其当作神一样崇拜，他不仅绝不苟同，而且强调，只要是真正的“美”，即使“是‘旧’的，我们也必须保留它，拿它作为一个榜样，作为一个起点”[①]。再比如，在评价当时的反动作家阿尔卡季·阿维尔琴科的小说集《插在革命背上的十二把刀子》时，列宁一方面指出由于“刻骨的仇恨”使得“这本极有才气的书有些地方写得非常好，有些地方写得非常糟”，对产生这一问题的原因进行剖析，强调作家要熟悉自己描写的生活，并总结说：“有几篇小说值得转载。应该鼓励有才气的人。”[②]这表明了他对“美”的态度——高度肯定，即重视文艺作品的质量。

二

由于社会主义文艺对中国革命、建设和改革开放的积极作用，我们的党和国家领导人，无论在理论上还是实践上都十分看重文艺。特别是在中国革命中，文艺在唤醒中国、组织中国、强健中国

---

① [苏]蔡特金:《列宁印象记(摘录)》，载中国社会科学院文学研究所文艺理论研究室编《列宁　论文学与艺术》，人民文学出版社 1983 年版，第 434 页。

② [苏]列宁:《一本有才气的书(11 月 22 日)》，载中共中央马克思恩格斯列宁斯大林著作编译局编译《列宁全集》(第四十二卷)，人民出版社 1987 年版，第 274—275 页。

等方面发挥了不可替代的作用，以毛泽东同志为核心的党的早期领导人更是将文艺工作视为“整个革命机器的一个组成部分”，是“教育人民、打击敌人、消灭敌人的有力的武器”。[①] 由是，优秀文艺作品更是不可或缺。

毛泽东同志不仅是马克思主义文艺理论大家，初步建立了中国化马克思主义文艺理论的科学体系，而且是文章大家，“笔走龙蛇惊风雨，白纸黑字写春秋”，其语言、风格、气象千古少见，其文学格调可见一斑。但我们一定要清楚一点，即中国的社会主义文艺是在相当独特的历史环境中产生、发展的，对优秀文艺作品问题的认识不能脱离这个历史语境。我们必须承认的第一个前提是中国的社会主义文艺是在一穷二白、一无所有的革命战争环境中产生的，而且在其发展中始终面临着经济、政治等因素的制约，因此其时我们党对这个问题的思考、解决就以一种独特而又格外有意味、有启发的方式展现出来：普及与提高。

关于这一点，毛泽东同志的《在延安文艺座谈会上的讲话》表现得十分清楚。他首先明确普及与提高是文艺工作的两大任务，进而探讨这两大任务之间的关系：“普及的东西比较简单浅显，因此也比较容易为目前广大人民群众所迅速接受。高级的作品比较细致，因此也比较难于生产，并且往往比较难于在目前广大人民群众中迅速流传。现在工农兵面前的问题，是他们正在和敌人作残酷的

① 毛泽东：《在延安文艺座谈会上的讲话（一九四二年五月）》，载《毛泽东选集》第三卷，人民出版社 1991 年版，第 848 页。

流血斗争，而他们由于长时期的封建阶级和资产阶级的统治，不识字，无文化，所以他们迫切要求一个普遍的启蒙运动，迫切要求得到他们所急需的和容易接受的文化知识和文艺作品，去提高他们的斗争热情和胜利信心，加强他们的团结，便于他们同心同德地去和敌人作斗争。对于他们，第一步需要还不是'锦上添花'，而是'雪中送炭'。所以在目前条件下，普及工作的任务更为迫切。”①“雪中送炭”与“锦上添花”这两个成语，把普及与提高的关系传神地表达出来。但这并不是说毛泽东同志重普及而轻提高，他接着就细致地探讨了这一问题：“普及工作和提高工作是不能截然分开的。不但一部分优秀的作品现在也有普及的可能，而且广大群众的文化水平也是在不断地提高着。普及工作若是永远停止在一个水平上，一月两月三月，一年两年三年，总是一样的货色，一样的'小放牛'，一样的'人、手、口、刀、牛、羊'，那末，教育者和被教育者岂不都是半斤八两？这种普及工作还有什么意义呢？”②

这表明，毛泽东同志既重视普及的基础作用，但同时又强调普及与提高的动态平衡关系，十分辩证。延安文艺座谈会之后，在中央学习组会议上的报告中，毛泽东同志再次强调这个问题，强调在文学艺术上和在革命性上，我们党的政策是一致的，“也是从低级到高级，即是从萌芽状态起，一直到高级的，到托尔斯泰、高尔

① 毛泽东：《在延安文艺座谈会上的讲话（一九四二年五月）》，载《毛泽东选集》第三卷，人民出版社 1991 年版，第 861—862 页。

② 毛泽东：《在延安文艺座谈会上的讲话（一九四二年五月）》，载《毛泽东选集》第三卷，人民出版社 1991 年版，第 862 页。

基、鲁迅等最精湛的”[①]。而且从那时起，毛泽东同志就开始考虑培养工农兵自己的文学家、艺术家的问题，他指出，“资产阶级、小资产阶级出身的文艺家是能够帮助我们的，其中一部分有决心工农化的，他们脱胎换骨，以工农的思想为思想，以工农的习惯为习惯，这样来写工农，也就能教育工农，并提高成为艺术”，但归根结底，我们“主要的基础”是“工农兵”，“在将来的社会主义社会也有专门的文学家、艺术家。将来大批的作家将从工人农民中产生”。[②]可见，毛泽东同志对这个问题的思考十分深远。

正是在这样的正确理论指引下，革命文艺取得了巨大成绩。首先，原先被忽视的大众文艺形式，如秧歌、戏剧、戏曲、木刻等被重新认识、发掘、改造、组织起来，成为普及的有力手段，不仅极大地丰富了根据地人民群众的文艺生活，而且极大地提高了他们的思想认识水平，使他们积极参与到改变自己命运、改变中国命运的新民主主义革命中去。只有在这样的事实面前，我们才能认识到毛泽东同志所强调的“普及”工作的重要意义，才能意识到毛泽东同志为什么那么重视作家、艺术家深入生活、改造情感、做普及工作，“帮助群众演秧歌、办冬学、办训练班”，甚至帮助群众

① 毛泽东：《文艺工作者要同工农兵相结合》，载中共中央文献研究室编《毛泽东文艺论集》，中央文献出版社 2002 年版，第 92 页。

② 毛泽东：《文艺工作者要同工农兵相结合》，载中共中央文献研究室编《毛泽东文艺论集》，中央文献出版社 2002 年版，第 93 页。

写、挂“有新内容的春联”的重要意义。①意义更为深远的是，正是在这一正确理论指引下，大批作家、艺术家走出书斋，走出办公室，走出小天地，进入工厂，进入农村，进入前线，进入工农兵群众生活中，进入广袤的中国大地，而且全情投入，走向深处，走向远处，锻炼自己，提升自己，把握住了中国的律动，发现了中国的动力，看到了中国的方向，以梦为马，以笔为旗，创作出了许多精品力作，有的甚至成为不朽的经典之作，比如革命文艺的“双子星”——《黄河大合唱》与歌剧《白毛女》，都堪称世界文艺经典。

值得思考的是，这些革命文艺经典不仅没有影响“普及”，反而是“普及”的重要手段、载体，无数人民群众，就是在它们的鼓舞下投入中国革命，为迎接新中国的到来前赴后继，奋斗不已。因此，也只有在这样的事实面前，我们才能理解毛泽东同志所强调的“提高”的意义，才能理解他所强调的“普及”与“提高”的动态平衡的意义，即“我们的提高，是在普及基础上的提高；我们的普及，是在提高指导下的普及”②。正因为其有效性、普适性，这成为我们党指导文艺工作的一条重要原则，或者说，成为贯穿我们党领导文艺工作的一条主线。

---

① 毛泽东：《发展陕甘宁边区的文化艺术》，载中共中央文献研究室编《毛泽东文艺论集》，中央文献出版社 2002 年版，第 109 页。

② 毛泽东：《在延安文艺座谈会上的讲话（一九四二年五月）》，载《毛泽东选集》第三卷，人民出版社 1991 年版，第 862 页。

三

中华人民共和国成立后，普及与提高仍然是我们党和国家领导文艺工作的重要指导原则，但因为形势的变化，比如，无论是文艺队伍还是文艺服务对象都空前扩大，文艺工作的内涵、外延也相应地多样化、多元化，与战争时期相比，对文艺的需求范围更广、层次更多。因此，这一时期我们党积极探索领导文艺的方式方法。1951 年 4 月 3 日，毛泽东同志为中国艺术研究院的前身中国戏曲研究院题词“百花齐放，推陈出新”，1956 年 4 月 28 日，毛泽东同志在中共中央政治局扩大会议上做总结讲话时提出了“百花齐放，百家争鸣”方针，都是这种探索的努力。但由于新中国成立后百废待兴，也由于文艺工作的特殊性，这种探索困难重重，甚至遭遇严重挫折，文艺批评变成政治批判，产生了一些“冤假错案”，严重挫伤了文艺工作者的积极性，一时万马齐喑。

进入新时期后，一方面针对此前，尤其是“文革”期间“左”的文艺政策压抑了文艺生产力的问题；另一方面面对人民群众对文艺需求日益多样化的新形势，我们党下定决心调整文艺方针、政策。1978 年 3 月，全国人大五届一次会议把“双百”方针写进了《中华人民共和国宪法》。1979 年 10 月 30 日，中国文学艺术工作者第四次代表大会召开，邓小平代表党中央发表“祝辞”，提出“要继续坚持毛泽东同志提出的文艺为最广大的人民群众、首先为工农兵服务的方向，坚持百花齐放、推陈出新、洋为中用、古为今用的方针，在艺术创作上提倡不同形式和风格的自由发展，在艺术理论上提倡不同观点和学派的自由讨论”[①]。“祝辞”不仅大力强调文艺创作自由，而且没有提“文艺为政治服务”的口号，标志着我们党文艺方向的重大调整。1980年7月26日，《人民日报》发表社论《文艺为人民服务、为社会主义服务》，将“文艺为人民服务、为社会主义服务”确立为新时期党领导文艺的总路线，“社论”一方面指出，“过去，相当长时期我们曾经提出‘文艺为政治服务’的口号。这个口号反映了文艺的一项十分重要的使命，在历史上起过积极作用”，但是另一方面也强调，由于“曾经被不适当地夸大并绝对化了”，由于“有的人有时候把文艺与政治的关系简单化、庸俗化”，由于“在实际工作中要求作家无条件地去为某一项具体的政治运动、政治任务和政治口号服务，势必导致文艺内容、题材的单一化和艺术表现上的概念化、公式化，导致一些领导人利用组织手段不恰当地对文艺创作横加干涉，妨害文艺积极地、充分地发挥它的社会作用”，也由于“为政治服务诚然是文艺的一项重要职责，但并不是它的唯一职责”，因而，“把为政治服务作为文艺工作的总口号，作为文艺的唯一任务”，“这显然是不合适的”，而“为人民服务、为社会主义服务，这个口号概括了文艺工作的总任务和根本目的，它包括了为政治服务，但比孤立地提为政治服务更全面，更科学。它不仅能更完整地反映社会主义时代对文艺的历史要

① 邓小平：《在中国文学艺术工作者第四次代表大会上的祝辞（一九七九年十月三十日）》，载《邓小平文选》（一九七五——一九八二年），人民出版社1983年版，第182页。

求，而且更符合文艺规律”。[①] 因而，这是我们文艺工作的总口号和根本方向。这个“社论”可视为我国文艺政策调整的宣言。这一调整，从 20 世纪 80 年代开始，一直延续到 21 世纪。通过这些调整可以看出，在多种经济成分并存、价值观念多元的新时期，我们党对文艺的领导越来越灵活，赋予文艺家更大的空间，但同时，也努力坚持“文艺为人民服务、为社会主义服务”的“初心”。

与文艺路线调整同步进行的是文艺格局的调整，或者说，文艺路线调整的一个重要目标就是调整文艺格局，使之更适应新时期的要求。邓小平从什么是社会主义、怎样发展社会主义的高度出发思考文艺问题，因而，他对文艺格局的考量也是全面的、立体的。首先，虽然“不继续提文艺从属于政治这样的口号”，但这并不是说文艺可以“脱离政治”，可以“不考虑作品的社会影响”，可以“不考虑人民的利益、国家的利益、党的利益”，[②] 具体地说，就是不可以放弃社会主义文艺的领导权，正因为如此，他才在“祝辞”中强调要坚持“文艺为最广大的人民群众、首先为工农兵服务的方向”，希望“我们的文艺，应当在描写和培养社会主义新人方面付出更大的努力，取得更丰硕的成果。……要通过这些新人的形象，来激发广大群众的社会主义积极性，推动他们从事四个现代化建设的历史性创造活动”，希望“文艺工作者中间有越来越多的同志成为名副

① 《文艺为人民服务、为社会主义服务》,《人民日报》1980 年 7 月 26 日。

② 邓小平:《目前的形势和任务（一九八〇年一月十六日）》，载《邓小平文选》（一九七五——一九八二年），人民出版社 1983 年版，第 220 页。

其实的人类灵魂工程师”。[①]这就是说，尽管“祝辞”没有明确提出“主旋律”的说法，却暗含着这样的要求与目标。其次，鉴于自五四新文化运动以来诞生的、以鲁迅为旗手的严肃文艺在中国革命和建设中发挥的进步作用，鉴于新文艺“对于打破林彪、‘四人帮’设置的精神枷锁，肃清他们的流毒和影响，对于解放思想，振奋精神，鼓舞人民同心同德，向四个现代化进军”[②]，呼唤、迎接新时期到来所发挥的积极作用，尊重作家、艺术家的个性和创造精神，赋予作家、艺术家写什么和怎么写的广阔天地，即尊重和鼓励“严肃文艺”的发展，自然也是新时期社会主义文艺的题中应有之义。最后，从贫穷不是社会主义这个角度出发，从文艺具有的娱乐功能出发，文艺应该成为建设四个现代化的一支力量，即文艺的经济功能应该得到重视，文艺也应该成为推动经济发展的力量。这就是说，在新时期文艺格局中，“商业文艺”也应占有一席之地。

在理论规划中，这样的格局是清晰有序的，但在现实中，这个格局的形成却并不容易，而是经历了较长时期的探索、争论、博弈，乃至矛盾、龃龉、冲突，也与时俱进地调整、变化、磨合着，才最终形成。在新时期，首要的是“主旋律”文艺问题。上文已经

① 邓小平：《在中国文学艺术工作者第四次代表大会上的祝辞（一九七九年十月三十日）》，载《邓小平文选》（一九七五——一九八二年），人民出版社1983年版，第181—183页。

② 邓小平：《在中国文学艺术工作者第四次代表大会上的祝辞（一九七九年十月三十日）》，载《邓小平文选》（一九七五——一九八二年），人民出版社1983年版，第180页。

提到，中华人民共和国成立后，尽管我们党努力地对文艺政策进行调试，但客观地看，调试并不成功，一些原本属于文艺领域的问题被扩展到社会上，有的演变为政治问题，给当事人带来极大伤害。因而从新时期一开始，我们党和国家就致力于拨乱反正，反复强调保障作家、艺术家的创作自由，强调“绝对必须保证有个人创造性和个人爱好的广阔天地，有思想和幻想、形式和内容的广阔天地”[①]，但由于时代的急剧嬗变，文艺方面也出现了许多新问题，提出了一些新课题。无论在理论上还是实践上，人们对文艺的价值取向、创作原则等都出现了一些不同的认知。一个特别值得重视的问题是，经历“伤痕文学”“反思文学”之后，“严肃文艺”越来越强调文学的独立价值，越来越疏远主流价值，强调为艺术而艺术，有的甚至反其道而行之，要么采取犬儒主义的文化态度，躲避崇高，调侃一切，戏谑一切；要么刻意为之，反对所谓的“宏大叙事”，不断对主流价值观的权威性、严肃性和神圣性进行解构。再加上消费主义文化随着改革进程深入快速兴起，消费主义的“乱花”也“渐欲迷人眼”，因而可以说，新时期之后不久，文艺领域的确存在着众声喧哗、价值失范的问题，任由这种倾向发展下去，势必会影响社会主义文化领导权，影响社会主义现代化建设。

---

① 这是列宁《党的组织和党的出版物》中的一句话，新时期伊始，党和国家领导人谈到文艺工作时经常提到这句话，强调创作自由。邓小平《在中国文学艺术工作者第四次代表大会上的祝辞》中就引用了这句话。

四

“主旋律”与“多样化”就是在这样的背景下提出来的。贺敬之是较早用这个说法的文艺战线的领导。1987年3月2日，时任中宣部副部长的他，在全国故事片厂长会议上做了题为《关于当前文艺战线的几个问题》的讲话。讲话中，他对文艺领域存在的问题进行剖析后强调：“从总体上讲，我们的社会主义文艺，必须为社会主义政治、经济和精神文明建设服务，为建设社会主义的人民群众服务。作品的社会主义和共产主义的思想内涵，应该成为我们文艺的主旋律。我们的主旋律必须反映时代精神，塑造社会主义新人，给人们以鼓舞和鞭策，而不能贬低、丑化、歪曲我们的社会主义。这个主调、主旋律过去不能含糊，今后也不能含糊。”[①] 但他同时也强调，“一定还要讲多样化，一定还要坚持‘双百方针’”[②]。明确提出了“主旋律”和“多样化”的理论主张。紧接着，3月3日，在中国电视艺术家协会举行的《凯旋在子夜》《长江第一漂》两个剧组献身精神表彰大会上的讲话中，他又重申这一话题，认为《凯旋在子夜》和《长江第一漂》等作品之所以受到群众欢迎，是因为它们体现了“具有中国特色的社会主义文艺的特点”，即表现了“社会主义的思想内容”，表现了“社会主义的时代精神”，表现

---

① 贺敬之:《关于当前文艺战线的几个问题——在全国故事片厂长会议上的讲话》，载《贺敬之文集四 · 文论卷》下，作家出版社2005年版，第222页。

② 贺敬之:《关于当前文艺战线的几个问题——在全国故事片厂长会议上的讲话》，载《贺敬之文集四 · 文论卷》下，作家出版社2005年版，第221页。

了“社会主义新时代的先进人物、英雄人物”，鼓舞了“我们的人民建设我们的社会主义国家，给他们以鼓舞的力量，振奋我们的民族精神”。他进一步总结，“我们提倡的主旋律应该是这样的作品”。[①] 通过引述，可以看到，虽然是讲话稿，但贺敬之对“主旋律”和“多样化”的思考已经比较成熟，具有了相当的理论深度。

其后，一些文艺战线的工作者和理论家参与进来，进行研究，不断丰富其内涵。1994 年，江泽民同志在《在全国宣传思想工作会议上的讲话》中指出：“弘扬主旋律，提倡多样化，是坚持‘二为’方向和‘双百’方针的具体体现。”他还对“主旋律”这一原则的内涵作了明确、具体的阐述，指出：“弘扬主旋律，就是要在建设有中国特色社会主义的理论和党的基本路线指导下，大力倡导一切有利于发扬爱国主义、集体主义、社会主义思想和精神，大力倡导一切有利于改革开放和现代化建设的思想和精神，大力倡导一切有利于民族团结、社会进步、人民幸福的思想和精神，大力倡导一切用诚实劳动争取美好生活的思想和精神。”[②]“主旋律”与“多样化”作为我们党领导文艺的基本方法被确立下来，对新的文艺格局的形成发挥了积极作用。

不过，在提到这一概念时，有两点需要注意。一是有人想当然地将“主旋律”文艺等同于党的文艺或政府的文艺，其实，只要看

---

① 这个讲话，《当代电视》的编者给加上《社会主义文艺的主旋律》的标题，在 1987 年第 1 期上发表。这篇文章后来收入《贺敬之文集四 · 文论卷》，文字略有改动。

② 江泽民：《在全国宣传思想工作会议上的讲话》，《人民日报》1994 年 1 月 24 日。

了上述引文，特别是江泽民同志的讲话，我们就知道准确的说法应该是“主旋律”文艺是我们党倡导的文艺，而非我们党“垄断”的文艺，这样，一切支持“爱国主义、集体主义、社会主义思想和精神”的作家和艺术家，一切支持“改革开放和现代化建设的思想和精神”的作家和艺术家，一切支持“民族团结、社会进步、人民幸福的思想和精神”的作家和艺术家，一切支持“用诚实劳动争取美好生活的思想和精神”的作家和艺术家，都可以参与“主旋律”，这样既保证了参与者的代表性，也保证了参与者的广泛性，即在相当大的程度上，保障了作家、艺术家的创作自由，再考虑到“多样化”的倡导，则作家、艺术家们的创作天地就更加宽广了。二是“主旋律”文艺在内涵上也保持了相当的开放性，而非一般人想当然地认为的“主旋律”文艺就是革命文艺、红色文艺。实际上，我们可以说“主旋律”文艺就是人民的文艺。在中国特色社会主义新时代的语境中，我们甚至可以说一切反映人民群众解决不平衡不充分的发展问题，以点点滴滴的努力改造自己的生活，从而使我们的国家日益美好的文艺，就是“主旋律”文艺。

“商业文艺”的产生、发展，是新时期文艺格局调整的另一个目标。上文已经提到过，虽然新时期伊始，这一目标并没有在文艺政策中明确提出，特别是没有在党和国家领导人的讲话中明确提出，但从相关讲话、文件对文艺的“娱乐”功能和“多样化”的强调可以看出，这一目标是内含于文艺格局调整的任务中的。而且，在某种意义上，我们甚至可以说商业文艺也是建构新时期的一支力量，即在严肃文艺倡导思想解放、精神自由的同时，自港台悄然进入内地并迅速流行起来的商业文艺——如邓丽君的歌曲和香港的电视剧，也以一种独特的方式解放了人们的身体和感官，也就是说，严肃文艺和商业文艺一起形塑了新时期中国社会，只不过，前者重心在上层精英，后者重心在市民社会、民间生活。这就是说，商业文艺更有群众基础，加之其与经济建设这一中心任务十分契合，因而商业文艺发展迅速。

事实上，商业文艺的发展在我们党和国家的文艺政策中也并非无迹可寻。其最明显的标志是 1983 年中共中央和国务院联合下发的《关于加强出版工作的决定》(以下简称《决定》)。这个决定，看似是针对"出版"事业的，但一方面因为文艺本身就是"出版"事业的一个重要部分，另一方面因为其时电影、电视等文艺形式并不十分发达，因而文学等传统文艺形式在"出版"事业中所占比重就更大，因而，这个《决定》在一定程度上也可看成是针对文艺工作的。《决定》指出："出版事业的发展，既是社会主义精神文明建设的重要方面，又是物质文明建设的组成部分和重要条件。思想建设、文化建设和经济建设、政治建设，都同出版工作密切相关。"[①]这段话，措辞非常严谨，不仅强调"出版"事业是"社会主义精神文明建设的重要方面"，也是"物质文明建设的组成部分和重要条件"，后者实际上已然强调"出版"事业的经济属性。更为重要的是，在"出版工作的性质和指导方针"中，《决定》更明确指出：

---

① 《中共中央、国务院关于加强出版工作的决定（一九八三年六月六日）》，《出版工作》1983 年第 6 期。

“社会主义的出版工作，首先要注意出版物影响精神世界和指导实践活动的社会效果，同时要注意出版物作为商品出售而产生的经济效果。”[①] 一个“社会效果”，一个“经济效果”，“出版”工作的任务一目了然。就我们的论题来说，“注意出版物作为商品出售而产生的经济效果”这一强调尤其值得注意，这应是较早把“出版”事业——对我们来说，则是文艺事业——定义为“商品”的政策表述。[②]

另一个值得注意的文本是周扬 1984 年 1 月 10 日在“中国曲艺家协会会议”上的讲话，这篇讲话后以《文艺也是服务性行业》为题，于 1984 年 2 月 13 日发表于《人民日报》。在这个讲话中，周扬引用《陈云同志关于评弹的谈话和通信》一书中的观点，阐释“文艺的政治内容和文化娱乐的关系问题”，认为“我们的文艺，必须有鲜明的政治内容，但又必须使群众得到文化娱乐”。[③] 周扬还特意强调了文艺这个“行业”的“服务态度”问题，强调“要了解服务对象的需要，要为这个对象所能接受、所欢迎”[④]。这个讲话其实也是委婉地强调文艺的商品属性。周扬是我们党内重要的文艺理

① 《中共中央、国务院关于加强出版工作的决定（一九八三年六月六日）》，《出版工作》1983 年第 6 期。

② 在 2002 年 2 月正式出版的国务院法规《出版管理条例》中，这一表述变为“社会效益”和“经济效益”。

③ 周扬：《文艺也是服务性行业》，载周扬著，朱耀军编选《周扬文论选》，人民文学出版社 2009 年版，第 264 页。

④ 周扬：《文艺也是服务性行业》，载周扬著，朱耀军编选《周扬文论选》，人民文学出版社 2009 年版，第 263 页。

论家，新中国成立后长期担任思想文化战线的领导，做这个讲话时，虽然因为“异化论”问题受到党中央的批评，但还担任中宣部副部长职务，因而有一定参考价值。

到了 1988 年，这一问题取得了质的突破。这一年，文化部、国家工商局联合发布《关于加强文化市场管理工作的通知》。对于我们讨论的问题来说，这是一个里程碑式的文件，因为它首次以官方名义正式提出“文化市场”的概念，明确了文艺的娱乐功能、商品属性。1989 年，国务院批准在文化部设立文化市场管理局，不仅结束了关于“文化能否进市场”的激烈争论，而且明确了文化的产业属性。

不过，随着市场经济发展，商业文艺发生了比较深刻的变化。首先，新时期伊始，商业文艺虽然带着明显的消费主义特征，但是一方面由于独特的时代因素，其消费主义特征反而分担了一部分社会功能，乃至政治功能，成为社会解放——比如情感解放——的力量之一；另一方面，那时候的商业文艺虽然追求经济效益，但也保持着较高的艺术水准，承担了部分审美功能，因而能够在经济效益和社会效益间取得平衡，有时候还取得较好的社会效益。但到了 20 世纪 90 年代，由于时代的变化，原先被赋予商业文艺的意识形态功能早已烟消云散。此外，由于许多文艺部门由事业单位变为企业单位，被推向市场，需要在市场中讨生活，所以，虽然都知道社会效益第一、经济效益第二的政策要求，但由于竞争激烈，生存压力大，许多文艺单位其实在一定程度上放弃，或部分放弃了对社会效益的坚守，而将经济效益当作主要的追求目标，这虽然带来了商业文艺的极大发展，甚至野蛮生长，使之成为当代中国最不可忽视的一种文艺力量，但也势必导致商业文艺社会属性和审美属性大大减弱，甚至只剩下商业属性的恶劣后果。然而，我们必须记住，商业文艺也是“文艺”，一旦摆脱这个“主词”，从根本上放弃文艺属性，那么即使以商业文艺的标准来衡量也不是合格“商品”。因而，现在已很少有人用商业文艺这个说法，而代之以消费主义文艺的说法。这个变化在一定程度上代表了人们的态度。

最后，我们再简单谈谈严肃文艺。我们知道，自五四新文化运动以来诞生的严肃文艺具有光荣的历史，也具有其卓异的品格。概要地说，就是中国的严肃文艺始终将自己的命运与民族国家的命运联系在一起，始终将自己的命运与人民大众的命运联系在一起，借用鲁迅的话说，中国的严肃文艺始终是国民精神前行的灯火，中国的严肃文艺始终与无数的人和无穷的远方有关。但遗憾的是，自20世纪90年代以来，中国的严肃文艺在一定程度上忘记了自己的光荣血统，忘记了自己的卓异品格，忘记了自己的命运与民族国家命运的关系，忘记了自己的命运与人民大众命运的关系，越来越孤芳自赏，有的甚至与消费主义沆瀣一气，其影响力越来越弱，公信力也越来越低，以至于现在已经很少有人用“严肃文艺”来称呼它，而代之以“纯文学”的名号。

如商业文艺称谓的变化一样，这种称谓的变化也在一定程度上反映了人们对它的态度。不过，即使有一部分严肃文艺蜕变为“纯文学”，但由于仍有不少作家、艺术家坚守严肃文艺阵地，也由于严肃文艺所拥有的强大传统以及党和国家对它的扶持，虽然严肃文艺在内涵上有相当程度的萎缩，却仍然维持着一定的体量，是一支重要的力量。

五

回顾历史，我们知道，这一文艺格局的形成是多么的不容易。自中华人民共和国成立就开始探索，新时期之后先是大刀阔斧地调整文艺总路线，而后又耐心细致地规划引领，经过 20 多年的反复调试，直至新千年前后才大致形成了“主旋律”文艺、商业文艺、严肃文艺三足鼎立，其他文艺形式补充的整体格局。新世纪之后，以网络文学为主体的新媒体文艺异军突起，进一步发展、壮大了这一格局。[①]

需要强调的是，随着这一格局的奠定，我国的文艺事业得到了长足发展，其最主要的表征就是文艺产品极大丰富。比如，现在一年创作的文艺作品是过去一年的十几倍、几十倍，甚至百倍，而且形式多样，种类繁多，极大地满足了人们的文艺需要。更重要的是，随着这一格局的奠定，困扰我们多年的普及任务已经完成，特别是随着我国物质生产发展、教育事业普及，人民文化水平提高，人们对文艺作品质量的要求越来越高，这意味着提高成了当前文艺工作的首要任务。

---

① 网络文艺、新媒体文艺是一个相对晚近的现象，其内在演变值得进一步观察，因此，本书未做重点分析。

这一工作重心的转移，使文艺界存在的问题更加凸显出来，其中最主要的，就是优秀文艺作品太少。就“主旋律”文艺来说，我们党和国家之所以提出这一命题并大力倡导、发展，就是想以之为突破口，形成一支有活力的文艺队伍，稳定地创作思想向上、艺术上乘、口碑良好的优秀文艺作品，从而为文艺场域确定基调，发挥引领作用。客观地看，自提出这个口号至今，已经接近三十年了。这期间，我们也创作出了一些优秀的“主旋律”文艺作品，但整体来说，好作品数量还是太少，而且生产了一些稀奇古怪的“神剧”，不仅没有很好地发挥引领作用，甚至在一定程度上解构了“主旋律”文艺的思想艺术功能。严肃文艺和商业文艺的状况，上文已简单论述过，也不容乐观。就前者而言，不少作家、艺术家沉迷于茶杯里的风波，沉迷于风花雪月，沉迷于一己得失，将文艺当作“高兴时的游戏”“失意时的消遣”，这种眼界的狭窄和精神的萎缩导致叫座又叫好的优秀之作很少，具有世界性影响的作品更是少之又少，这与我们的国力很不相称。就后者来说，由于为市场效益所羁縻，多年来产品低端化已人所共知，有的生产者甚至刻意迎合消费欲望，靠感官刺激、低级趣味赚钱，这样的东西已经不是“作品”，甚至很难说是合格商品。

明白了这一状况，我们就会理解为什么习近平总书记在文艺工作座谈会上的讲话中一再强调优秀文艺作品的重要性，勉励广大文艺工作者“应该牢记，创作是自己的中心任务，作品是自己的立身之本，要静下心来、精益求精搞创作，把最好的精神食粮奉献给人民”[1]。

这告诉我们，我国的文艺工作到了以提高推动普及的新的历史阶段，中国当代文艺必须在更高的基础上展开一个新的历史周期。正是在这个意义上，我们说优秀文艺作品是社会主义文艺发展的内在要求。也只有在这样的视野中，我们才会发现，习近平总书记关于优秀文艺作品的论述，是在对社会主义文艺发展历史和整体格局科学研判的基础上提出来的，对指导新时代中国特色社会主义文艺发展意义重大。

① 习近平:《在文艺工作座谈会上的讲话》,《人民日报》2015 年 10 月 15 日。

中编

我们需要什么样的优秀文艺作品

条条大路通罗马。我们需要一切优秀的文艺作品，毕竟，这都是人类精神花园的花朵。不过，对于今天的我们来说，还有更深层的要求。首先，我们需要找到中国文艺的民族传统与特质，那就是情感，中国文艺是有情的文艺；其次，我们要找到中国文艺的现代传统与特质，那就是思想，中国现代文艺是现代思想的宁馨儿，是“有思”的文艺。从这两个前提出发，我们需要“有情”“有思”的文艺。这两点都是为今天文艺家所忽视乃至漠视的因素，因而就格外需要提醒、强调。

第四章

优秀文艺作品应该“有情”

一

在对待文学与艺术的态度这个问题上，英国著名的哲学家、观念史家以赛亚·伯林有个比较流行的说法，就是至少有两种态度，一种他名之为“法国态度”，另一种他名之为“俄国态度”。概要地看，“法国态度”就是技术主义的态度，“十九世纪法国作家相信自己是承办者。他们认为，一个知识分子、一个艺术家，对自己、对公众有个义务——生产他所能的最佳作品”[①]，这是作家、艺术家对自身的义务，也是公众对他们的正当预期。除此而外，其他事情，概非作家、艺术家所应关心或公众所应期待，特别是在个人生活方面。在这个意义上，作家、艺术家与工匠无异，其任务就是生产好“产品”。“俄国态度”则与此截然相反。在俄国作家、艺术家眼中，艺术创作绝对不能与生活一分为二，井水不犯河水，清浊自流，即作家、艺术家的创作与道德、人格密切相关。这可以说是一种道德主义或宗教主义的态度，因而作家、艺术家必须“善其行为、真其

① ［英］以赛亚·伯林：《辉煌的十年》，载《俄国思想家》，彭淮栋译，译林出版社2001年版，第157页。

语言、美其制作。凡有云为，无论使用何种媒介，都必须出以真理。是小说家，即应以小说家身份说真理，是芭蕾舞者，则必在舞蹈中表现真理”①。

就是在这一理论坐标内，以赛亚·伯林对1838—1848年“辉煌的十年”间俄国知识分子代表别林斯基、赫尔岑等的精神、作为做了精到分析，让我们看到这一代知识分子如何在漫漫长夜里求取真知。就本书论题而言，以赛亚·伯林的研究更提醒我们，要在全球视野内对某民族国家的文学艺术进行比较观照，寻找其文化重心或民族品格。

以赛亚·伯林精研别林斯基，真知灼见甚多。别林斯基文学研究、评论的一个重要功绩就是在勾勒俄国文学现代脉络进而构建其现代品格的过程中，将其与德国、法国、英国等国家的文艺进行比较，对这几个国家的文化重心、文学品格做了十分开阔而又精彩的论说。在某种程度上，可以说以赛亚·伯林的“两种态度”说乃别林斯基论述的延伸。因而，别林斯基的研究对于我们的论题更加具有启示价值，值得一提。

别林斯基认为“文学这个字眼的准确和明晰的意思，应该指的是历史地表现在人民灵智和幻想所结晶的文学作品中的民族意识”②。由此出发，他认为其时德国、法国、英国文学是有世界代表

---

① [英]以赛亚·伯林:《辉煌的十年》，载《俄国思想家》，彭淮栋译，译林出版社2001年版，第158页。

② [俄]别林斯基:《文学一词的一般意义》，载《别林斯基选集》第三卷，满涛译，上海译文出版社1980年版，第123—124页。

性的文学。在他看来，“德国和法国代表着人类精神的两个完全相反的极端，两个完全相反的对立面：对于前者来说，整个儿是思想，整个儿是观照，整个儿是知识，整个儿是思维；对于后者来说，整个儿是热情，整个儿是运动，整个儿是活动，整个儿是生活”。与不同的民族意识相对应，德国的文学艺术“不外是哲学的平行线，不外是直观思维的一种特殊形式”①。可以说，德国文学艺术具有浓郁的哲学色彩。而法国文学艺术则是“促进社会生活发展的手段，是使人的个性摆脱压榨他、凌辱他的传说以及暂时的（而不是永恒的）社会关系的桎梏的手段”②。我们同样可以说，法国文学艺术具有强烈的现世精神。英国的民族性则是“一种极为矛盾的、对立的东西”③。简言之，作为资本主义生产的发源地，一方面是极端物质主义、利己主义，可恰恰是这极端物质主义、利己主义推动了世界的发展——按照马克思、恩格斯的说法，“它按照自己的面貌为自己创造出一个世界”④。因而，在物质与精神之间、个人与社会之间、人与人之间，就是说在一切事物、现象中都存在着矛盾，但就是从这些矛盾中产生出了构成英国文学的基本特征：“阴

---

① ［俄］别林斯基：《文学一词的一般意义》，载《别林斯基选集》第三卷，满涛译，上海译文出版社 1980 年版，第 146 页。
② ［俄］别林斯基：《文学一词的一般意义》，载《别林斯基选集》第三卷，满涛译，上海译文出版社 1980 年版，第 146 页。
③ ［俄］别林斯基：《文学一词的一般意义》，载《别林斯基选集》第三卷，满涛译，上海译文出版社 1980 年版，第 147 页。
④ ［德］马克思、恩格斯：《共产党宣言》，载中共中央马克思恩格斯列宁斯大林著作编译局编译《马克思恩格斯文集》第二卷，人民出版社 2009 年版，第 36 页。

森沉郁的、气魄雄伟的幽默。英国是幽默的发祥地，这种幽默现在已经或多或少地接种到所有一切欧洲文学里面去，构成了破坏旧事物并促进新事物的否定精神的十分强大的武器。英国的幽默，在现时是英国偏狭民族性的补偿，并且是它将来从偏狭性中摆脱出来的保证。”[①] 可见，英国文学艺术是矛盾的，是矛盾化生的幽默。

以赛亚·伯林和别林斯基的理论概括或许有不那么准确、完美之处，但对我们的研究却十分有价值，我们可以循此发问：作为一个有着百万年的人类史、一万年的文化史、五千多年的文明史的古老民族，作为一个历经劫难又总是危中求机、次第更生、没有中断的人类文明体，特别是作为一个经历了近代以来可谓生死抉择的历史转型而又不断在富强、民主、文明、和谐的道路上跋涉的现代人民民主国家，我们有没有基于自己的文明特点、生产生活方式、民族意识沉淀生成的文化重心，有没有依托这个文化重心孕育而生的独特文学艺术品格？

笔者认为，这个问题十分重要。只有找到了这个文化重心和民族品格，即找到我们的“根”，我们才能更好地认识我们的文学艺术，我们才能抓住我们文学艺术的精髓并不断倡扬广大之，我们才能在清醒地认识自己的基础上在与世界文学艺术的对话中博采众长，洋为中用，发展壮大。简言之，这个问题是创作优秀文艺作品的前提条件。

---

① ［俄］别林斯基：《文学一词的一般意义》，载《别林斯基选集》第三卷，满涛译，上海译文出版社 1980 年版，第 149 页。

毫无疑问，中国文学艺术有自己的文化重心和民族品格：情感。与世界上其他国家相比，中国人格外重视情感，情感是联系中国人的核心纽带，甚至是最为重要的纽带。在中国，几乎一切事物、现象背后都有一根情感的线索，正是这一根根线索把一个个人联系起来，组成大大小小的单位。在这个意义上，可以说中国是一个情感共同体，是一个由有亲有疏、有远有近、形式各异的社群组成的情感共同体。

图 4-1　《别林斯基传》书影

诚如别林斯基所言，文学艺术是民族意识的美学结晶。中国文学艺术就是情感的美学结晶，中国文学艺术首先是“有情”的文学艺术。

二

中国传统社会结构与西方不同，已是学界公论。费孝通有个特别形象的说法，西方的社会结构是“一捆一捆扎清楚的柴”[①]，是一种团体格局，在这种格局里，“道德的基本观念建筑在团体和个人的关系上。团体是个超于个人的‘实在’，不是有形的东西”，“它是一束人和人的关系，是一个控制各个人行为的力量，是一种组成分子生活所依赖的对象，是先于个人而又不能脱离个人的共同意志”[②]，也就是说，在团体格局里，“柴捆”是高于单根“柴”的存在，每一根“柴”必须先在“柴捆”中确立自己的位置，然后才能与其他“柴”产生联系。更进一步说，个人必须先得在国家、宗教、文化等团体格局内有了自己的位置，才能在与其他个人的交往中找到位置。这样，神人关系、群己关系、公私观念、权利观念、法律意识等自然发达。

中国的社会结构则“好像把一块石头丢在水面上所发生的一圈圈推出去的波纹，每个人都是他社会影响所推出去的圈子的中心”[③]。在中国，最重要的亲属关系，即根据生育和婚姻事实所发生的社会关系就具有“这种丢石头形成的同心圆波纹的性质”。不仅亲属关系如此，地缘关系也如此，“在传统结构中，每一家以自己的地位作中心，周围划出一个圈子，这个圈子是‘街坊’”。[④]费孝通称这种结构为差序格局。在这种格局中，每个人都是自己的中心，即被投入水中激起圈圈涟漪的“石子”，他跟其他人的关系，

---

① 费孝通：《乡土中国 生育制度》，北京大学出版社 1998 年版，第 26 页。
② 费孝通：《乡土中国 生育制度》，北京大学出版社 1998 年版，第 31—32 页。
③ 费孝通：《乡土中国 生育制度》，北京大学出版社 1998 年版，第 26 页。
④ 费孝通：《乡土中国 生育制度》，北京大学出版社 1998 年版，第 27 页。

不像西方社会中的“柴”，都存在于同一个“柴捆”中，规范有序，非常严谨，而是有弹性，能收能放，能伸能缩，一圈一圈的，由近及远，由亲及疏，依次“波及”。

一旦明白了这种由己及人“波及”式的差序格局，就可以理解在传统中国人我关系、群己关系、公私关系进而权利观念、宗教意识与西方有很大的不同，乃至本质性的区别。比如，在西方社会，权利是核心问题，但在传统中国，这好像并不怎么重要，重要的是伦理关系。再如，在西方社会，宗教信仰十分重要，不可或缺，但对传统中国人来说却没有什么宗教信仰，人们重视的是现世的生活，是与此相关的伦理、礼义、道德。正因为有这种本质性的差别，梁漱溟认为中国传统社会是伦理本位的，这种伦理关系始于家庭，推及社会，甚至“举整个社会各种关系而一概家庭化之，务使其情益亲，其义益重。由是乃使居此社会中者，**每一个人对于其四面八方的伦理关系，各负有其相当义务；同时，其四面八方与他有伦理关系之人，亦各对他负有义务。全社会之人，不期而辗转互相连锁起来，无形中成为一种组织”**[①]。

中国传统社会结构以及与之伴生的伦理本位的社会特色，是在时光长河中反复冲淘、积淀而成的，具有文明特质，相对稳定，可

---

① 梁漱溟:《中国文化要义》，上海人民出版社 2011 年版，第 79 页。文中黑体，原文如此。

谓“超稳定结构”[①]，可在中国文明起源和古代国家形成的视野中进行观察。

早在1986年，我国著名考古学家苏秉琦就提出，要建设同我国五千年文明相称的现代化，就必须回答以下问题：中华民族的“灵魂是什么？精华是什么？精神支柱是什么？我们要继承什么？发扬什么？”[②]正是基于这些问题，他对中华传统文化的精华进行了归纳，认为主要有两点：一是“中国人有一双灵巧的手，精于工艺，善于创造”，“这种传统同中国人勤劳、朴实、自强不息的美德融为一体，孕育出无穷的创造力，成为中华物质文明、精神文明喷涌不竭的源泉”。二是“中华民族极富兼容性和凝聚力。史前不同文化区系的居民，通过不断组合、重组，百川汇成大江大河，逐步以华夏族为中心融合为一个几乎占人类四分之一的文化共同体——汉族。它虽然占地辽阔，方言众多，但在文化上却呈现出明显的认同趋势。大约就是在这个基础上，以形、意为主又适应各地方言的方块字被大家所接受，成为其后数千年间维系民族共同体的文化纽带，产生了极强的凝聚力”。[③]正是这种兼容性和凝聚力使汉族与其他民族不断交流、融合，在交流、融合中获得新鲜血液和生命

① 金观涛和刘青峰从中国封建社会延续两千余年与每两三百年爆发一次大动乱之间的关系入手分析，提出中国社会是一个超稳定系统的假说，并以之解释中国社会、文化的宏观结构变迁及其基本特点。参见金观涛、刘青峰《兴盛与危机：论中国社会超稳定结构》，法律出版社2011年版。

② 苏秉琦：《中国文明起源新探》，生活·读书·新知三联书店2019年版，第161页。

③ 苏秉琦：《中国文明起源新探》，生活·读书·新知三联书店2019年版，第161—162页。

力，最终形成中华民族共同体。

在上述论述的基础上，苏秉琦更进一步提出“中国传统文化的核”是“对天、地、君、亲、师的崇拜与敬重”，这是“中国人传统信仰的最高、最集中的体现”。[①]“天”是抽象的权威，象征着不可抗拒的超自然正义，敬“天”意味着对超自然正义的追求。崇拜“地”反映了对人与自然和谐关系的追求。崇“君”不只是君王崇拜，还反映了对国泰民安的追求。对“亲”的重视显示了这是协调人际关系的纽带。对“师”的崇拜，则反映了对文化、知识传承的重视。他强调，如果能对这一思想体系进行创造性转化、创新性发展，就可古为今用，“更好地去对待自然，重视和协调人与自然和人际的关系”。[②]

李泽厚的“情本体”就是对中国传统文化中情感要义的现代阐释。

李泽厚的“情本体”当然是以中国优秀传统文化资源为依托的，却具有世界性的视野，是立足现实世界对中华优秀传统文化进行现代改造，以救治蔓延全球的现代、后现代的颓废主义、虚无主义疾病。李泽厚的立论是在两个层面上展开的。一方面随着现代市场经济发展，物质生产取得了极大进步，人们的物质需求得到了极大满足，以现代经济物质生活为根基，以人的生存和发展为目的，以人的基本权利为主旨的现代社会理念也得到确立、普及，成为常

① 苏秉琦:《中国文明起源新探》，生活 · 读书 · 新知三联书店 2019 年版，第 162 页。
② 苏秉琦:《中国文明起源新探》，生活 · 读书 · 新知三联书店 2019 年版，第 163 页。

识，但与此同时，人类生活也变得高度物质化、功利化，生活已为物欲所裹挟，人的内在世界也变得越来越单向度，充满了断裂感、异化感。在这样的情况下，现代人该何去何从？这成了每个现代人都必须思考的问题。

另一方面，在哲学或思想上，西方也经历了一个从高度理性到高度非理性乃至反理性的发展过程，这对现代人类思想提出了极大挑战。具体来说，西方现代哲学从柏拉图到康德再到黑格尔，都高度重视理念的先导作用，高度重视绝对精神的导向作用，高度重视自由意志的无上价值。比如，人心中的“道德律令”堪比头顶的“浩瀚星空”。这样，就以绝对价值的先验形式突出了理性对人的宰制、支配作用。人的知觉、感觉、欲望、本能、情感等则被驱赶到无意识的渊薮之中。为了反抗理性的强权，尼采和海德格尔等倡导权力意志、存在主义，以把感性从理性的藩篱中解放出来，但他们的反理性哲学却采取了标准的理性主义方式，仍然以抽象的概念表达自己，以抽象的逻辑演绎自己，感性并未得到真正的解放，而且，这种反理性主义的哲学还打开了通向现代主义的大门：“如果不能依归于神，便也可以走向游戏。‘未知死，焉知生’在战争时期可以是满怀激情无所计算地向前冲行；和平时期便也可以是无所计算地服药狂欢，唯当下快乐是务。”①

正是面对这种双重困境，李泽厚提出了“情本体”。所谓“情

① 李泽厚：《哲学纲要》，北京大学出版社 2011 年版，第 60 页。

本体”，“是以‘情’为人生的最终实在、根本”。[①] 李泽厚的关切在于中国传统的宗教性道德，即“以儒家学说为主干，以‘天、地、国、亲、师’（1911 年‘君’改为‘国’）为代表符号的情感、信仰、观念对现代社会性道德”[②]，对今日中国乃至世界能发挥什么作用。

李泽厚进一步阐释，由于与重生命本身的根本观念直接攸关，“亲子情（父慈子孝）不仅具有巩固社会结构（由家及国）的作用，而且在文化心理上也培育了人情至上（非圣爱至上）的特征”[③]，这可以在现代社会性道德中起润滑、引导作用。既然以“情”润“理”之后“亲”可以得到哲学提升，那么“天”“地”“国”“师”亦然。比如，经过这样的哲学改造后，“国”既可以是故乡、故土，也可以是故园、故国，更可以是祖国、母土，是亲情的延展、扩大和提升。经历这样的改造，“情本体”的道德哲学将对现代生活发挥范导作用。

实际上，李泽厚这是用中国儒家学说改造康德的道德哲学。在李泽厚看来，康德将伦理道德上升到绝对律令的高度非常有意义，因为只有这样，人类才能在头顶和内心双重星空的照耀下，领悟人之所为人的真谛，认识到人是在漫长时空中生成的一个“大我”，而非自在的“小我”，认识到“小我”和“大我”间存在着

① 李泽厚：《哲学纲要》，北京大学出版社 2011 年版，第 39 页。
② 李泽厚：《哲学纲要》，北京大学出版社 2011 年版，第 33 页。
③ 李泽厚：《哲学纲要》，北京大学出版社 2011 年版，第 35 页。

难以克服的主客矛盾，在特定条件下，“小我”要做出牺牲，成就“大我”。这样，自由意志的意义才得以凸显，人的主体精神才得以显现。但康德立意太高，曲高和寡，其“道德律令”离现实太过遥远，无法操作。但如果将中国儒家学说中的“仁”“爱”思想、“情”“义”思想灌注其中，那么就可以使“道德律令”自形而上的天国落到尘世大地，而且由己及人，由近及远，由家及国，由乡土及天涯，推广开来，泽被四方。

这个简要的梳理表明，中国以情为本的人生态度和生活方式，中国传统文化中的情感思想，不仅是贯穿一代代中国人生命的一条主线，若加以改造，剔其糟粕，取其精华，还将有贡献于今日之中国与世界。

三

正如有一条情感的主线维系着中国人的生活世界一样，也有一条情感的主线贯穿于中国文学艺术之中，赋予中国文学艺术卓异的美学与社会价值，也赋予今日之中国文学与艺术丰厚的资源与滋养。

且不用从理论上进行总结，只要略加回顾就可以发现，中国文学艺术中最有魅力、感人至深、最有力量、动人魂魄的因子，就是情感。《诗经》是我国最早的一部诗歌总集，其中最有价值的当数“风”诗，而“风”诗之所以最有价值，一个重要的原因就是这些诗歌以极其优美、凝练的形式把先民生活中的真情实感记录、保存下来，使那些文字如一颗颗钻石一般，虽历经千年，光华不仅不朽，反而日益夺目。一句“蒹葭苍苍”写尽了仰慕之苦，也写尽了仰慕之美；一句“执子之手”胜过海枯石烂，胜过千言万语；一句“坎坎伐檀兮”，劳动人民对统治者不劳而获的怨愤之情溢于言表，是真正的发奋之作。屈原放逐，乃赋《离骚》。由是，郁结在诗人心中的离情别恨化作瑰奇灿烂的诗行，深深打动了一代又一代读者。为了感念这位忧郁的爱国诗人，中国老百姓还设立了端午节，每年五月初五泛舟江流，寻觅诗魂。由是，这个深情高义的人物不仅被书写在诗行中，也被书写在山水中。

“诗”“骚”打通了中国文学的情感血脉，也打开了中国文学的形式之流。汉之赋、唐之诗、宋之词、元之曲、明清之小说，各领风骚数百年。这一个个“数百年”，既是艺术形式更迭的记录，更是情感层累的纪元。可以说，正是为了涵泳、表达情义，诗人们进行了不懈的探索。汉赋虽然词华句丽，铺陈夸张，颇多矫饰，但“起于情事杂沓，诗不能驭，故为赋以陈之”[①]，因而华词之中有讽喻，丽句之中有曲情。唐代可谓中国文学的高峰时代，名家辈出，佳作如流，诗歌更是群峰并立，堪称奇观。之所以如此，一个重要原因就是“唐代诗人善于提炼具有普遍性的人情，表现人生共同感受，使之达到接近生活哲理的高度，因而在百代之下犹能引起最广泛的共鸣”[②]。“念天地之悠悠，独怆然而涕下！”写尽了千年寂

① （清）刘熙载：《艺概》，浙江人民美术出版社 2017 年版，第 89 页。原文为繁体。
② 葛晓音：《唐代文学高峰的启示（高峰之鉴）》，《人民日报》2017 年 11 月 10 日。

寞，万古惆怅。“举头望明月，低头思故乡”，十个字，游子情，故园情，时空情，岁月情，纸短情长，唯有长泪沾襟。“谁言寸草心，报得三春晖”，还是十个字，慈母深情，游子真意，一字一句，一心一意，跃然纸上。“白日放歌须纵酒，青春作伴好还乡”，胜利喜讯传来，大喜过望，感情如奔，词句如流，滔滔汩汩，一往直前，穿越时空，响彻今古。到了宋代，词的创作达至巅峰，佳作迭出，蔚为大观，或光昌流丽、或慷慨多气、或婉约柔美，其中的情感，更是风姿绰约，引人入胜。苏轼的“明月几时有，把酒问青天”，以月之阴晴圆缺写人之悲欢离合，引发汪洋浩叹。辛弃疾的“醉里挑灯看剑，梦回吹角连营”，把雄才伟略、旷古情怀尽数陈列在读者眼前，令人振奋，可是结尾一句“可怜白发生”，陡生转折，又把读者的心情拉至低谷，空余千载奇恨、万古愁情。李清照的“寻寻觅觅，冷冷清清，凄凄惨惨戚戚”穷形尽相，把词人国破、家亡、夫丧后的无尽凄情传达得痛彻心扉，果然“怎一个愁字了得”。

到了元代，天地崩解，人间乱离。在时代巨变中，原先安居书房雅舍之中的文人墨客不得不流落人间，在流离失所中看人生百态，品世间五味，文人艺术与民间艺术交融，创造出了元曲这种艺术形式，文白情直、雅俗共赏，出现了领袖群伦的“元曲四大家”，一时风行。比如，在关汉卿的《窦娥冤》中，窦娥之死竟引发六月飞雪、血溅白练、三年大旱的逆天景观，使地火般在百姓心中奔涌的悲情喷薄而出，指天骂地，诅丑咒恶，无比决绝，无出其右，实在是豪辣灏烂，痛快淋漓。在马致远的小令《秋思》中，“枯藤老树昏鸦”与“小桥流水人家”相对，把“断肠人在天涯”的孤寂和盘托出，读之令人伤情。到了明代，出现了被誉为“中国戏祖”的汤显祖，他的《牡丹亭》堪称世界戏剧艺术史上的一颗东方明珠，这颗明珠所发出的震古烁今的光彩中，最美丽的也是情感的光彩——爱情的光彩，特别是杜丽娘那种要爱便爱、要恨便恨、要生便生、要死便死，无须磨磨叽叽、怨天尤人的儿女本色、天然情感，就是在今天看，也是那么的浪漫、动人。

这情感的百川一路奔流，终汇于海，到清乾隆年间出现了中国小说史上最著名的作品——曹雪芹的《红楼梦》。正如一千个读者眼中就有一千个哈姆雷特一样，一千个读者眼中就有一千种《红楼梦》，就有一千个贾宝玉、一千个林黛玉，而在这一千种《红楼梦》一千个贾宝玉、一千个林黛玉中，最令人不舍的还是情感，不只是宝黛如美玉一般碎裂一地的爱情悲剧，也不只是小说中如鲜花早凋般灵魂陨落的生命悲剧，更是这爱情悲剧、生命悲剧中蕴含的文化、文明凋零之悲剧，令人读了伤魂落魄，以至于一部小说成了中国人难以忘怀的乡愁——文化乡愁。

新文化运动是为中国换文化、换文明、换思想、换头脑的运动，也是为中国换文学、换语言、换心胸、换情感的运动。经过新文化运动，中国不仅弃旧迎新，而且脱胎换骨。为了达成这一伟大目标，新文化运动先驱不仅付出了非凡的勇气与心血，付出了如波如涛的思想与智慧，而且付出了情感的洪荒之力。为了打败旧文化，创造新文化，陈独秀竟目“选学”为“妖孽”，视“桐城”为“谬种”，加以凌言，施以厉语，置之死地而后生，绝无半分妥协，其中情志，一目了然。鲁迅借狂人之口，直言旧社会为吃人的社会，旧文化为吃人的文化，与陈独秀有异曲同工之妙，而其“救救孩子”的急切呼声则把自己“背着因袭的重担，肩住了黑暗的闸门”，放“孩子们”“到宽阔光明的地方去”，“此后幸福的度日，合理的做人”的心声表达得淋漓尽致。[①]果然，无情未必真豪杰。这种牺牲自我成就新人的爱是多么博大呀。李大钊希望青年“进前而勿顾后，被黑暗而向光明，为世界进文明，为人类造幸福，以青春之我，创建青春之家庭，青春之国家，青春之民族，青春人类，青春之地球，青春之宇宙，资以乐其无涯之生”[②]的文字，就是这个世界上最美的“青春之歌”，非至性至情之人不能为。他们以深情的奋斗为中国创造了新情感、新生活、新人物、新世界，使中国以青春的精神、姿态屹立于世界民族之林。

四

笔者不过是在中国文艺史的长河中采撷了若干颗情感的明珠，以其丽质华彩提醒人们，中国文艺史就是一条以情感贯穿起来的珍珠链。其实，早就有学者注意到了中国文艺的这一特点，并进行了研究、论证。他们研究的对象、时段不同，他们的研究方法、目的也不同，他们各自的研究成果、结论自然也有所差异，但综合来

---

① 鲁迅：《我们现在怎样做父亲》，载《鲁迅全集》第一卷，人民文学出版社 2005 年版，第 135 页。

② 李大钊：《青春》，载中国李大钊研究会编注《李大钊全集》（修订本）第一卷，人民出版社 2013 年版，第 318 页。

看，他们的确通过自己的研究把中国文艺史中的这条情感的红线连接贯通起来，而且使之越来越清晰、鲜亮。这一研究有个共名：中国文学的抒情传统[①]。

陈世骧是较早提出中国文学的抒情传统的学者，在相当程度上，可以说就是他开启了这一研究传统。在笔者看来，陈世骧之所以能够提出这一研究视角并加以周详的研究、论证，主要有两方面的原因：一是他开始学术道路的20世纪30年代是现代文学勃兴的时代，他积极参与当时的文学活动，接受了比较系统的现代文学研究方法，特别是文本细读的方法，使他那个时候就提出：讨论新诗“应该注意许多似乎细小而极基本的问题”[②]。1941年，他在日本帝国主义侵略的战火中离开中国，奔赴美国，自此在那里定居并从事教学研究工作。他的著述以中国古典文学为主，兼及中国当代文学以至翻译研究，而且筹办过加州柏克莱大学的比较文学课程，也

---

① 在笔者的视野中，陈世骧、高友工、普实克、王德威、李海燕是研究这一“抒情传统”的主要学者。

② 陈国球考梳指出，在北京大学读书和担任讲师期间，陈世骧与英国诗人艾克敦（Harold Acton，1904—1994）联合英译了第一本现代诗的选本《中国现代诗选》（*Modern Chinese Poetry*）；他的先后同学辈包括“汉园三友”：同系的卞之琳、李广田和哲学系的何其芳；他自己也有小说、散文和诗歌创作；他是当时在北平慈慧店3号朱光潜家中进行的“读书会”的常客，与会者包括北京大学的沈从文、梁宗岱、冯至、孙大雨、罗念生、周作人、叶公超、废名、卞之琳、何其芳、徐芳，清华大学的朱自清、俞平伯、王了一、李健吾、林庚、曹葆华、林徽因、周煦良等，大都是中国现代文学史上的知名人物。他长期受教于艾克敦并与其合作选译英国现代诗。参见陈国球《代序：“抒情传统论”以前——陈世骧早期文学论初探》，载［美］陈世骧著，张晖编《中国文学的抒情传统：陈世骧古典文学论集》，生活·读书·新知三联书店2015年版，第2—5页。

就是说，他既系统地掌握了现代文学研究的理论与方法，又熟稔中国古典文学，这使他能够以十分理论化、系统化的视角观察中国文学，见常人之所不能见。但更重要的或许是心理原因——他青年时期离开祖国，漂泊海外，且由于战争等原因，长期不能回归祖国，探望家园，在很大程度上过的是身心分离的生活，因而不得不自己为自己寻找、构建一个精神家园，也就是说，在陈世骧那里，中国传统文化和古典文学具有家园的作用，他常常沉潜其中，沉思吟咏，回味徘徊，以安顿自己的身心。[①]这种精神与情感的投入，使他能够更敏锐地把握到中国文学的神采、精髓。

陈世骧是在“1971 年美国亚洲研究学会比较文学讨论组致辞”中明确提出中国文学的抒情传统的，在这个致辞中，他清晰地分析说，“中国的古典传统之于远东的其他文学，就像希腊传统之于欧洲其他文学那样，在创作实绩和批评理念方面都处于开创性的地位”，但是与欧洲史诗的和戏剧的文学传统相比，中国文学却大异其趣，即“与希腊自公元前 10 世纪左右同时开展的中国文学创作，虽然毫不逊色，却没有类似史诗的作品。这以后大约两千年里，中国也还是没有戏剧可言”，因为，“中国文学的荣耀别有

① 1948 年前后，陈世骧曾计划返回中国入北京大学，但艾克敦以时局混乱为由劝他留在美国传播中国文化，并引用福楼拜“避免不快乐的唯一方法就是投身艺术，把外界视为无物”的话劝慰他。后来，陈世骧可能就是靠中国传统文化、文学研究来逃避干扰，避免不快的。参见谢朝枢《断竹 · 续竹 · 飞土 · 逐宍》，载［美］陈世骧著，张晖编《中国文学的抒情传统：陈世骧古典文学论集》，生活 · 读书 · 新知三联书店 2015 年版，第 410 页。

所在，在其抒情诗”。[①] 正是这种文类的不同，决定了中国文学传统与欧洲文学传统之分野。从理论上看，“歌——或曰：言词乐章（word-music）所具备的形式结构，以及在内容或意向上表现出来的主体性和自抒胸臆（self-expression），是定义抒情诗的两大基本要素”[②]，而《诗经》和《楚辞》这中国文学起源处的两大正典恰好将其完美地结合起来，确定了中国文学的主航道，之后，尽管这条“主航道”有盈有缩、有直有曲，但抒情精神却成为萦绕中国文学数千年而不散的精魂，成为中国文学不朽的传统。

对于中国文学研究来说，提出抒情传统，可谓“理论发明”，意义十分重大。就是对世界文学研究来说，也有极其重要的借鉴价值。陈世骧能够有此“理论发明”，除了上文提及的学术与心理因素之外，还离不开他多年如一日的勤思苦研——他是 1971 年揭橥抒情传统的，其实，早在 1951 年发表的《寻绎中国文学批评的起源》一文中，这一理论发现就已较清晰地呈现出来。在这篇文章中，陈世骧对中国古典文学批评观念的三个关键字“诗”“志”“情”进行了独到分析，把中国古典文学批评史上的“情志”传统提炼出来。他首先通过对“诗”古字形、字音、字义的考据、分析指

① 陈世骧：《论中国抒情传统》，杨彦妮、陈国球合译，载［美］陈世骧著，张晖编《中国文学的抒情传统：陈世骧古典文学论集》，生活·读书·新知三联书店 2015 年版，第 4 页。

② 陈世骧：《论中国抒情传统》，杨彦妮、陈国球合译，载［美］陈世骧著，张晖编《中国文学的抒情传统：陈世骧古典文学论集》，生活·读书·新知三联书店 2015 年版，第 5 页。

出："公元前9世纪左右的古代中国人，在创造'诗'字以命名诗歌时，将左边代表'言'的'形旁'，与右边代表'足'的字符组合起来，用最简洁的方式将诗歌定义为：一种有韵律的语言艺术"，这种艺术与音乐、舞蹈有明显的近亲关系，是"对生与死、消逝与不朽的整个仪式的模仿，古人实践这些仪式，并且形成了后来中古时期中国文学批评的基本哲学概念。"[①] 然后，他又对"志"的古字形、字音、字义进行考据、分析，指出"从'诗'字到'志'字，中国文学概念的整个发展线索，开始步入一个新的阶段"，在这一阶段，中国古典文学批评"对于诗歌的心理重要性"有着敏锐的觉察，"便有了整个中国文学批评传统中最为重要的一个关键短语，即'诗言志'"。[②] 因为，这一看似单纯、朴素的说法中包含着一个至关重要的问题——文学目的论问题，从而展开了诗歌的各种可能，也带来了诸多争论，至少有两条线索：这个作为目的的"志"是实用的还是美学的，是客观的还是主观的，是道德的还是情感的？职是之故，中国古典文学批评就像钟摆一样，在两个端点间摆动。到3世纪，"一般认为这是现代意义上的中国文学批评的起源

① 陈世骧：《寻绎中国文学批评的起源》，刘倩译，载［美］陈世骧著，张晖编《中国文学的抒情传统：陈世骧古典文学论集》，生活 · 读书 · 新知三联书店2015年版，第18、20页。

② 陈世骧：《寻绎中国文学批评的起源》，刘倩译，载［美］陈世骧著，张晖编《中国文学的抒情传统：陈世骧古典文学论集》，生活 · 读书 · 新知三联书店2015年版，第20—22页。

时期”[①]，中国文学批评传统中另一个至关重要的关键字——情——渐渐崛起，居于主流，在文学世界的大合唱中“高声唱出了一个主调，取代了先前曾被理解为诗歌的道德和实用目的的‘志’字”[②]，中国文学批评的基调为之一转。在这个过程中，陆机的《文赋》发挥了不可忽视的作用，其“诗缘情”说堪与“诗言志”说比肩而立。但值得注意的是，“诗缘情”说固然是对道德主义、实用主义的诗歌理念的纠偏，赋予诗歌更多美学的、情感的、本体论的意义，但其中也隐含着为情感而情感、为艺术而艺术，使诗歌变得虽纤秾华丽却柔弱无神的倾向。幸亏陆机之后，范晔、刘勰、钟嵘等伟大的文学思想家先后出现，他们不仅清楚时代潮流，而且深谙文学之道，深知“情”在文学中的宝贵价值，同时又理解具有目的论作用的“志”对于文学之意义，于是，他们将这两个关键词合并起来，使之携手同行，互相补益。更值得注意的是，在长期使用中，“情志”成为一种复合表达，产生新意：“既强调情感、排斥实用性，同时又保留了目的性。这在中国批评思想的整个语境中，最接近于‘情感的无目的的目的性’（emotive purposiveness without a purpose）这一观念。”这等于是说：“艺术之美，必须是主观情感

① 陈世骧：《寻绎中国文学批评的起源》，刘倩译，载［美］陈世骧著，张晖编《中国文学的抒情传统：陈世骧古典文学论集》，生活·读书·新知三联书店 2015 年版，第 24 页。

② 陈世骧：《寻绎中国文学批评的起源》，刘倩译，载［美］陈世骧著，张晖编《中国文学的抒情传统：陈世骧古典文学论集》，生活·读书·新知三联书店 2015 年版，第 24 页。

与有目的的美学情感在规训的、客观化的、宛如天籁的形式中的均衡与整合。这就是‘情志’用作艺术的基本原则的意义核心。”[①]客观看，这个时候，中国古典文学批评锚定了自己的理论基石，已相当成熟，故而接下来的几个世纪中，中国古典文学批评的钟摆虽不停摆动，“但其基本观点从未被撼动过。‘情’、‘志’二字，以及源于这两个字或与这两个字有关的其他字词，构成了中国批评术语的主要组成部分，这些术语甚至还渗入了艺术批评”[②]。

在这篇文章中，陈世骧主要是在对中国古典文学批评理论发展脉络进行梳理的过程中提炼其核心观点——“情”“志”，以及“情志”，指出虽然时有波动，但这组关键词及其波动却是贯穿中国古典文学批评的一条主线。但换个角度看，如果考虑到这篇文章立论的基础是“一个国家民族文学批评的性质与形式，总是取决于那些批评家据之以裁定评判的文学作品”[③]，则我们可以说，中国古典文学批评传统中的这条“情志”线背后必然有一条更为广博的文学传统的“情志”线，中国文学的抒情传统，呼之欲出。其发

① 陈世骧：《寻绎中国文学批评的起源》，刘倩译，载［美］陈世骧著，张晖编《中国文学的抒情传统：陈世骧古典文学论集》，生活·读书·新知三联书店 2015 年版，第 27—28 页。

② 陈世骧：《寻绎中国文学批评的起源》，刘倩译，载［美］陈世骧著，张晖编《中国文学的抒情传统：陈世骧古典文学论集》，生活·读书·新知三联书店 2015 年版，第 31 页。

③ 陈世骧：《寻绎中国文学批评的起源》，刘倩译，载［美］陈世骧著，张晖编《中国文学的抒情传统：陈世骧古典文学论集》，生活·读书·新知三联书店 2015 年版，第 12 页。

表于1969年的《原兴：兼论中国文学特质》即是对这个抒情传统的呼应、发掘。在这篇文章中，陈世骧承接上文对“诗”古字形、字音、字义进行考据的方法，对中国论诗传统中的另一个关键字“兴”进行考求，指出“兴”“上举欢舞”的姿态与歌舞密不可分，从中可见原始民间歌舞意象，具体地说，“兴”是随舞蹈而来的初民的“歌诗”，“是延续不止的初民的咏叹之始”，“快活的劳动或节庆的游戏是产生这种呼喊的原动力，这种呼喊带有节奏的因素，而且变化无穷，可以说是初民合群歌乐的基础”。其后，“经过夸张和润饰的阶段，就产生了《诗经》作品的优美”。[①] 在此基础上，陈世骧进一步分析指出，“兴”是理解《诗经》的枢纽，只有理解了“兴”的本源本义，我们才能理解《诗经》“歌咏言”的特质，理解《诗经》是存在于音乐里的语言的特质，理解其中包含的初民欢舞刹那最淳朴自然的节奏，理解“以‘兴’为基础的《诗经》作品无疑正是现代人之所谓‘抒情诗’（the lyric）”[②]，才能理解“兴”不仅赋予《诗经》抒情的精魂，而且借此开启了中国文学的抒情传统。

《中国文学的文化要义》《中国诗歌及其民间本源》《中国“诗”

---

① 陈世骧：《原兴：兼论中国文学特质》，刘倩译，载［美］陈世骧著，张晖编《中国文学的抒情传统：陈世骧古典文学论集》，生活·读书·新知三联书店2015年版，第117—120页。

② 陈世骧：《原兴：兼论中国文学特质》，刘倩译，载［美］陈世骧著，张晖编《中国文学的抒情传统：陈世骧古典文学论集》，生活·读书·新知三联书店2015年版，第133页。

字之原始观念试论》等文章则从中国古典文学文体流变及各自特质、中国古典文学与中国古代社会之关系、中国古典文学与民间传统之关系，特别是民间传统为中国古典文学提供源源不断的情感与美学滋养等角度，立体论证、发掘、构建中国古典文学的抒情传统。要而言之，经过陈世骧的努力，中国古典文学传统中的情感之河已然奔涌成势，再也无法被忽视，剩下的就是理论补充、领域拓展的问题，无须赘言。

中国古典文学的抒情传统既然已经板上钉钉，无可置辩，那么，下一个核心问题就是如何看待中国现代文学与抒情传统的关系问题。中国现代文学以对中国古典文学的决绝批判为前提，是在对古典文学、传统文化，特别是以“孔家店”为名的儒家思想的猛烈批判中崛起的，在某种层面上，可以视为中国古典文学的断裂，是中国文学的新生。一般研究者也多在断裂的意义上研究中国现代文学，忽视了其抒情特质，直到捷克著名中国文学研究者亚罗斯拉夫·普实克的开创性研究。

普实克也是从“断裂”开始自己的论述的，他认为伴随着近代以来中国社会大转型而发生的中国现代文学无异于文学王国的天地翻覆，语言上一文言一白话，主题上一封建一现代，文学体裁的等级关系发生颠覆性变化，过去评价体系中处于最高等级的文学体裁或者销声匿迹，或者被加以彻底改造，而原先被排斥于文学殿堂之外的体裁则取而代之——旧诗式微，新诗崛起，古代散文边缘化，现代报章散文代之而起，章回小说无声湮灭，现代小说蓬勃发展，文学重心从描写和对话一转而为人物心理分析，故事背景也从古老的村镇慢慢迁移到现代的城市，原先文学中的肯定主义情绪也为一种否定的悲观的情绪所取代，悲凉之雾，遍被华林……凡此种种，差异巨大，以致普实克觉得“两个时代之间似乎相隔了几个世纪，而不是仅仅十年；场景似乎变幻了十万八千里，而不是仅仅从某个省城到上海的短短几十里”①，他甚至发出了这样的感慨：“简直不能相信这两种文学出于同一个民族。”②文学的内在品质与现实的关系也发生了质变：“在旧文学中占据主导地位的抒情性——为了审美目的而创作的散文，以及戏剧，都具有一种特殊的抒情品质——现在被史诗性所取代，因为连现代话剧也更接近叙事，而不是抒情。这本身就意味着对现实的态度的改变。在过去，对现实的观察、体验、冥思，

图 4-2　普实克《抒情与史诗：现代中国文学论集》书影

① ［捷克］亚罗斯拉夫·普实克：《中国现代文学中的主观主义和个人主义》，载［捷克］普实克著，李欧梵编《抒情与史诗：现代中国文学论集》，郭建玲译，上海三联书店 2010 年版，第 9 页。

② ［捷克］亚罗斯拉夫·普实克：《中国现代文学中的主观主义和个人主义》，载［捷克］普实克著，李欧梵编《抒情与史诗：现代中国文学论集》，郭建玲译，上海三联书店 2010 年版，第 8 页。

都具有典型的抒情性；而现在，对现实的忠实反映、描写和分析，成为现代散文的主要目的。”[①] 这里，出现了普实克论中国现代文学的一对坐标性概念：抒情与史诗，即在普实克看来，中国现代文学与古典文学的区别就在于前者是史诗性的，后者是抒情性的，这一区别是内在的、本质性的。

普实克当然没有止步于此，囿于定见，恰恰相反，在别人止步的地方，他又大踏步地往前走，才有了更加卓异的创见。在对作为中国现代文化有机组成部分的中国现代文学产生的完整过程进行研究时，他发现“主观主义、个人主义、悲观主义、生命的悲剧感以及叛逆心理，甚至是自我毁灭的倾向，无疑是一九一九年五四运动至一九三七年抗日战争爆发这段时期中国文学最显著的特点”[②]，正是这一特点将中国现代文学与前一时期的文学关联起来：“简而言之，从某种意义上可以说，中国现代文学在新的形式和主题层面，在不同的背景下继承和发扬了清代文人文学的传统，即受过教育的中国统治阶层的文学传统。”[③] 而这个传统，就是我们上文所说的中

---

① [捷克] 亚罗斯拉夫 · 普实克：《〈中国现代文学研究〉导言》，载 [捷克] 普实克著，李欧梵编《抒情与史诗：现代中国文学论集》，郭建玲译，上海三联书店 2010 年版，第 39 页。

② [捷克] 亚罗斯拉夫 · 普实克：《中国现代文学中的主观主义和个人主义》，载 [捷克] 普实克著，李欧梵编《抒情与史诗：现代中国文学论集》，郭建玲译，上海三联书店 2010 年版，第 3 页。

③ [捷克] 亚罗斯拉夫 · 普实克：《中国现代文学中的主观主义和个人主义》，载 [捷克] 普实克著，李欧梵编《抒情与史诗：现代中国文学论集》，郭建玲译，上海三联书店 2010 年版，第 9 页。

国文学的抒情传统。更进一步说，中国现代文学从思想、主题、形式上看与古典文学断裂了，但在心理基础、情感结构、感受方式、想象力上，仍一脉相承。

当然，中国现代文学作家，特别是早期的创始者们并不是全盘接受了中国文学的抒情传统，而是对其进行了改造和发展。鲁迅等中国现代文学的拓荒者是极其特殊的一代，一方面，他们是中国文学史上最有世界眼光的一代，他们大部分曾常年留学海外，熟悉异域文明、文化、文学，接受了科学理念、民主思想、自由价值，抛弃了旧的哲学、世界观、思维方式，这使他们能够以全新的眼光看待中国传统文化。另一方面，他们大都受过良好的古典文学教育，甚至长期浸润其中，古典文学的因子就像血液一样在他们的体内流动，这使他们更有能力对中国传统文化、古典文学进行辨别、改造、升华，也使他们能够于无形中将其中的精华因素融入自己的创作中。正因为如此，普实克发现，“世界上任何国家都没有出现过像这一时期的中国那样，把文学史作为热心探索的目标。和文学创作一样，这一代人的文学史研究也贯穿了新民主主义革命的观点，封建文人将古代文学的洪流局限于文言文学的闸门，遏制了它的奔流，新一代作家则彻底抛弃了他们的陈腐教条”[①]，一边“拿来主义”，洋为中用；一边“推陈出新”，古为今用，实现了主观与客

① ［捷克］亚罗斯拉夫·普实克：《〈中国现代文学研究〉导言》，载［捷克］普实克著，李欧梵编《抒情与史诗：现代中国文学论集》，郭建玲译，上海三联书店 2010 年版，第 48 页。

观、“抒情”与“史诗”的辩证结合，使中国现代文学不仅吸纳了古典文学的抒情传统，而且与以欧洲文学为代表的世界现代文学主潮汇合，再开新源，别立新宗。由是，中国现代文学史上既有像鲁迅、郁达夫这样“抒情”气质鲜明的作家，也有像茅盾、老舍这样“史诗”气质明显的作家，但即使是在后者的作品中，“抒情”的流水也不时地从“史诗”的堤坝上溢出，润泽心灵。

正如笔者在上文中指出的，陈世骧是因为一方面具有深厚的现代学术修养，另一方面将中国传统文化当作自己的精神家园、心灵故园，故而能够入乎其内而又出乎其外，提出中国文学的抒情传统这一创见。同样，普实克是世界上研究中国文学的大家，其学术地位已有定论，毋庸多言，但笔者认为，作为一名外国学者，如果没有对社会主义中国的深情厚谊，没有对中国文学的深长感情，没有对中国现代文学在现代中国之创生、建设中所发挥的独特作用的深刻理解与无私支持，他也很难慧眼独具，发现中国现代文学的抒情特质，并将其与中国传统文化、古典文学联系起来进行索解，在中国现代文学中找到“中国性”，而非像我们的一些学者所做的那样，找到“异域性”“世界性”。这种独特的“情感”内驱力，本身就是抒情传统的写照，发人深省。

五

普实克在20世纪五六十年代即已提出中国现代文学的抒情传统，但长期以来却为中国学界所忽视，乏人问津，其中原因有很多，但不能不说是一个遗憾。更让人感到遗憾的是，在 21 世纪前后，又是在王德威等海外学者推动下，中国文学的抒情传统才在中国现代文学研究领域再次成为热门话题。不过，在笔者看来，尽管王德威对于重新激活中国现代文学研究领域的抒情传统用力甚多，[①] 但严格来看，其研究不外是对普实克既有观点的铺叙与敷衍，理论启发并不是很大。反倒是李海燕研究“现代中国爱情的谱系”的《心灵革命：现代中国爱情的谱系》一书，虽然只是抓住爱情这个主题进行研究，但对中国文学的抒情传统之现代表现这个议题，却有一定深化，理论上也有所贡献，因而较有启发。

在李海燕看来，“情感话语不仅是内心情绪的表达与表现，同时也参与了社会秩序（再）定义和自我与社会形式（再）生产的发声实践。关于情绪的言说从来都不是在纯粹、简单地谈论情绪，而总是涉及某些其他的东西，如身份、道德、性别、权威、权力和群体”[②]，即情感在现代性转型中具有十分重要的作用，从这个前提出发，她力图“提供一幅无论在经验上还是理论上都足够严谨的图

---

① 2006 年秋，应陈平原教授之邀，王德威到北京大学中文系做短期讲课，讲课的题目就是“抒情传统与中国现代性”。他一共讲了八次，经过整理，这些讲稿于 2010 年以《抒情传统与中国现代性：在北大的八堂课》为书名由生活 · 读书 · 新知三联书店出版。可能是由于这个论题持续走热，2019 年，生活 · 读书 · 新知三联书店又出版了他的专著《史诗时代的抒情声音：二十世纪中期的中国知识分子与艺术家》。

② ［美］李海燕：《心灵革命：现代中国爱情的谱系》，修佳明译，北京大学出版社 2018 年版，第 8 页。

示，描绘现代主体与现代政治群体之间的关系”[①]。为了尽量准确地描绘现代中国早期的情感地图，她没有面面俱到，而是紧紧抓住爱情这个永恒的主题，关注其在中国现代性进程中扮演的复杂角色，概而言之，一方面爱情是个人主义的，是心灵的、浪漫的、自由的、飞扬的，是反宏大叙事的、排斥压制的、不愿被规训的。但作为一种现代意识形态，民族国家的构建同样需要源源不断的情感力量，换言之，不仅作为个体的“小我”需要爱，作为民族的“大我”、作为国家的“大我”也需要爱，而且，这种“大我”的爱更需要联合，需要合力，需要共振，需要升华，需要宏大叙事。这两种不同的情感形式彼此纠缠、博弈，有时候甚至像古希腊神话中的雅努斯一样，一头多面，怎样才能再现其真貌呢?

为了更好地理解现代社会中各种力量共同作用塑造社会结构的动态过程，特别是准确把握在作为感觉的思想观念和作为思想观念的感觉中共存的社会经验与社会关系的特质，英国马克思主义理论家雷蒙·威廉斯提出以感觉结构代替世界观或意识形态等更为正式的概念。李海燕就借用这一理论，以“儒家的感觉结构”“启蒙的感觉结构”“革命的感觉结构”对20世纪上半叶中国的爱情谱系进行命名，进而分析各感觉结构中爱情的内涵、作用、位置以及各感觉结构的更替。

李海燕以“儒家的感觉结构”涵盖从15世纪到20世纪早期

---

① ［美］李海燕：《心灵革命：现代中国爱情的谱系》，修佳明译，北京大学出版社2018年版，第7页。

的爱情话语，她之所以使用这样一个有点悖论的理论概括，一方面是因为这一时期的爱情话语体现了很强的叛逆色彩，是对“礼教”的激烈反叛，因而有研究者将其命名为“情教”运动，如其代表人物冯梦龙就以情感的丰富性作为评价一个人价值的尺度，而对出身、地位或财富等传统标准则弃置不顾；另一方面，尽管这一时期的“情教”运动“为了争取感情表达与个体性的合法化做出了诸般努力，却仍然因循着父系的传承、礼节的仪式和社会的秩序。礼仪的至高无上性极少受到质疑，而性欲也鲜有基于享乐原则而获肯定。所有的社会关系都经由‘情’完成了组织性的替换，但仍然没有摆脱‘理’的约束”[①]。比如，冯梦龙就直言自己之所以倡导“情教”，就是为了教诲诸众生，使“子有情于父，臣有情于君。推之种种相，俱作如是观”。[②]

这表明，这一时期的爱情话语既极力突出爱情的主体地位，但又无法不强调它在社会中的结构性作用，本就体现出了一定的悖论性。这种“儒家的感觉结构”在文学作品中鲜活地保留下来，尽管有的明显，有的隐微。比如，在汤显祖的《牡丹亭》中，爱情的力量是那么的巨大，杜丽娘一念既起，旋即忘生赴情，化作幽魂，前往柳梦梅居所与其相会，但三年后她还是得靠柳梦梅的帮助才死而复生，而柳梦梅也只是靠着金榜题名才与她百年好合。可见，生死

---

① [美]李海燕:《心灵革命：现代中国爱情的谱系》，修佳明译，北京大学出版社2018年版，第38页。

② （明）冯梦龙编:《情史》“龙子犹序”，中国广播电视出版社2005年版。

可以穿越，礼义须臾不可忘记。文康的《儿女英雄传》更是把叱咤江湖的侠女何玉凤“改造”为一名贤妾孝媳，其中的儒家气息之浓厚，更是可见一斑。鸳鸯蝴蝶派小说一方面歌颂爱情，另一方面又使爱情附着于一种更高的价值之上，公与私、个与群被奇妙地联结起来，呈现一种别样的民族主义想象：“民族被构想为家庭的延伸，爱国主义则被构想为孝义的延伸，性别与代际的等级制度随之默默滑退入这个想象的共同体之中，长久地维系着政治、道德与先验性的性别化模式。”①可见，鸳鸯蝴蝶派小说继承和转化了“儒家的感觉结构”，是其清末民初的标准代言人。

“五四”时期，“启蒙的感觉结构”勃兴，彻底颠覆了“儒家的感觉结构”。这一时期的爱情叙事引入现代伦理话语，坚持人是自由的、自我的、自主的、自为的，个人就像歌德的少年维特一样，不仅自由徜徉天地间，而且自由徜徉社会中，一切纽带、一切约束、一切说教都可以无视、漠视乃至蔑视，只有自己的心灵、自己的情感、自己的身体才是自己的主人。这样，爱情就成了世间最可宝贵的事物，也成了个体最有力的武器。为了爱情，个人可以反抗父母，走出家庭，解放自我。胡适的短剧《终身大事》中，为了女儿田亚梅的“终身大事”，她的母亲去求神拜佛，她的父亲向祖宗乞灵，企图说服或压制她拒绝陈先生的爱情，但原先有效的这一切现在全失效了，一番争执后，在陈先生“此事只关系我们两人，

① [美]李海燕：《心灵革命：现代中国爱情的谱系》，修佳明译，北京大学出版社2018年版，第96页。

与别人无关，你该自己决断”[①]的短笺引领下，毅然决然地离开父母，离开家庭，做了自己的主人，做了爱情的主人。考虑到胡适在“跋”中提到几位原本要上演这出短剧的女学生因为剧中的田女士跟人跑了而没有人敢扮演她不得不作罢的说明，则这种文学的出走、想象的出走更有价值：这是宣言，这是战斗！

当然，走出家庭的“田女士”们追求的不只是爱情或婚姻自由，或者说，不只是一种新理念、一种新实验、一种新人类，而是一种新生活、一种新社会、一种新国家，即一种使爱情自由有所附丽的新世界。只有在这个意义上，我们才能理解鲁迅的追问：娜拉走后怎样？才能理解他“做梦的人是幸福的”“人生最苦痛的是梦醒了无路可以走”的苦叹，才能理解他“自由固不是钱所能买到的，但能够为钱而卖掉”的智慧，才能理解他即使赢得了经济自由，“娜拉”们仍难以摆脱傀儡的命运，“无非被人所牵的事可以减少，而自己能牵的傀儡可以增多罢了”的洞见，[②]以及其中生命不息追求不已的深长寄托。也只有在这个意义上，我们才能理解为什么在一众新文化先锋极力倡导青年拥抱爱情、走出家庭的时候，他却写了“走出”后的悲剧《伤逝——涓生的手记》，为子君、为涓生、为青年写出了“走出”后的悔恨和悲哀。因为“中国太难改变了，即使搬动一张桌子，改装一个火炉，几乎也要流血；而且即使

① 胡适：《终身大事》，《新青年》第六卷第三号，载陈独秀、李大钊、瞿秋白主撰《新青年》（第六卷），中国书店 2011 年版，第 254 页。

② 鲁迅：《娜拉走后怎样》，载《鲁迅全集》第一卷，人民文学出版社 2005 年版，第 166—170 页。

有了血，也未必一定能搬动，能改装”[①]。

这种将个人主义与民族主义、现代爱情与民族国家相结合的理念，使“启蒙的感觉结构”一步步跃升到“革命的感觉结构”，即“从以家庭和爱情为模型的民族身份的‘分享、扩散或浸渍’中，可以推衍出在时间和空间上把民族共同体捆束在一起的‘民族感觉’或‘民族同情’”[②]。在这样的“感觉”或“同情”中，人们的命运联系在一起。这种“革命的感觉结构”在20世纪30年代至五六十年代的文艺作品中，随处可见。梁斌的长篇小说《红旗谱》以朱、严两家三代农民同地主冯老兰父子两代的斗争为主线，描写冀中地区“反割头税”斗争和保定二师的学生爱国运动，展现了20世纪二三十年代中国共产党领导人民进行斗争，争取民族独立民主解放的历史过程。在这幅壮阔的历史画卷中，爱情描写虽然不多，却是最动人的章节。小说中有个特别有意味的细节：与革命者运涛处于热恋中的春兰，让运涛给她写下“革命”二字，用白色丝线绣到新做的蓝布褂上，穿着去赶药王庙大会，在乡村引发轰动，年轻小伙子都追着她看“革命”。这个细节之所以有意味，是因为它生动地再现了那个时候人们把“爱情”与“革命”，把个人命运与国家命运紧密结合在一起的浪漫心理，就像小说中春兰所想象的那样：“革命成功，乡村里的黑暗势力都打倒。那时，她和运涛成

---

① 鲁迅：《娜拉走后怎样》，载《鲁迅全集》第一卷，人民文学出版社2005年版，第171页。

② ［美］李海燕：《心灵革命：现代中国爱情的谱系》，修佳明译，北京大学出版社2018年版，第240—241页。

了一家人。哪，他们就可以自由自在的，在梨园里说着话儿收拾梨树。黎明的时候，两人早早起来，趁着凉爽，听着树上鸟叫，弯下腰割麦子……”① 多么诱人的情景，多么真挚的感情！但要赢得这种自由的情感和幸福的人间，他们还要经历磨难与考验。

但在这种新型情感关系中，我们在讨论中经常遇到的老问题又以新面貌浮现出来，即爱情的个体性、自由属性与民族国家认同的抵牾。从另一个维度上看，革命的目标就是人的解放与自由，爱情自由自然内在于革命目标之中，但为什么在一定的情境中爱情必须服从革命？或者说，为什么爱情自由在一定的情况下必须投射到革命的远景中而非当前？更严峻的挑战是革命取得胜利后爱情自由却仍是一种承诺而非现实。在 20 世纪 30 年代的“革命 + 恋爱”小说中，这种爱情自由与民族国家认同之间的抵牾就已浮出水面，只是那个时候尚可以把爱情自由的承诺投放到革命胜利之后的未来时空中，从而延宕矛盾的激化。但在社会主义革命和建设时期，这种爱情仍然需要延宕。比如，尽管柳青在长篇小说《创业史》中对梁生宝与徐改霞未能实现的爱情作了各个层次上的铺垫与解释，但仍然让人觉得十分遗憾，就是对这种一再被延宕的爱情自由的一种正常的心理和情感反应吧？在极端时段，爱情甚至一度从文学艺术中销声匿迹，教训就更深刻了。

李海燕对“现代中国爱情的谱系”的梳理到 20 世纪 50 年代

① 梁斌：《红旗谱》，人民文学出版社 1957 年版，第 112—113 页。

图 4-3　路遥像

为止，对其后的情况，特别是“新时期”后的情况一笔带过。但是，顺着她的思路，我们可以增补一种感觉结构——“改革的感觉结构”，以观察、分析这一时期的爱情叙事。在这个时期，爱情作为一种“不能忘记”的力量重新浮出历史地表，参与到改革开放的宏大历史叙事之中，成为推动改革开放的重要动力——是呀，一个连爱情自由都得不到保障的社会是多么的乏味，多么的不人道，多么的令人厌倦甚至痛恨呀！这样，与改革开放一道而来的爱情自由将激发出怎样的活力就可想而知了。其实，在“启蒙的感觉结构”“革命的感觉结构”中，我们早就见识过这种情感的力量了，这次不过又换了一件新装而已。

路遥的中篇小说《人生》把“改革的感觉结构”中爱情之复杂微妙表现得淋漓尽致：张克南和黄亚萍的父母极力撮合儿女的终身大事，为此，张克南的母亲不惜冒着被人鄙视、戳脊梁骨的风险举报高加林，将其从县城重新打回农村，从“国家干部”重新贬回农民，从人生的巅峰重新推到低谷，一句话，将他打回原形——偏僻贫穷山村的农民。在这条叙事线索中，我们既看到了门当户对的封建意识残余，也看到了革命年代滋生的新权贵意识，看到了这些因素对爱情的羁绊。正是由于这个原因，我们对高加林的态度格外复杂，既反感他对巧珍的始乱终弃，对他的失败又不乏同情，因为凭他的才具，他本可以在城市中拥有自己的一片天地、一份事业、一份爱情，如果没有户口限制的话。在高加林对巧珍的始乱终弃中，我们则看到了在新时期与日俱旺的市场意识、“算计精神”，正是在这种意识和精神支配下，高加林在与巧珍久别重逢后才感到她说的话是那么的乏味，让他烦躁不已，从而当黄亚萍表达了对他的爱意后，他虽然心中有愧，但仍然抛弃了巧珍而投入黄亚萍的怀抱之中。

这种前后夹击的状况，使得巧珍对高加林的爱情就像朝霞一样明丽。她是那么的勇敢，一旦发现自己与高加林之间的爱情有了可能，她就毫不犹豫地追求、表白。为了爱情，她向高加林“学习”现代生活方式——刷牙，即使引来村人围观、讥讽，父亲愤怒、反对，也在所不惜。在她心中，能向自己所爱的人看齐是多么幸福呀！她又是那么的纯粹，她对高加林的爱情完全发自内心的召唤，是无功利的。为了爱情，她宁愿付出一切，竟然向高加林做出了让他待在家里，自己上山劳动，“不会叫你受苦的”[①]承诺，这与当时的现实截然逆反。她又是那么的仁厚，当高加林背弃她后，她虽然无比痛苦、无比伤心、无比绝望，却没有愤怒、没有纠缠、没有抱怨，而是默默忍受了一切。当高加林被打回原形，从县城回农村

① 路遥：《人生》，北京十月文艺出版社 2009 年版，第 43 页。

时，她又拦阻了想去羞辱他的姐姐。正是这种纯洁的感情，使德顺爷爷感慨高加林“把一块金子丢了”[①]。

果然，悲剧就是把美丽的事物打碎了给人看。但巧珍碎裂一地的爱情不只是引发我们的一掬同情之泪，而是以其失败再次提醒我们，爱情不仅是爱情，不仅是心灵的戏剧，不仅是两个人之间的相亲相爱。就像人是社会关系的总和一样，爱情也必须在这个“总和”中找寻自己的位置。更进一步说，爱情叙事既是为爱立法，为人发声，同时也是向社会发言，希望以爱情言说拓展社会空间，丰富社会关系。回到《人生》中来，巧珍的爱情悲剧——某种意义上，高加林、张克南、黄亚萍等的爱情也是悲剧，或者说他们共存于一个悲剧结构之中——刺激我们追问：什么时候，巧珍、加林、克南、亚萍——所有的中国青年，才能拥有无拘无束的生活空间，才能拥有自由自在的爱情呢？这是一个需要一代又一代青年人以接力赛的方式思考、回答的问题。

仅以爱情为主线，我们就在中国现代文学史上发现了如此丰富的抒情变奏，如果再加上亲情、友情、乡情、家情、国情，则中国现代文学中的抒情传统更加丰富、饱满，堪称抒情大合唱。这告诉我们，尽管感觉结构在更替，但情感始终是中国社会中的活跃因素。中国文学的抒情传统在现代不仅没有断裂，反而以新的方式蓬勃展开。

---

① 路遥：《人生》，北京十月文艺出版社 2009 年版，第 211 页。

六

中国文学的抒情传统为新时代文艺创作提供了丰厚的资源和有益的启示，本就值得好好研究、借鉴。更值得注意的是，20 世纪 60 年代以降，情感研究在多个学科兴起，近年国内学界也多有讨论的“情动”理论就是这一潮流的一个明显例证，这一理论“从人体的意识和感官感觉出发，批判近代以来形成的以原子化的个体身份为基础的主体性，寻找身体感官、认知及意识中的可塑性（plasticity）和液态性（liquidity），强调前话语状态的可能性”[①]。“情动理论”和更广义的情感研究在文本解释和文化批判上显示出丰富的能动性，“带动了对主体与客体、个人与社会、理性与道德、认同与伦理以及现代性的普遍性与特殊性等一系列理论问题的再思考。锋芒所及，不仅挑战了资本主义现代性条件下理性与情感二分的身体范式，而且慢慢汇集起一整套对于情感与主体性、身体、媒介、文学之间的关系的新理解，在方法论上也暗示了‘理论之后’的突破”[②]。这样，“情感”不仅成为重要的研究领域和对象，而且提供了重要的研究视野和方法。

在这样的理论视野中，情感作为人与生俱来的素质，不仅成为衡量一个社会自由、平等、公正、法治，即文明进步程度的基础标

---

① 张春田、姜文涛主编：《情感何为：情感研究的历史、理论与视野》“编者说明”，北京大学出版社 2022 年版，第 I 页。

② 张春田、姜文涛主编：《情感何为：情感研究的历史、理论与视野》“编者说明”，北京大学出版社 2022 年版，第 I—II 页。

尺，而且成为号召人们向着这一目标前进的鲜明旗帜。还是在这样的理论视野中，情感是人与人之间最基础、最重要——虽然最不可见——的纽带，正如情感的“液态性”一样，这一纽带富于流动性、可塑性，是使人类社会保持有机性的重要因素，它提醒我们：一种缺乏情感依托的社会关系，无论范围大小，往往是脆弱的，无法长久维持。正是从这个角度出发，有研究者提出了“情感社群”的概念，研究情感在不同“社会”中的不同表现，甚至在同一“社会”中的矛盾表现。①

如果将“社群”的范围推广到民族国家层面，就可以得到“情感国家”的概念，即将民族国家视为一个“情感共同体”。在这样的视野中，情感在民族国家这个共同体中的作用可以得到相当程度的呈现。上文我们引用的李海燕以三种“感觉结构”②归纳、烛照“现代中国爱情的谱系”的内容，已初步显示了情感在现代中国兴起中的作用。下面，笔者将进一步放宽情感的范围，详细讨论其在现代中国之作用。

在传统的“儒家的感觉结构”中，“礼”是社会规范的核心要素。在“情教”的“儒家的感觉结构”中，“情”是社会规范的核心要素。但在新文化运动的发起者、拥护者眼中，则不论新旧，“儒家的感觉结构”一律是虚伪的、丑陋的、黑暗的，既没有

---

① 参见［美］芭芭拉·H. 罗森韦恩《忧心历史里的情感问题》，载张春田、姜文涛主编《情感何为：情感研究的历史、理论与视野》，北京大学出版社 2022 年版，第 149 页。

② 加上笔者补充的“改革的感觉结构”，则一共有四种感觉结构。

“礼”，更没有“情”。这在鲁迅的作品中有最直接具体的表现，也有最猛烈无情的抨击。在《狂人日记》中，封建中国被斥为“四千年来时时吃人的地方”[①]，而且“从盘古开辟天地以后，一直吃到易牙的儿子；从易牙的儿子，一直吃到徐锡林，从徐锡林，又一直吃到狼子村捉住的人”[②]。在这样的“吃人”的世界里，哪里会有“礼”，哪里又会有“情”？毋宁说，那些关于“礼”关于“情”的说教不过是“吃人”的铺垫与掩饰。更震人心魄的是，从“去年城里杀了犯人，还有一个生痨病的人，用馒头蘸血舐”[③]这句话，引出了《药》的故事，不仅写尽了民众对于革命者夏瑜的无情，而且点出他们对于儿子的痴情其实也是愚情。《肥皂》则是专门解构“礼”的。那满嘴礼义廉耻，“不是骂十八九岁的女学生，就是称赞十八九岁的女讨饭”[④]的四铭，简直就是虚伪的化身，在鲁迅凌厉的笔下，他口中发出的一切礼义之语都化作了想象中孝女咯吱咯吱用肥皂洗澡的声音——欲望的声音，礼义早已荡然无存。

如果说鲁迅的文字是匕首，冲着旧中国的心脏处——黑暗的礼教——给予致命的一击，则巴金的小说就是长枪，在旧中国最核心的单元——封建家族——内纵横捭阖，对其中的一切罪、一切恶进

① 鲁迅：《狂人日记》，载《鲁迅全集》第一卷，人民文学出版社 2005 年版，第 454 页。

② 鲁迅：《狂人日记》，载《鲁迅全集》第一卷，人民文学出版社 2005 年版，第 452 页。

③ 鲁迅：《狂人日记》，载《鲁迅全集》第一卷，人民文学出版社 2005 年版，第 452 页。

④ 鲁迅：《肥皂》，载《鲁迅全集》第二卷，人民文学出版社 2005 年版，第 52 页。

行扫荡。而且，与鲁迅冷峻内敛的风格相比，巴金的小说更坦诚直白，更诉诸情感的力量。在其长篇小说《家》中，不仅写人物言行的文字饱蘸着感情，就是写场景的文字也像在情感的汁液中浸泡过一样，极易引发情感共鸣。比如，小说开篇不久，写到觉民、觉慧两兄弟放学回家，即将回到家——高公馆——时，对这条街上的公馆有这样一段文字描写：

> 有着黑漆大门的公馆静寂地并排立在寒风里。两个永远沉默的石狮子蹲在门口。门开着，好像一只怪兽的大口。里面是一个黑洞，这里面有什么东西，谁也望不见。每个公馆都经过了相当长的年代，或是更换了几个姓。每一个公馆都有它自己的秘密。大门上的黑漆脱落了，又涂上新的，虽然经过了这些改变，可是它们的秘密依旧不让外面的人知道。①

读着这寒冰般彻骨的文字，我们一下子就看透了这些公馆的本质——怪兽，当然也一下子就看透了它们的秘密——吃人，以礼的名义吃人。正因为如此，不仅这里的空间是黑暗的，令人恐惧、压抑的，就是这里的时间、这里的声音，也散发着死亡的气息、哭泣的气息：

---

① 巴金：《家》，人民文学出版社 1953 年版，第 5 页。

> 夜死了。黑暗统治着这所大公馆。电灯光死去时发出的凄惨的叫声还在空中荡漾，虽然声音很低，却是无所不在，连屋角里也似乎有极其低微的哭泣。欢乐的时期已经过去，现在是悲泣的时候了。[①]

果然，悲泣的时候开始了。先是丫鬟鸣凤被高老太爷“送”给冯老太爷做小，尽管鸣凤百般不愿、万般哀求，但就因为这是高老太爷定下来的，就没有人敢抗命，敢去替她求情，绝望的鸣凤投湖而死。在这之前，他们已经毁了觉新和梅芬的爱情，而他们之所以毁掉这段青梅竹马的爱情，只是因为他们的母亲在牌桌上闹了矛盾。这荒谬的“游戏”使觉新变成了高公馆里的一具行尸走肉，有时候还因为懦弱而成为害人者的帮凶。梅芬经历了一段失败的婚姻后病入膏肓。现在，突如其来的兵乱让他们再次在高公馆相遇，但这相遇不过是为了让我们看到一场更绝望的别离，生与死的别离：很快，梅芬就因病而亡；觉新则陷入无尽的愧悔之中。当然，这也让我们更看清了公馆的本质。就是高老太爷也没逃脱被反噬的命运，他被在外养小公馆的儿子克定气病后，他们不仅不好好给他治病，反而求神弄鬼，把他给吓死了。但就是这样，在陈姨太和她一众孽子的操纵下，高老太爷的“幽灵”依然不肯作罢，仍然把觉新美丽贤淑的妻子瑞珏给害死了——他们说高老太爷的灵柩停在家

---

① 巴金:《家》，人民文学出版社 1953 年版，第 20 页。

里，瑞珏怀孕生产会引发“血光之灾”，把她驱赶到城外僻远的荒村。后来，瑞珏难产，得不到及时救治，痛苦而亡。

正是这一桩桩惨剧，惊醒了公馆里的年青一代，使他们起来抗争，争取自己的权利，特别是爱的权利，自由的权利：为了捍卫自己和琴表妹的爱情，觉民毅然离家出走，一直到高老太爷临终前取消他包办婚姻的成命；觉慧更决绝，他在这个死气沉沉的家里一刻也待不下去了，即使爷爷的灵柩尚未入土为安，他也决然地离家出走，只不过他比觉民走得更远，他要“走异路，逃异地，去寻求别样的人们”[①]。就连觉新也有所惊醒了，虽然不敢明着反抗，却暗中资助叛逃的觉慧。

我们看到，无论是鲁迅冷峻的匕首还是巴金悲情的长枪，指向的都是旧家庭，直面旧家庭内部的虚伪与丑恶、无情与无礼，指出其黑暗本质，这样，作为封建社会细胞的“家”就只剩下一副空架子，名存实亡，而以其为基础建构起来的“国”自然也就摇摇欲坠，朝不保夕。但诚如巴金坦言：“生活并不是悲剧。它是一场‘搏斗’。”[②]在这场搏斗中，人们不仅敢于打破旧世界，而且善于寻找、建设一个新的世界。在寻找和建设的过程中，情感也是最基本最澎湃的力量。

鉴于以往对中国革命的研究多从阶级关系、意识形态、组织机

---

① 鲁迅：《呐喊·自序》，载《鲁迅全集》第一卷，人民文学出版社 2005 年版，第 437 页。

② 巴金：《〈激流〉总序》，载《家》，人民文学出版社 1953 年版，第 1 页。

构和政治文化等维度展开，哈佛大学政治系教授裴宜理提醒人们注意中国革命中的情感因素，认为相较于其他因素，“情感工作”才是中国共产党战胜国民党并实现自己革命目标的关键原因，她认为在中国革命过程中，中国共产党探索、建立了一套有效的“情感工作”模式，“实施大量的情感工作”，感动民众，让他们“衷心地想要投入到一种高度情感化的正义事业中去”，使中国共产党天下归心，赢得胜利。正是基于这一原因，她建议相关研究者以情感的模式重访中国革命。①

我们当然不能过分夸大“情感工作”的重要性，任何事业，如果没有一定的物质基础，没有真理的内容，即使“情感工作”做得再好，恐怕也只能收一时之效，而无法长期奏效。但裴宜理的研究又很有启发，“情感工作”确实是中国共产党领导革命的一条重要经验，它与物质工作、组织工作、理论工作等有机结合，互相促进，确保中国共产党领导中国人民赢得革命胜利，而这一经验在研究中被长期忽视。

这种“情感工作”在革命文艺中表现得最为明显。诚如毛泽东同志在《在延安文艺座谈会上的讲话》中所形象地指出的，中国革命有两条战线，一条是军事战线，另一条是文化战线，要赢得革命胜利，除了有手里拿枪的军队，还要有文化的军队，“这是团结自

---

① [美]裴宜理:《重访中国革命：以情感的模式》，李寇南、何翔译，《中国学术》2001年第4期。

己、战胜敌人必不可少的一支军队”[①]。这支文化军队承担的一项重要任务就是“情感工作”，也就是说，这支文化军队创作了大量脍炙人口的文艺作品，唤醒了长期埋藏在人们心底的情感，使之汇聚成情感的巨流，浩浩荡荡，一往无前，在人们心中引发情感共振，有力地推动了中国革命发展。

翻阅革命文艺史，会发现许多生动的案例，比如歌剧《白毛女》。关于这部歌剧的主题、思想、美学已有大量高质量研究成果，笔者不再赘言，只是谈谈其引发的“轰动效应”，即其“情感工作”效果。1962 年，为了纪念毛泽东同志《在延安文艺座谈会上的讲话》发表二十周年，中央歌剧舞剧院重新排演了歌剧《白毛女》，受到热烈欢迎，《戏剧报》编辑部邀请首都文艺、戏剧界的一些同志举行座谈会，在座谈会上，田汉就说歌剧《白毛女》“是为革命立过功劳的。在解放战争的年代里，它发挥过巨大的政治教育作用；在艺术上，为我国新歌剧艺术开辟了一片新的天地。在国统区的时候，就有很多人读过《白毛女》的剧本，看过它的演出，受到很大感动。所以有人说：‘革命未到，白毛女先到了’”[②]。田汉系统总结了歌剧《白毛女》的贡献，而一些亲历者的回忆则让我们隔空“目睹”了其情感力量。1983 年，丁玲在回忆延安文艺运动盛况时，说歌剧《白毛女》是“广大农村不可缺少的精神食粮”，“每

---

① 毛泽东：《在延安文艺座谈会上的讲话（一九四二年五月）》，载《毛泽东选集》第三卷，人民出版社 1991 年版，第 847 页。

② 张庚、萧三、叶林等：《座谈歌剧〈白毛女〉的新演出》，载陆华编《贺敬之研究文选》下册，文化艺术出版社 2008 年版，第 753 页。

次演出都是满村空巷，扶老携幼，屋顶上是人，墙头上是人，树杈上是人，草垛上是人。凄凉的情节，悲壮的音乐激动着全场的观众，有的泪流满面，有的掩面呜咽，一团一团的怒火压在胸间”。[①]演出的热烈气氛把人们的心都融化了。1946 年 3 月下旬，刘尊棋得到一个难得的机会，从上海飞往张家口，观看歌剧《白毛女》。他看了一场又一场，留下了永难磨灭的印象。有一次，“招待八十几个被俘的蒋军官兵，他们坐在前几排，当演到杨白劳死去，喜儿摔盆，恶汉抢她的时候，这几排贵宾竟哭不成声，后来索性号啕大哭起来，连舞台的对话和歌声都听不清楚了”[②]。化人为己、化敌为友，这是怎样的情感力量！在这样的情感动员下，又有谁不愿意打倒“把人变成鬼”的旧社会、建设“把鬼变成人”的新社会呢？这情感力量甚至能够跨越国界、跨越时空、跨越语言，把人心联系在一起。据王昆回忆，1951 年他在德国柏林和德累斯顿演出谢幕时，观众给她的鲜花都抱不动了，“偶然有人给黄世仁（陈强饰）一把花时，台下的老太太还呼喊：‘不许给他——，不许给他——’，又把花从陈强手中夺过来，重新给我，引起全场观众大笑……”[③]，老太太“正义”的呼声和观众会心的笑声，是观众爱恨情仇的生动反

① 丁玲：《总序》，载《延安文艺丛书》编委会编《延安文艺丛书》，湖南文艺出版社 1987 年版，第 7 页。

② 李刚：《歌剧〈白毛女〉的历史贡献》，载陆华编《贺敬之研究文选》下册，文化艺术出版社 2008 年版，第 818 页。

③ 王昆、陆华：《就歌剧〈白毛女〉创作过程中的若干问题访王昆同志（2003 年 7 月 7 日）》，载陆华编《贺敬之研究文选》下册，文化艺术出版社 2008 年版，第 974 页。

映，是情感之河在中国人民和德国人民心中汇流、融合激发出的美丽浪花。

何止是在中国革命过程中“情感工作”发挥了重要作用，就是在社会主义革命和建设时期，在改革开放的新时期，“情感工作”同样发挥了重要作用。作为“情感工作”的重要抓手，文艺同样有所作为。赵树理反映中国农村互助合作事业的长篇小说《三里湾》就是从“爱情革命”写起的，也是在灵芝与玉生、有翼与玉梅、满喜与小俊的圆满爱情中落下帷幕的，“情感革命”是推动社会主义建设的原动力。改革开放事业不也是在“爱是不能忘记”的反复咏叹中开启新时期的吗？正是在这样的反复咏叹中，爱情的位置、青春的位置、事业的位置、祖国的位置等，得到深刻思考，合理措置，改革开放的航船在饱满的情感巨流中扬帆起航。新时期伊始的文学作品，几乎篇篇中回响着情感的旋律，就是报告文学这种带有相当纪实性的作品也写得像咏叹调一样，充满了抒情色彩。比如，徐迟的《哥德巴赫猜想》就用这样的文字赞美陈景润验算哥德巴赫猜想的公式：“何等动人的一页又一页篇页！这些是人类思维的花朵。这些是空谷幽兰、高寒杜鹃、老林中的人参、冰山上的雪莲、绝顶上的灵芝、抽象思维的牡丹。”[①] 这不仅是由衷的礼赞，更是深切的呼唤。这深切的呼唤不仅唤醒了陈景润长期受伤的心，唤醒了千千万万科技工作者冬眠的心，唤醒了无数读者的事业心，还唤醒

---

① 徐迟：《哥德巴赫猜想》，中国青年出版社 2000 年版，第 54 页。

了科学的春天，唤醒了改革开放的春天。

正因为“情感工作”的极端重要性，也因为文艺在“情感工作”中不可或缺的作用，习近平总书记高度重视中国文艺的抒情特质，指出：“我国久传不息的名篇佳作都充满着对人民命运的悲悯、对人民悲欢的关切，以精湛的艺术彰显了深厚的人民情怀。”①进而强调：“有没有感情，对谁有感情，决定着文艺创作的命运。如果不爱人民，那就谈不上为人民创作。”②也正是由于这个原因，习近平总书记才大力倡导“有情”的新时代文艺，指出：“能不能搞出优秀作品，最根本的决定于是否能为人民抒写、为人民抒情、为人民抒怀。一切轰动当时、传之后世的文艺作品，反映的都是时代要求和人民心声。”③

七

既然“情感工作”如此重要，那么我们需要什么样的情感叙事呢？

英国情感史研究先驱威廉·雷迪关注情感管理问题，提出了“情感政体”的概念，他通过研究指出：“任何长治久安的政体都必须有一个基本的要素，即关于情感的规范性要求，也就是‘情感政

---

① 习近平：《在文艺工作座谈会上的讲话》，《人民日报》2015年10月15日。

② 习近平：《在文艺工作座谈会上的讲话》，《人民日报》2015年10月15日。

③ 习近平：《在文艺工作座谈会上的讲话》，《人民日报》2015年10月15日。

体'。”而且，“可以用一种简单的频谱排列的方式分析认识情感政体”，位于这个频谱一端的是“严格的政体”，“要求个体表达规范性情感、避免不当的情感表达。在这类政体中，有限的情感话语也都被仪式或官方的艺术形式所模塑”。位于这个频谱另一端的则是“宽松的政体”，即“仅特定时期特定场合要求严格的情感规范的政体”[①]，这类政体“犹如一把伞一般庇护着各种各样的情感类型，而不是孤立异类、笼络顺从者”[②]。他还总结说：“严格政体提供强有力的情感管理工具，但是以牺牲更大的自我探索和情感导航空间为代价的。宽松的体制为情感导航提供了足够空间，允许在不同地区、不同个体之间，或者通过构建稳定的小群体，存在多样的情感管理手段。”[③] 换言之，相较于“严格的政体”，“宽松的政体”能提供更多的情感自由，降低情感痛苦的程度和发生频率，使“情感政体”进而整个政体都更富弹性，更有生命力，更长治久安。基于这个原因，他建议建设宽松的“情感政体”。

威廉·雷迪的研究不仅对情感管理有启示，对情感叙事也有一定的借鉴意义，他提醒我们要用情而不要滥情，要有情而不要矫情。更具体地说，我们要通过文艺创作建设一个有机的情感共同

---

① [英] 威廉·雷迪:《感情研究指南：情感史的框架》，周娜译，华东师范大学出版社 2020 年版，第 165 页。

② [英] 威廉·雷迪:《感情研究指南：情感史的框架》，周娜译，华东师范大学出版社 2020 年版，第 166 页。

③ [英] 威廉·雷迪:《感情研究指南：情感史的框架》，周娜译，华东师范大学出版社 2020 年版，第 167 页。

体，而非压抑情感。这需要我们的作家、艺术家深入生活，研究社会，从人民丰富多彩的实践中汲取营养，然后以艺术升华情感，再反作用于生活。

从这样的角度出发，我们今天尤其需要一些基础的情感叙事，需要一些朴素的情感叙事，需要人间叙事、人情叙事，需要亲情叙事、友情叙事。这些情感多发端于民间，发端于日常，看起来不怎么起眼，不值得关注，却是中国人生活中最强韧的纽带，也是确保中国社会长期稳定的底层结构。就像经络把人连贯为一个整体一样，这种人间情感把一个个原子化的人联结为一个个小社群，把一个个小社群联结为一个个大社群，以此类推，直至民族国家，乃至全人类，每个人都处于一个可大可小、可远可近、伸缩自如的情感共同体之中，处于一个情感的差序格局之中。更重要的是，这种联结不仅是物质的、外在的，更是精神的、内在的，这使得某个个体即使远在千里之外，也时时刻刻心系自己“身在其中”的大大小小的共同体：一个人，在村社之内活动，他心系的可能就是自己生活于其中的“家”，就是他的家人；离开了村社，到了异地，他的“家”就扩大了，变成了“乡”，他挂念的就不只是“家”，而是“家乡”；走得更远些，离开“家乡”，到了国外，变成游子，他牵念的就不只是“家乡”了，而是“家国”。

一个时期以来，我们的文学艺术忽略了人间叙事、人情叙事，忽略了亲情叙事、友情叙事。从理论上看，这是因为忘记了中国文学的抒情传统；从实践上看，这是因为自 20 世纪 80 年代末期始，在现代主义理论主导下，我们一味“向内转”，忘记了人间是文学艺术的一个更可靠的源泉。梁晓声的长篇小说《人世间》及据其改编的同名电视剧走红，使我们重新看到“人间”的光彩，也使我们重新发现“人情”的力量。小说以周秉义、周蓉、周秉昆三兄妹为中心，以他们各自的人生道路为线索，贯串起改革年代——兼及革命年代，贯通了上中下社会各阶层，展现人间万象，展示人生百态，可谓一部全景式的小说。细读文本就会发现梁晓声对周家三兄妹身份的设定是精心考虑过的：一生为官、晚年解甲的周秉义代表着官方话语；一心向学、游走天涯的周蓉代表了知识分子话语；扎根家庭、终生苦劳的周秉昆则代表着民间话语。在笔者看来，作家这么设定，就是想在这三种话语的对话中展现长期被遗忘的民间社会，展现民间社会的独特价值。而民间社会的价值就体现在情感上，特别是亲情、友情上。进一步说，周秉义和周蓉之所以能够在各自的天地内相对自由地行动，一个重要原因就是弟弟周秉昆继承了父母的衣钵，建立了一个不大但有情的家园，在光字片站稳了脚跟，使他们疲劳、失败时，能有所归依。比如，当周蓉被羁押时，周秉昆毫不犹豫地承担起照顾外甥女玥玥的责任，而且一照顾就是十几年。这种朴实淳厚的民间情感应该也是秉义在仕途晚期决然地回归家乡，担任分管城建的副市长，义无反顾地投身于改造老城区，特别是光字片，回馈这里的父老乡亲、兄弟姐妹的原因之一。

这种情感叙事是以周秉昆为中心展开的。其实，周秉昆为人处世的核心准则就是一个“情”字。血浓于水，他跟父亲母亲哥哥姐姐的亲情自不待说，是小说中的一条红线。他跟郑娟的爱情也十分感人。郑娟不仅有一段悲伤的爱情往事，还是一位被侮辱、被伤害者，但周秉昆却一往情深，不仅一辈子深爱她，而且承担起照顾她整个家庭的责任。他跟继子周楠的感情更是感人。周楠是郑娟被骆士宾性侵后生下的孩子，周秉昆和郑娟结婚后，“父子”之间并不融洽，而是有些疙疙瘩瘩，周秉昆好不容易化解了这层情感的薄冰，骆士宾又来跟他争夺周楠的抚养权，周秉昆一怒之下，打伤骆士宾，惹上牢狱之灾……在此起彼伏的波折中，一种独特的“父子”情感得到升华，周秉昆的“父亲”形象也被生动地树立起来。周秉昆对朋友也是有情有义，尽管时代巨变，人情凉薄，有人背信弃义，他却尽量与他们相濡以沫。通过周秉昆的故事，我们看到了一部当代中国善良、勤劳、坚忍的百姓生活史，更看到了一部当代中国深情、温厚、绵延的情感史。这种情感史让我们百感交集，让我们长泪沾襟，也让我们踏实、心安。

还是从这样的角度出发，笔者对当下文学艺术作品中爱情叙事的薄弱乃至缺失感到遗憾。作为文学艺术的永恒主题，能否创作出优秀的爱情作品，是对一个时代文学艺术的考验，也是衡量一个时代情感叙事的重要标准。在当下的文艺作品中，爱情似乎无处不在，诚如一些人所批评的，在我们的电视剧中，特别是在职场剧中，基本上看不到职场，看不到职业，看到的都是谈情说爱，以至于有网友总结出这样的段子：“国产职场剧：一群白领谈恋爱。国产军旅剧：一群军官谈恋爱。国产乡村剧：一群农民谈恋爱。国产历史剧：一群古人谈恋爱。国产恋爱剧：一群人撕逼，吵架，拱火，打胎，扇耳光，他们就是不像在谈恋爱。”[①] 这种怪现象不仅令人反感，而且可悲：那么多人谈情说爱，但真正能够让人记得住的爱情故事、爱情片段却少之又少，几近于零。客观地看，爱情叙事的匮乏，不仅是文学艺术内部的问题。在一个高度物质化、功利化、欲望化的社会里，情感也会变成商品，有了价格，却贬了价值，要想从根本上克服这个问题，必须从社会层面找原因。但在情感商品化、欲望化、物质化、异化的过程中，我们的文学艺术并不是清白的、无辜的，也不是没有起推波助澜甚至火上浇油的作用。美好情感是美好生活的内在需求，爱情叙事更是情感叙事的主流。古今中外的文艺史上有那么多动人的爱情故事，就是那些失败的爱情故事也以其失败让我们看到爱情之美，之可贵，从而心向往之，追求之。真希望我们的艺术家能够专心用情，创作出新时代的爱情佳篇力作。

我还想谈谈民族情。中华民族是一个多民族共同体，各民族儿女在革命、建设、改革事业中不仅书写下了各自发展历程的辉煌篇章，而且写下了民族交往、交流、交融的感人至深的有情篇章。因此，我们在情感共同体的层面上讨论中国文学艺术，就必须包含民族情。在这方面，我们已经有许多优秀的文艺作品，而杨志军获得第十一届“茅盾文学奖”的长篇力作《雪山大地》又给我提供了一个优质范本。

① 令狐伯光：《孙俪、罗晋、黄轩、佟丽娅：没用的！国产职场剧只会“谈恋爱”》，https：//baijiahao.baidu.com/s?id=1660765938986344297&wfr=spider&for=pc。

小说以“我”家和角巴德吉家汉藏两个家庭的交往交织为线索，把汉藏两个民族人民在追求美好生活过程中凝结成的深情厚谊展示得淋漓尽致、感人至深。特别是“我”的父亲，为了让沁多草原上的人们过上好的生活，他呕心沥血，几乎献出了一切。他放弃副县长的官职，历尽艰难，在“一间房”建起全县第一座小学，播撒现代文明的种子；为了帮助妻子苗医生治疗被隔离在生别离山近乎被赶入地狱的麻风病人，他“投机倒把”，在这里建了一座现代医疗所，他因此陷入牢狱。他的妻子苗医生在治疗病人的过程中染上麻风病，但依然不离不弃，在与世隔绝的状况下一边搞科研，一边治病，成为草原上的活菩萨。出狱后，他不能当老师了，就利用自己的聪明才智，在草原上发展商品经济，带动牧民致富；后又主动放弃贸易公司，带领牧人承包草场，解放草原生产力，提高牧民生活水平。可是物极必反，大承包后，草原牛羊数目快速增加，牧民生活短期内得到改善，但资源过度消耗，草原开始退化，父亲成为牧民唾弃的对象。父亲意识到问题的严重性后痛不欲生，殚精竭虑，寻找救治之道，经历百般挫折才找到了建造生态城市，让牧民离开草原进入城市生活，还原草原生态的办法。为完成这个目标，他又放弃生意，接受任命，出任公职，全力以赴。为了草原，父亲不仅献出了自己，辛劳一生后在野马雪山前“坐化”，而且献出了妻子，她成了“生别离山上的一朵雪莲花”[①]。

---

① 杨志军：《雪山大地》，作家出版社 2022 年版，第 633 页。

图 4-4 《觉醒年代》海报

当然，不只是他给予了草原人民一切，草原人民也把一切给予了他。他的生命，就是瘦弱女子赛毛舍身从山洪中救出来的。为了支持他，原来的部落头人、后来的公社主任角巴德吉献出了草场，献出了牛羊，献出了妻子——他的妻子姜毛为了照顾保育院的孩子任劳任怨，却在春节假期后返回保育院的途中被狼吃了。最后，他也献出了自己——为了配合父亲，说服野马雪山的牧人搬迁到沁多城居住，已是角巴爷爷的他，在路上陷落深不见底的雪渊，消失在雪山大地上。

在这民族情叙事中，中华民族共同体如雪山巍峨、大地宽厚。其实，像“我”的父亲母亲、角巴德吉等人，以及次第成长起来，从长辈手中接过让沁多草原人民过上美好生活的重任，把自己年轻的生命投入为沁多草原人民服务的才让、梅朵等年青一代，不仅是雪山大地上的人杰，沁多草原的骄傲，而且是中国的骄傲，是“中国的脊梁”。这就是说，在对“中国的脊梁”的书写中，蕴蓄着深厚的国家情怀、人民情感。在这方面，电视剧《觉醒年代》《山海情》有示范价值。

图 4-5　《山海情》海报

《觉醒年代》的主角是陈独秀、李大钊、鲁迅、胡适等新文化运动先驱，他们之所以虽千万人而吾往矣，挑战旧世界，呼唤新文明，就是因为他们对祖国、对人民的真情。这深沉的爱使他们在“世界说需要燃烧”的时候就“像导火的绒绳”[①]一样，燃烧自己，照亮世界。这种理想的力量、信仰的力量，通过情感饱满的画面导入观众心中。其中特别打动笔者的，是陈独秀与陈延年、陈乔年父子离别的场景。经历了诸多矛盾、冲突，父子三人终于在理想信仰的追逐中重建亲情，陈独秀要送两个儿子到法国去勤工俭学，砥砺理想，践行信仰。剧中陈延年、陈乔年丰神俊貌，意气风发。陈独秀站在远处，深情地凝视着两个儿子的背影。忽然，陈延年、陈乔年同时回首，与父亲话别。就在这个时刻，画面切换到陈延年、陈乔年在狱中被审讯、戕害的场景——生离瞬间变为死别！这种饱蘸

① 骆一禾：《先锋》，载骆一禾著，西渡编《骆一禾的诗》，人民文学出版社 2011 年版，第 6 页。

情感的叙事，让我们瞬间泪目，也让我们瞬间明白，今天的岁月静好，是有人牺牲青春、生命换来的。这让我想起骆一禾对“先锋”的礼赞：“生命对于人只有一次/当然不会有/凤凰的再生……//当春天到来的时候/他就是长空下/最后一场雪……/明日里/就有那大树的常青/母亲般夏日的雨声//我们一定要安详地/对心爱的谈起爱/我们一定要从容地/向光荣者说到光荣。”[1]是的，我们一定要“对心爱的谈起爱”，一定要“向光荣者说到光荣”。

如果说《觉醒年代》礼赞的是历史上的“先锋”“脊梁”，《山海情》礼赞的则是现实中的“先锋”“脊梁”。在这部剧中，山海之所以有情，是因为人有情——人不仅用情感动了自己，也感动了山海。在这部剧中，几乎每个人都是一种情感、精神的代表、化身。水花，是爱情的化身。她就是想要一种美好的爱情，可是，由于贫穷，由于父亲的愚昧，她不得不接受包办婚姻，但就是这被包办的生活也不牢靠——她的丈夫挖水窖时遭遇塌方事故，导致下肢残疾，于是，她不得不背负起整个家庭的重担，她对美丽爱情的向往也变成了——一种升华——对美好生活的向往。白老师，是师魂的化身。为了学生，他付出了全部心血，因为他知道，让这些孩子多认识一个字，他们迈向未知世界的脚步可能就会多一步。凌教授，是知识分子扎根基层的代表，是科学精神的化身。他来到闽宁镇，原本是要做“高大上”的科学实验的，可这里贫穷的现实震惊

---

① 骆一禾：《先锋》，载骆一禾著，西渡编《骆一禾的诗》，人民文学出版社 2011 年版，第 6—7 页。

了他，让他主动搁置原计划，带领村民种蘑菇致富。为了实现这个目标，他不仅出技术、出劳动、出主意，还自己贴钱。后来，为了维护市场公平，还跟倒买倒卖的商贩动手，被人打伤了——在这样的语境中，他的冲动、他的愤怒是那么的美丽动人。看着这样的知识分子、科学家，真是打心眼里喜欢、佩服，想学习。马得福是基层公务员的代表，为了脱贫攻坚、移民搬迁，他受了多少累、多少苦、多少委屈呀。剧中有一个细节特别感人：闽宁镇建设过程中，一度走弯路，拖欠开发资金，上级拨来部分经费，支付给开发商。由于经费有限，马得福支付给其他人，却无法支付给自己结婚急用钱的弟弟马得宝。马得宝一怒之下，要跟他断绝兄弟情。晚上，马得福去找弟弟道歉，被逼着一口气喝了一瓶白酒。醉酒后的马得福告诉弟弟，自己考上中专后父亲曾找自己谈过话，说家里资源有限，只能亏欠弟弟，集中资源供自己上学，自己以后出息了，一定要对弟弟好。他工作后也一直想对弟弟好，可是不仅做不到，反而继续亏欠弟弟。说到这里，兄弟两个抱头痛哭。这就是基层公务员优秀代表的形象。在基层，要想有所作为，做出一番事业，造福民生，是多么的不容易呀。这一个个有情有义的人聚合在一起，汇聚起一股改天换地的力量。对于这些有情有义的“脊梁”“先锋”，我们的文艺也应该有情有义。

最后，我还想简单谈谈面向未来的情感书写问题。随着现代生产力、科学技术的发展，人类不断拓展包括情感空间在内的生存空间，这需要我们在更高的结构、更多的维度上看待情感问题，进行情感叙事。只有这样，我们才能创造出在全球范围内具有竞争力的情感话语——在某种意义上，情感是一种基础性的软实力，或者说是软实力的根基。

这大致可以在两个层面上展开：首先是发掘、创造具有中国特色的人类情感叙事，在全球情感话语体系中占据一席之地。比如，刘慈欣的小说《流浪地球》及据此创作的同名电影中的“流浪地球”创意，就展示了中国特色的情感叙事。这一叙事既扎根中国文明，又具有相当的开放性。在中国传统文化中，人与人乃至人与物是共生的，因而有“一人得道鸡犬升天”的说法：一个人发达了，不仅周围的人跟着受益，就是动物也跟着受益。“流浪地球”是对这一叙事的现代转写：发达时中国人可以一荣俱荣；那么遭遇挫折时中国人将如何作为?《流浪地球》给出了十分响亮的回答：我们不仅能同甘，而且能共苦，我们将不抛弃、不放弃，与全人类一起甘苦与共，背上地球流浪。与西方流行的“方舟”叙事相比，我们的“流浪”叙事毫不逊色。沿着这样的维度推进，就是第二个层面上的问题了，即我们一定要有预见性，要善于“发现”未来，善于“发现”未来的新事物、新现象、新价值，进而围绕着这些新事物、新现象、新价值展开情感叙事。

我们的未来是星辰大海。在这星辰大海中，有一条航线叫“情感”。能否把握住这条航线，是我们的文学艺术之舟能否行稳致远的关键。

第五章

优秀文艺作品应该“有思”

一

让我们从一个典故开始这一章。在讨论德国的宗教和哲学的历史时，具体地说，在讨论康德哲学对于封建德国、欧洲乃至世界思想解放的巨大影响时，海涅先引用后逆写了法国作家封腾纳尔的一句话。

封腾纳尔如是说：“假如我把世界上一切思想都掌握在自己手里，那我就要警惕，不放走它们。”对此，海涅却另有想法，他评论道：“假如在我手中掌握了世上所有思想的话——那时我也许会请求你们立即砍掉我这只手；无论如何我决不把它们长期地关闭起来。我是不宜去做思想的狱吏的。凭上帝发誓！我要把它们放出去。尽管它们可能变成一些最为危险的现象，尽管它们可能像疯狂的酒神节游行队伍那样冲击一切国度，尽管它们可能用酒神杖打烂我们那些最为纯洁的花朵，尽管它们可能打进我们的医院把那害病的旧世界从病床上赶走——这当然会使我的心非常悲伤，并且我本人也将在这种情况中受到损害！因为，唉！我本人其实也不幸属于这个害病的旧世界。”[①]

海涅何其决绝！为了做思想的助产士、卫士，而非狱吏、囚禁者，他宁愿砍掉自己掌握了思想的手——这是一双多么珍贵、可爱的手！宁愿被思想的风暴无情地冲击，与自己居于其中的那个衰朽的世界一同消逝，也不愿与其一起苟延残喘，更不用说苟且了。海涅之所以能够这样坚定，是因为他清楚地知道，思想是行动的先导——“思想走在行动之前，就像闪电走在雷鸣之前一样”[②]，是因为他清楚地知道，尽管思想来源于现实，但思想对现实具有无与伦比的催化、改造作用，就像他所说的那样，“事实不过是思想的结果……可是某些时候，某些思想怎么强大到这种地步，竟使人类的全部生活和愿望，思想和著述，都奇妙无比地根本改变”[③]。也就是说，他清楚地知道，尽管思想有自由漫游的本性，有狂放不羁的形式，有时候，漫溢的思想还会像酒神节游行时摇摇晃晃的醉汉一样，行动鲁莽，乱碰乱撞，会打碎一些坛坛罐罐，会打落一些人类的纯洁花朵，会把害病的旧世界从医院中、病床上赶走，但跟思想给予人类的丰富馈赠相比，这些伤害就显得微不足道了！它给我们带来智慧的头脑、敏慧的心灵、健康的情感；它给我们带来进步的

① ［德］海涅：《论德国宗教和哲学的历史》，海安译，载海涅著，张玉书选编《海涅文集·批评卷》，人民文学出版社 2002 年版，第 292—293 页。

② ［德］海涅：《论德国宗教和哲学的历史》，海安译，载海涅著，张玉书选编《海涅文集·批评卷》，人民文学出版社 2002 年版，第 340 页。

③ ［德］海涅：《论浪漫派》，张玉书译，载海涅著，张玉书选编《海涅文集·批评卷》，人民文学出版社 2002 年版，第 145 页。

信仰、自由的理念、科学的思维；它给我们带来更多更好的坛坛罐罐，带来更纯洁更美丽的花朵，带来更蓬勃、敞亮的新世界。一言以蔽之，思想最容不得人类偷懒、堕落，每当人类陷入惰性的泥淖不能自拔时，它就像闪电行动在雷鸣以前一样，以其光、以其电、以其声、以其色、以其力、以其美，唤醒人类，激发人类，催促人类，激励人类，让人类立即振作起来，快速行动起来。

由是可知，思想是提升人的素质、推动人类发展最为强劲的动力。在不只是按人员数量而更按心灵素质评价人民的现代，这尤其重要。正因为如此，进入现代以来，思想便是人们最重视的素质与品格。思想的进步，人的进步，进而世界的进步，可以说是现代的主旋律之一。在某种意义上，现代历史就是思想竞技的历史，就是在思想竞技中推动人类前行的历史。在这一过程中，各种学说，各种流派，各种门类，特别是哲学社会科学，百花齐放，百家争鸣，发挥了重要作用。在这个思想竞相迸流的过程中，文学艺术自然不能缺席，不仅没有缺席，而且发挥了独特的作用——孕育、传播新思想。在某种意义上，现代文学艺术成为包罗万象的思想的母土与武库，不仅孕育了众多的思想天才，让思想在文学艺术的殿堂中闪闪发光，烛照生命，烛照时空，更让严肃的思想乘着文学艺术华美的翼翅周游世界，让人们听到思想的声音，看到思想的形象，感受思想的力量，最终，接受思想的洗礼。想一想世界文艺史上那些伟大的作家、艺术家有多少就是同样伟大的思想巨人，想一想又有多少人就是在这些思想与艺术的双重巨人启蒙下觉醒的，这个问题就一目了然了。可见，文学艺术不仅是思想传播的最佳媒介，而且与思想有着不解之缘，甚至是血缘关系。

中国文学艺术，特别是现代文学艺术，自然也不能没有思想的陪伴、化合，中国现代文学艺术就是在现代思想的护佑下呱呱坠地的，也是在一波接一波的现代思想浪潮冲击下不断扩容、更新、发展的。但在看到这一点的同时也必须意识到，就与现代思想的关系而言，中国现代的文学艺术本就先天不足，未能得到现代思想的深厚滋养、深刻砥砺，在思想与美学的激烈碰撞、充分交融中绽放最美的艺术之花，而且由于在发展过程中，特别是在新中国成立后文学艺术格局调整过程中遭遇严重挫折，某些时候，政治以及政策对文学艺术的过度干预极大地限制了文学艺术创作的自由，使一些文学家、艺术家对政策、政治，最后对思想产生畏惧、怀疑心理，以为这些因素的介入只能伤害文学艺术，伤害作品的美学品格，以为只要把它们从文学艺术的园地里放逐，我们自然就能获得自由的文学艺术，获得美学的保障。更值得注意的是，这种心理后来还被逐渐理论化，形成了一种所谓的“纯”文学观、艺术观，并成为许多作家、艺术家遵循的金科玉律。

然而过犹不及。真正的思想绝不是文学艺术的敌人、自由的敌人、美学的敌人。相反，真正的思想不仅是文学艺术、自由、美学最亲密的朋友，有些时候，甚至还是它们的导师、领航者。归根结底，无知才是文学艺术、自由、美学真正的敌人，而思想是无知的克星。

出于这个原因，强调思想之于文学艺术的作用，绝非无的放矢。换句话说，优秀文艺作品应该有思想，有思想的激发、催化、升华。

归结起来看，思想之于文学艺术主要有三种作用：一是强劲的思想激活强劲的美学，催动作家、艺术家创作出优秀的作品，这个时候，思想犹如文学艺术的灵魂，或者说，思想赋予文学艺术灵魂，优秀的作家、艺术家则是为这思想的灵魂寻找、创造美学形式的人。二是作为文学艺术作品中的一种重要因子，思想能够与作家、艺术家的生存、生活、生命经验及情感等在共处中产生化合作用，使上述各种因素在相互作用中得以升华，推动作家、艺术家不断提升创作水平。三是在新旧转换的关键历史时刻，新思想能够以其勇力涤荡旧思想，既为新的文学艺术开辟道路，保驾护航，又为其提供理论，指示方向。

笔者将以具体作家、艺术家或事件为例，对这三种作用进行分析。

二

在中外现代大作家、艺术家中，席勒对于思想、理念的青睐可谓独树一帜，因而，以他为对象分析思想激活美学、活跃创作是合适的。

歌德和席勒是德国并峙的两座文艺高峰，两人感知世界、进行创作的方式近乎两个极端。歌德信赖晦暗朦胧，追求自然天成，他的作品，就像大自然的造物一样，浑然圆融，灵秀葳蕤，以至于给人一种错觉，是大自然本身“借”歌德创作了这些作品一样。据说，歌德在创作时几乎从不谈论正在创作的作品，因为即使在这样的时刻，作品依然处于混沌之中，等候着歌德的心灵、笔触把它们从晦暗中召唤出来。因此，在与席勒成为知心密友后，歌德对于席勒在创作中“可以也必须无止境地谈论作品”感到大为惊讶，但这正是席勒的卓越之处，他的创作“始终在其意识的明亮的舞台上进行着”，“创作被浸入意识的闪耀光线中”。[①] 之所以如此，是因为席勒早已创造出了自己在世界美学史上独树一帜的美学思想——随着阅历增加、创作发展，这美学思想也不断调整、深化——他的一切创作，都可说是其美学思想在不同艺术形式中的再次诞生，正是其美学思想，赋予其创作澄明性，反复言说，不仅可以使其美学思想更清晰，也可以使其形式更饱满。

关于自己艺术创作的特点，席勒在与歌德的通信中，以歌德为参照，或者说比较，做了精准的阐释。1794 年 8 月 23 日，在写给歌德的一封信中，席勒为歌德画了一幅完美的精神肖像，他指出，歌德“信任感官印象与直觉。他观察的目光‘那样平静、纯洁地落在事物之上’，永远不会有误入抽象之歧途的危险。想象力在运转，但依附在客体之上，因此不会迷失，而是发现现象世界的富足”，简言之，歌德“走的是从特殊到普遍的道路”。有了歌德这面宽阔深邃的镜子，席勒也能从中看到一个格外清晰的自己。他看到自己与歌德正相反，自己“是要用抽象的理念把握普遍，然后在直观的

---

① ［德］吕迪格尔 · 萨弗兰斯基：《德意志理想主义的诞生——席勒传》，毛明超译，社会科学文献出版社 2021 年版，第 140 页。

素材中重新发现它，因此是从普遍降入特殊”。[①] 仔细体会，会发现这里有一种隐秘的比较意识。席勒固然高度肯定、赞美甚至羡慕歌德取得的艺术成就，特别是歌德“‘把他的直观普遍化并使他的情感成为立法者’的那种自信”，但他却没有倒向歌德，而是坚持自己的创作道路，认为自己“凭思想统御甚至创造感觉”不仅是创作的另一法门，而且是可以有更高作为的法门。一个典型案例就是席勒对热情的认识与运用。在席勒那里，“那种情感强烈的兴奋主要并不源自感觉，而是源自思想”，在他看来，“热情是某种让情感一同振奋的思想之物。但自发地为生命立法的情感，其魔力对席勒而言却是陌生的”，但这并非他无法企及的“最高”成就——就像歌德做到的那样，在自己的美学理论中，“席勒将成为‘立法者’的情感描述为‘溶解性的美’；但在那里，这种‘溶解性的美’却显然不是最高的东西。这一最高的地位属于‘振奋性的美’；在这种美中，是精神为情感立法”。[②] 可见，席勒是以“振奋性的美”作为自己的“最高”目标，相信自己比歌德更能靠近它。

当然，循思想进入文艺与循知觉进入文艺，皆有其长处，亦皆有其不足：在前者，思想的高蹈可能导致曲高和寡，使思想在艺术中与知觉、经验相乖离，即思想的魂魄找不到艺术的肉身，即使找到了，也无法水乳交融，有机共存；在后者，知觉的踯躅、迟

① ［德］吕迪格尔·萨弗兰斯基：《德意志理想主义的诞生——席勒传》，毛明超译，社会科学文献出版社 2021 年版，第 513—514 页。

② ［德］吕迪格尔·萨弗兰斯基：《德意志理想主义的诞生——席勒传》，毛明超译，社会科学文献出版社 2021 年版，第 516 页。

钝则可能抑制艺术的腾跃，无法达到思想的澄明之境，无法实现思想与美学的腾飞。对此，席勒心知肚明，换言之，他非常清楚自己应该向歌德学习什么："振奋性的美"应该更好地倾听"溶解性的美"，精神必须倾听情感。对席勒来说，倾听情感不是为了让精神依附情感，倒向情感，"而是为了不用强力便将情感运用于自身的目的"[①]，以免于抽象的危险，其最终目的还是以精神为情感立法。如果通读席勒的作品，就会发现，他终身致力于精神与情感的平衡，并在不懈的追求中创造了辉煌的艺术王国。反过来也一样，歌德也自觉地学习席勒，用精神纠正情感，使知觉与观察能够借助精神的力量飞翔，飞升到思想浩渺的云端。实际上，在歌德后来的创作中，思想的作用越来越明显。《亲和力》的主题明显就是一个思想主题：物质世界的亲和作用是否适用于人类世界，特别是情感世界。他倾尽毕生之力，直到晚年才完成的伟大的精神史诗《浮士德》，如果仅凭知觉之力，没有强大的思想助力，是不可能的——浮士德博士与梅菲斯特的故事中贯穿着德国古典哲学的一个永恒主题——辩证法：在梅菲斯特"帮助"下，浮士德博士不断地寻找自己、否定自己、扬弃自己，最后完成自己。这是思想主题！

在此意义上，我们说席勒与歌德的相遇相知相互成就是个奇迹。不过，我们要探讨的是思想之于文学艺术的积极作用，是席勒的示范，那么，我们还是回归本题：既然思想、理性在席勒的创作

---

① ［德］吕迪格尔·萨弗兰斯基：《德意志理想主义的诞生——席勒传》，毛明超译，社会科学文献出版社 2021 年版，第 517 页。

图 5-1 《席勒文集》书影

中如此重要，那么，其美学思想的核心观点是什么？这些观点在创作中实现得怎样？这两个问题回答清楚了，席勒这个榜样就能帮助笔者完成论证。

席勒美学思想的核心要义是人的自由——精神自由、心灵自由，进而行为自由。人的这种高级状态，只有通过审美教育才能达到，舍此，别无他途。对此，他在早期论文《论剧院作为一种道德的机关》中就已经有了比较清楚的论述。他认为文学艺术，换言之，审美是把人的本性从“动物的状况”和长期从事“理智的更为精致的劳动状态”导致的疲倦这两个极端中解放出来，使之处于柔软、和谐的“中间状态”的一种必要手段，是“把理智和心灵的修养跟最高贵的娱乐结合起来”，[①]是一举两得：文学艺术既是一种教化手段，同时也是一种娱乐（高贵的娱乐）形式。正因此，席勒才高度重视剧院的功能，将其视为“道德机关”[②]——多么高的评价！认为“世俗的法律力不能及之处，剧院便开始审判”[③]，认为“剧院和国家其他任何一种公开的机关相比，更是一所教导实际知识的学校，更是市民生活的指南，更是开启人们最隐秘的心扉的百试不爽的钥匙”[④]，认为“剧院是条公共的运河，智慧的光芒从人民中那部分进行思考的比较优秀的人物那里注入这条运河，再从运河化为更柔和的光线扩散全国。更为正确的概念，更为精炼的原则，更为纯净的感觉，都从这里流入人民的大小血管；野蛮和迷信的浓雾逐渐消散，在凯旋的光明面前，黑夜远遁”[⑤]。

既然文学艺术既是道德的，又是娱乐的，那么二者间关系如何？这是解读席勒美学思想的关键。在《论悲剧题材产生快感的原因》中，席勒对这个问题做了精到的回答。在旁观者甚至一般评论者眼中，这好像是一个无关紧要的问题，然而，在席勒——一位伟

---

① ［德］席勒：《论剧院作为一种道德的机关》，张玉书译，载席勒著，张玉书选编《席勒文集·理论·VI》，人民文学出版社 2005 年版，第 3—4 页。

② ［德］席勒：《论剧院作为一种道德的机关》，张玉书译，载席勒著，张玉书选编《席勒文集·理论·VI》，人民文学出版社 2005 年版，第 5 页。

③ ［德］席勒：《论剧院作为一种道德的机关》，张玉书译，载席勒著，张玉书选编《席勒文集·理论·VI》，人民文学出版社 2005 年版，第 8 页。

④ ［德］席勒：《论剧院作为一种道德的机关》，张玉书译，载席勒著，张玉书选编《席勒文集·理论·VI》，人民文学出版社 2005 年版，第 9 页。

⑤ ［德］席勒：《论剧院作为一种道德的机关》，张玉书译，载席勒著，张玉书选编《席勒文集·理论·VI》，人民文学出版社 2005 年版，第 12 页。

大的文艺家、深刻的理论家——看来，这却是个关系文学艺术命运的大问题。与一般人把道德的善当作最高目标追求不同，席勒认为这种善意的观点“已经促使好些平庸的东西在艺术中产生”，而且“在理论上也引起相似的害处”，因为这是“为艺术伪造了一个道德的目标”，这样虽然能为艺术要求一个“相当崇高的地位，使之博得国家对它们的宠爱和人类对它们的尊敬”，可殊不知这样做却把文学艺术“从他们原来的领域里驱逐出去，使它们接受一种不是自己的、不自然的功能”。[①]

为了反对这种错误的道德目的论，席勒提出了自己的艺术观，他分析道：“如果目的本身就是道德的，这样，艺术就失去了唯一使它强劲有力的自由性，并且也失去了使它产生普遍影响的东西——快乐的魅力。于是游戏变成了严肃的事务，而艺术正是通过这种游戏，才能最出色地完成它的事务。只在艺术产生最高的审美作用时，才会对道德产生有益的影响；但是艺术却只是在自己发挥充分自由时，才能产生最高的审美作用。”[②] 毋庸讳言，在席勒看来，文学艺术的目的是愉悦、是游戏、是自由、是审美。“美在游戏说”已然呼之欲出。

不过，把剧院（极而言之就是文学艺术）视为一种道德的机关的席勒自然不会忘记道德的位置或作用，他在强调审美的游戏、自

① ［德］席勒：《论悲剧题材产生快感的原因》，孙凤城、张玉书译，载席勒著，张玉书选编《席勒文集 · 理论 · VI》，人民文学出版社 2005 年版，第 17 页。

② ［德］席勒：《论悲剧题材产生快感的原因》，孙凤城、张玉书译，载席勒著，张玉书选编《席勒文集 · 理论 · VI》，人民文学出版社 2005 年版，第 17—18 页。

由本性时，同时强调他所说的“愉悦”“自由的快感”“指的是精神力量，即理性和想象力活跃起来，感觉并通过观念产生出来时的那种快感”，而“感官上的愉悦是惟一被排除于优美的艺术领域之外的愉悦，能唤起感官愉悦的技能永远不能成为艺术，或者说：只有在这种感官印象被一种艺术计划所安排、所增强或者所节制，而计划又通过观念被我们所认识的时候，才能提升为艺术”。① 如此严格限定的“愉悦”“快感”自然不能离开道德。实际上，席勒的审美自由完全是以道德为基础条件的，或者说，审美过程同样是道德完善自身并发挥作用的过程，只不过在这里，审美自由是目的，道德只是手段，或者是美的伴生物。

在《悲剧艺术》《论激情》《论天真的诗和感伤的诗》等文论中，席勒进一步深化、细化自己的美学思想，但直到《人的美学教育书简》，由于将审美自由与人类历史演进，进而与人的命运相联系进行了系统论证，其“美在游戏说”才以美学批评“法典”的面貌构建起来。②

---

① ［德］席勒：《论悲剧题材产生快感的原因》，孙凤城、张玉书译，载席勒著，张玉书选编《席勒文集 · 理论 · VI》，人民文学出版社 2005 年版，第 18 页。

② 在与歌德的通信中，席勒就对审美世界中无政府状态占据统治地位表示不满，并委婉地表达了结束这种状态的心声。参见［德］歌德、席勒《歌德席勒文学书简》，张荣昌、张玉书译，南京大学出版社 2021 年版，第 24 页。这时，他正计划书写《人的美学教育书简》（有中译本名为《审美教育书简》）。后来，在该书的第二封信中，他就明确地表达了这个意见，即写作该书就是要“为美学世界寻觅一本法则书”。参见［德］席勒《人的美学教育书简》，张佳珏译，载席勒著，张玉书选编《席勒文集 · 理论 · VI》，人民文学出版社 2005 年版，第 169 页。

在这部美学批评法典中，席勒另辟蹊径，将审美自由与政治自由联系起来，开宗明义地指出：“为了解决经验里的那个政治问题，必须采取通过美学问题的途径，因为人们是通过美走向自由的。”[①]这是在更高的层面上发问：人类为什么需要文学艺术，需要美？回答是：这关涉政治，关涉政治自由。在席勒看来，政治关系到整个社会的命运，自然也关系到每个人的命运，因而政治自由是理想社会的关键，可谓“一切艺术作品中之最完美者”[②]。美就是通往理想社会的途径。

为了论证这一点，席勒将人类社会发展分为三种形态：临时国家、自然国家、理性国家。“临时国家”指人类早期简单的国家形式，“自然国家”的建立源于力量而非法则，是席勒对专制主义国家的一种委婉的称呼，“理性国家”指的则是未来建立在道德、法则之上的国家。就席勒的讨论而言，核心问题在于如何从“自然国家”到“理性国家”。就当时的状况而言，建立于王权与宗教之上的“自然国家”摇摇欲坠，“理性国家”呼之欲出，但问题也尖锐地浮现了出来——历史的错位：物质条件似乎已经具备了，但“精神的条件尚不具备”，即人的内心、人的主体，质言之，人的素质、能力，与他们竭力争取的外在自由还不匹配。对此，席勒满怀

① [德]席勒：《人的美学教育书简》，张佳珏译，载席勒著，张玉书选编《席勒文集·理论·Ⅵ》，人民文学出版社 2005 年版，第 170 页。

② [德]席勒：《人的美学教育书简》，张佳珏译，载席勒著，张玉书选编《席勒文集·理论·Ⅵ》，人民文学出版社 2005 年版，第 169 页。

遗憾，感慨道："慷慨的时刻碰上了麻木不仁的一代。"[①]可怕的是，这种历史的错位不仅会使"理性国家"落空，甚至还会带来无法预料的灾难——"在人来得及意志坚定地牢牢抓住法则之前，理性可能已经把大自然的梯子从他脚下抽走了。"[②]

往深处看，这里边还暗含着席勒对现代社会人的片面化、碎片化乃至异化的深刻忧虑。固然，现代社会，人类在科学、技术等方面取得了巨大成就，生产力获得了极大发展，物质生产空前繁荣，即社会整体进步了，可作为个体的人却遭遇极大挑战，人的整体性、自足性遭到瓦解，人越来越片面化、碎片化了，人被撕裂了。又是一个无法回避的悖论：在一个整体丰足的社会，作为个体的人反而变得贫瘠了。"人永远只束缚在整体的个别的小碎片上，仅仅把自己培养成一块小碎片；他耳边永远只响着被他不停地驱赶着的小轮发出的单调的噪声，永远也无法达到他本质上的和谐，他未能将其天性中的人性表达出来，而仅仅成为其活动和知识的印痕"，在这样的情况下，要想看到完整的人，就不得不"向个体一一探寻，以收齐群体的全部"。[③]社会整体膨胀，个体却化为"碎片"。这样，"理性国家"可行吗？即使短时期可行，那么，可持续吗？

---

① [德]席勒：《人的美学教育书简》，张佳珏译，载席勒著，张玉书选编《席勒文集·理论·VI》，人民文学出版社2005年版，第178页。

② [德]席勒：《人的美学教育书简》，张佳珏译，载席勒著，张玉书选编《席勒文集·理论·VI》，人民文学出版社2005年版，第172页。

③ [德]席勒：《人的美学教育书简》，张佳珏译，载席勒著，张玉书选编《席勒文集·理论·VI》，人民文学出版社2005年版，第182—183页。

无论如何，答案不可能是乐观的。

那么，怎么办？对此，席勒以比喻的方式做了巧妙的回答。如果一只钟表坏了，修理工只需将钟表停下来，更换坏的部件后重启即可。可国家却是一只“活的钟表”，修理时不可能让它停下来，而只能“把正在转动的齿轮换下来。也就是说，必须为社会的持续发展找到一根支柱，它能让社会摆脱对人们想要解散的自然国家的依赖”。席勒将这根支柱命名为“第三种性格”，即“美学”，并且断言：只有通过美学才能“开辟一条从纯粹力量的统治向法则的统治的过渡之路，不阻碍道德性格的发展，反而给无形的道德提供一种感性的保证”。[①]

那么，美学是如何承担这一重任的？具体地说，柔弱的美学如何克服畸形的现代文明，从而将人从粗鄙或精致的野蛮中解放出来呢？

一般的回答是通过文学艺术，通过审美活动，能够对人进行情感教育，使人离开野蛮，变得文雅，变得尽可能完整些、人性些。席勒的回答里当然包含着这样的内容，但席勒更彻底，在他看来，只有美学世界才能够使人体验到进而回归内在的本来模样——“游戏的人”，这也是席勒此书的核心主题：“一言以蔽之，人只有在他是十足意义上的人时才能进行游戏，只有在他游戏时，他才完全是

---

① ［德］席勒：《人的美学教育书简》，张佳珏译，载席勒著，张玉书选编《席勒文集 · 理论 · VI》，人民文学出版社 2005 年版，第 173 页。

个人。”①

这句话的深刻性在于，它不仅指出了现代社会使人碎片化、单向度的弊病，而且挖出了这一病灶的根源——现代社会青睐的是“有用的人”，而非“游戏的人”，即现代社会为一种把人当物质使用的文化所统治。这样的文化不仅枯燥，而且严厉，甚至无情，人一旦无用，无法作为零部件被组装到社会这台高速运转的机器上，创造价值，产生效益，就面临着被淘汰的危险，因而只能竭尽全力发展自己有用的一面，只能畸形发展，而无法顾及自己的全面发展，就像席勒所感慨的，在这样的社会里，“利益是时代的伟大偶像，一切力量都该任其奴役，一切有才之士都应拜倒在它脚下。在这架粗糙的天平上，艺术的精神成就不占任何分量，它无法获得任何鼓励，于是从世纪的嘈杂的市场上消失了。连哲学的研究精神也从想像力的手中夺走了一小块又一小块地盘，随着科学的领地日益扩大，艺术的范围渐次缩小”②。在这样的社会中，单靠局部的修修补补，自然无法恢复人的全面性。因而，席勒首先通过“美在游戏说”提醒人们，在有用的人之上还有一个更高的人，更值得追求的人——“游戏的人”、自由的人存在着。在已经深受“有用”之苦，已聆听诸多思想家对“有用”文化批判的今天来说，这样的观点并不新颖，但在当时，却无异于石破天惊。

---

① [德]席勒:《人的美学教育书简》，张佳珏译，载席勒著，张玉书选编《席勒文集·理论·VI》，人民文学出版社2005年版，第220页。

② [德]席勒:《人的美学教育书简》，张佳珏译，载席勒著，张玉书选编《席勒文集·理论·VI》，人民文学出版社2005年版，第169—170页。

那么，点破“有用”文化的迷思后，人类又该如何，或又能如何?

在席勒看来，把人当作有用之物不是一种偶发现象，而是一种现实社会原则与机制，为了对冲这种原则与机制，就必须创造一种“游戏”的文化，使人在“游戏”中能够与现实拉开距离，缓解乃至消解现实的强制性、严酷性，甚至对其进行改造，为人预留自由的空间。可以举个例子进行说明。比如性与情的关系，就充分体现了“游戏”的作用。毫无疑问，性是人的原始冲动、自然本能，被性驱使的人与动物无异，当然是不自由的，但如果有情的参与，性就不再是原始冲动、自然本能，而升华成为爱的“游戏”。在“游戏”的过程中，情与欲保持着一种合理的距离，使性不仅“有用”，而且是爱的、美的。这就是说，正是情让人能够成功地克服性的强制，并获得爱的自由。“游戏”的文化就是为了拉开人与有用的距离，与强制的距离，与现实的距离。这样，“游戏”就是有用的反面，是使人免于强制的自由。换言之，在席勒看来，由“自然国家”过渡到“理性国家”，或者就是在未来的“理性国家”中，人类都必须经历“游戏”的练习，才能在对碎片化的人的辨识、收集、整理中，重新获得整体的人的印象，进而朝着这个目标复归。正是在这个意义上，席勒高呼：“人只有在他是十足意义上的人时才能进行游戏，只有在他游戏时，他才完全是个人。”说到底，席勒讨论的是文明升级问题，而这一重任只能落在文学艺术肩上。在这里，席勒再次强调了文学艺术的自律原则：伟大的文学艺术是纯粹的游戏，它只对自己负责，不为任何外在要求负责。唯有如此，才能使人的精神、道德得到修复，使自由之人成为可能。

看起来矛盾，实则自洽。席勒高度强调文学艺术的自律性，强调美是“游戏”——精神游戏，但其美学思想却又有极其明确的现实针对性：捍卫人的自由，反对一切形式的专制。如果结合席勒的生平来看，他的如椽巨笔主要指向三种专制形式——封建的专制、群氓的专制以及技术的专制。关于封建的专制，只要看看席勒的传记便可知端倪，他本人曾深受其害，深知其丑陋、毒恶、衰朽，因而对其深恶痛绝。少年时期，他就被近似囚禁于符腾堡公爵卡尔·欧根创设并自任管理者以至“父亲”的“军事育才学校”，天性深受压抑。毕业后，他在公爵军中服役，由于未经公爵同意创作并于1783年1月13日在曼海姆剧院偷偷上演了他的第一部剧作《强盗》，就被真正囚禁了起来，他不得不冒险逃亡，开始了长期的流亡生活。可以说，封建专制的暴力，几乎影响了他的一生，成为他心底最黑暗的阴影。至于群氓的暴力，情况复杂些。1789年法国大革命爆发后，尽管没有积极发言，但他始终默默地关注着这一改变人类历史命运的大事件。1792年8月26日，巴黎的国民公会在一场盛大的庆典中将“法兰西荣誉公民”的头衔授予席勒，这让席勒倍感喜悦。但造化弄人，法国人在给他写信寄送证书时，由于语言不熟，用半吊子的德语音标给他起了个新名字“谢勒”，这封公函就在斯特拉斯堡静静地躺了几年，直到1798年3月1日才被转交到席勒手中——证书上有丹东等人的签名，但他们却早已上了断头台——原先革命圣坛的祭司，变成了革命的祭品。[①]这时，席勒对法国大革命的态度早已有了深刻变化。其实，早在1792年9月之后，当革命暴力四处蔓延之时，他的态度就已发生了变化，他从中看到了迟到的理性与早到的自由的错位：“人以其行动给他自己画像，而在现今时代的戏剧中又在描绘着怎样的一种形象啊！一边是日益粗野，一边是意志衰退：这是人的堕落的两种极端表现，而都出现在同一时代！”[②]这让他陷入深深的忧惧之中，他之所以写作《人的美学教育书简》，一个极其重要的出发点，就是反思这种错位带来的灾难，因为“倘若每个思想自由的头脑都沉默了，那么我们就永远不会向着自我完善迈出一步”[③]。可见，他一方面对促进人类解放的革命心怀期望，但另一方面又对其带来的流血和牺牲，特别是暴力肆虐，心存警惕，因而希望以审美“游戏”提升人的心灵，涤虑革命的负面因素，使之成为真正引领人民走向自由的力量。席勒对技术专制的忧思与批判，在上文所引关于现代社会使人变成“有用”碎片而丧失自足性的言论中已表达得比较充分，故不再赘述。

---

① 参见［德］吕迪格尔·萨弗兰斯基《德意志理想主义的诞生——席勒传》，毛明超译，社会科学文献出版社2021年版，第454—455页。

② ［德］席勒：《人的美学教育书简》，张佳珏译，载席勒著，张玉书选编《席勒文集·理论·VI》，人民文学出版社2005年版，第178页。

③ ［德］吕迪格尔·萨弗兰斯基：《德意志理想主义的诞生——席勒传》，毛明超译，社会科学文献出版社2021年版，第456页。

三

席勒的创作，特别是戏剧，高度艺术化地践行了其美学思想。[①]

鉴于席勒深受封建专制之苦，深味封建专制之毒，鉴于席勒创作活跃的时期正是欧洲资产阶级革命思想如火如荼、蓬勃发展的时期，鉴于这个时期德国乃至整个欧洲封建专制摇摇欲坠，因而其反动本质以极端邪恶、丑陋的面目展现出来，席勒剑芒所向，首选封建专制。在其犀利的艺术之剑无所不至的纵横穿刺、剖析之下，封建专制之恶、之毒，之丑、之臭，以及其必然失败的命运被淋漓尽

① 由于马克思在评论斐迪南·拉萨尔的戏剧《弗兰茨·冯·济金根》时，提出了“莎士比亚化”和“席勒式”这一组对立的概念，以前者指时代精神与生动丰富情节完美融合的作品，以后者指忽视艺术要求，单纯做时代精神传声筒的作品，给人一种误解，以为席勒的作品就是“席勒式”的。[[德]马克思：《马克思致斐迪南·拉萨尔（11月12日）》，载中共中央马克思恩格斯列宁斯大林著作编译局编译《马克思恩格斯文集》第十卷，人民出版社2009年版，第171页。] 实际上，就像笔者在上文论述席勒的美学思想时所提到的，席勒固然重视文学艺术的道德作用，但认为这并非文学艺术的目的，文学艺术的目的就是其本身，就是美，只有实现了自律性要求的作品才能更好地传达道德要求，因而，其作品固然饱含时代精神，有巨大的思想深度、强烈的政治倾向，但同样高度讲求艺术性，因而不可能是“席勒式”的。实际上，席勒的第一部戏剧《强盗》上演后——这是席勒最理念化的戏剧，就有评论家以莎士比亚为样板赞美席勒：“我们倘若期待着一位德国的莎士比亚，那么这一位就是。”(《摧毁精神巴士底狱的战士——席勒》，载席勒著，张玉书选编《席勒文集·诗歌　小说·I》“总序”，钱春绮、朱雁冰译，人民文学出版社2005年版，第3页。) 笔者细读《席勒文集》后，比较认同这位评论者的意见：席勒不仅不是“席勒式”的，而且很可能也是“莎士比亚化”的。不过，这是另一篇理论文章的主题，需专文论述，此处不再赘述。

致地展现出来。

《强盗》是席勒的第一部剧作。由于涉世尚浅，材料也不充足，席勒主要是在理念中探究、演绎专制与自由博弈的故事，但出色的才华、强劲的想象，使席勒不仅在相当程度上避免了单薄的风险，而且在极限的推究中，将专制之恶在理念上推至极端，自然，也把自由之美在理念上推至极致。在这部剧中，专制之恶——弗朗茨——仿佛是从天上落下来的——由于不是长子，不能获得家族财产继承权；由于大自然“是把各族人最恶心的东西堆在一起”，把他“炮制出来”，把他生得“丑陋不堪”，[①] 使他失去了，至少是自认为失去了获得老父慈爱、美丽女性美好爱情等人间真情的机会，让他变成了恶魔，笃信“权力寓于征服者的身上，我们力量的限度便是我们的法律”，使他阴谋行动，把周围限制他，使他“无法成为主人的一切全都铲除干净”，“凡是用友好态度不能获得的东西”，“就以暴力夺取”。[②] 就是这样的动机使他后退着跳过了人类，不仅截获、隐瞒因自己学生式的胡闹而被开除出学校的哥哥莫尔写给父亲的忏悔信，编造谣言，“把儿子从父亲的心口拽走”[③]——使老莫尔诅咒钟爱的儿子，剥夺了他的继承权，把他赶上“强盗”之路，

---

① [德]席勒：《强盗》，张玉书译，载席勒著，张玉书选编《席勒文集·戏剧·Ⅱ》，人民文学出版社 2005 年版，第 18 页。

② [德]席勒：《强盗》，张玉书译，载席勒著，张玉书选编《席勒文集·戏剧·Ⅱ》，人民文学出版社 2005 年版，第 18—20 页。

③ [德]席勒：《强盗》，张玉书译，载席勒著，张玉书选编《席勒文集·戏剧·Ⅱ》，人民文学出版社 2005 年版，第 17 页。

而且疯狂攫取府邸的控制权，想把哥哥美丽的未婚妻阿玛莉亚据为己有。更可怕的是，为了成为府邸绝对的主宰，他竟然命人把因为伤心、绝望而病倒的父亲活埋——只是因为他的爪牙良心发现，把老人在地窖中藏起来，老人才生不如死地活下来。当他发现已经成为“强盗”的哥哥莫尔化装来到宅邸探望时，竟威逼老仆丹尼尔去暗杀——令人惊悚的不是他要杀死莫尔，而是他威胁老仆丹尼尔的话语：“没有多少思考的时间，你的命运就掌握在我的手里。你是想在我塔楼的最底层一辈子受苦受难，饿得你饥火难忍直啃自己的骨头，渴得七窍冒烟，又把自己撒出的尿再喝进去？还是平平静静地吃你的面包，安度晚年？”[①] 不用再多说了，仅这句在毒汁中浸泡过的话语就不仅把这座狭小宅邸中权力的魔鬼的邪恶展现出来，而且把一切专制的魔鬼的面目——黑暗，透射出来。

正因为在《强盗》中已然从理念上把封建专制之恶推演到极致，在以后的创作中又赋予其现实的质感，在席勒其他的剧作中，这些恶的化身就更加生动，更加形象，更加传神，也更加丑陋，更加骇人，更该死去。在其杰作《阴谋与爱情》中，专制之恶就以更加直观的形式出现了：封·瓦尔特，一个德意志公国宫廷的首相，为了在权力——专制的代名词——的阶梯上再爬一步，就逼迫自己年轻、帅气、有为的儿子费迪南娶被公爵抛弃的情妇米尔福特夫人为妻——这已经够丑陋的了，但费迪南却爱上了一位市民阶级的少

① [德] 席勒:《强盗》，张玉书译，载席勒著，张玉书选编《席勒文集·戏剧·Ⅱ》，人民文学出版社 2005 年版，第 137—138 页。

图 5-2　电影《阴谋与爱情》剧照

女——宫廷乐师的女儿路易斯·米勒，强烈反对父亲的安排，于是，为了达到自己的阴暗目的，封·瓦尔特与觊觎路易斯·米勒美貌的首相府文书乌尔姆密谋，以路易斯·米勒的父母为人质，胁迫她给内廷总监封·卡尔谱写了一封伪造的情书，然后让这封情书“无意中”落到费迪南手中，让他对路易斯·米勒的忠诚起疑心，进而利用他的嫉妒心从内部瓦解他们的爱情——这不仅丑陋，而且阴险，而费迪南也果然上当了。席勒不仅让人物行动，还让他们说话，自己揭露自己。封·瓦尔特与乌尔姆密谋时，乌尔姆告诉封·瓦尔特他要让米勒全家口头起誓，“对整个过程保守秘密，确认这封假信出于真心实意”时，封·瓦尔特脱口而出：“起誓？起誓有什么用？蠢货！”这句话问得好，道出了权贵的言行不一，可乌尔姆的回答更妙："大人，我们的誓言不值一文！可这一类人的誓言却视同生命。"[①] 这是最彻底的揭发，自我揭发。

这样的行动，这样的语言，还有很多很多。比如，在《威廉·退尔》中，帝国派到瑞茨和乌里两州的总督格斯勒，竟然在道路上竖立一根高杆，在高杆上悬挂自己的帽子，命令所有路过这里的人必须向他的帽子致敬——专制权力是多么的任性呀！再如，还是这位格斯勒，竟然让威廉·退尔——一位父亲，向自己儿子头上顶着的苹果射箭，只因威廉·退尔没有向他的帽子致敬，而他又携带着弓箭，冒犯了他的权威——这是多么的反人性呀！笔者认为，这是该剧中最为精彩的一节，特别是威廉·退尔一箭将苹果射个对穿，儿子安然无恙之时，他却"身子直向前倾，仿佛想随箭而去"——只有这样，才能保证百分之百地不伤着自己的儿子，而当看见儿子向自己跑来，"他张开双臂，快步迎了上去，激动地把孩子抱在怀里，贴在胸口，他保持着这个姿态，无力地倒下"[②]。这个时候，威廉·退尔是多么的脆弱呀！可恰恰是这脆弱凸显了他的人性，而这人性又使他更高地站立起来，成为一位更高意义上的英雄——人的英雄。又正是这种人的要求使他成为孤勇者，山路设伏，一击致命，射杀格斯勒，激发这里的人民揭竿而起，星火燎

① [德]席勒:《阴谋与爱情》，章鹏高译，载席勒著，张玉书选编《席勒文集·戏剧·Ⅱ》，人民文学出版社 2005 年版，第 475 页。

② [德]席勒:《威廉·退尔》，张玉书译，载席勒著，张玉书选编《席勒文集·戏剧·Ⅴ》，人民文学出版社 2005 年版，第 276 页。

原，结束了连“眼球在眼窝里都不再安全”[①]的专制统治。

无须再一一举例进行分析，席勒对封建专制的态度已一目了然。对于群氓的专制，席勒没有专题剧作，但在其创作中却偶有涉及，尽管只是偶尔涉及，却依然给人以深刻印象。在《华伦斯坦》中，尽管他掌握、使用欧洲17世纪“三十年战争”的巨大材料，是为了在极端宏阔的历史舞台上塑造从“民族苦难最深重”与“人类力量最光辉”交叠的黑夜时期中走出的无数巨人中的一个——华伦斯坦[②]，但他却无意识中在“华伦斯坦的军营”中塑造出了群氓——士兵——的鲜活形象。他们酗酒、嫖妓、偷盗、对皇帝不敬、对宗教不诚，肆意妄为，无所不用其极，用剧中第一猎骑兵的话说就是：“我在这里勇敢地迈步向前，/可以大胆地迈过市民的脑袋，/就像咱们的统帅不把各个公侯放在眼里。/在这里就像在古时候，/刀剑还肆无忌惮横行无忌。”[③]正是这种群氓气，使得华伦斯坦很难作为一个巨人被树立起来，或者，如果说他是一个巨人的话，那也是一个群氓的巨人，因此，当他还能掌控军营的时候，

---

① 这是剧中人麦尔希塔尔的话，他打了强抢他牲畜的总督士兵后逃逸，士兵就去抓他父亲，把他赶出家门，刺瞎眼睛，麦尔希塔尔听闻这个消息后悲愤不已，喊出这句话，呼吁人们起来反抗总督的暴政。[德]席勒：《威廉·退尔》，张玉书译，载席勒著，张玉书选编《席勒文集·戏剧·V》，人民文学出版社2005年版，第195页。

② 席勒1786年4月15日给科尔纳的信中提到这个主题。参见[德]吕迪格尔·萨弗兰斯基《德意志理想主义的诞生——席勒传》，毛明超译，社会科学文献出版社2021年版，第444页。

③ [德]席勒：《华伦斯坦》，张玉书译，载席勒著，张玉书选编《席勒文集·戏剧·III》，人民文学出版社2005年版，第379页。

或者说，当他在权力的游戏中还处于主动地位时，他呼风唤雨，威风凛凛，可当他失去了皇帝的信任——更准确的说法是被皇帝抛弃了，当他背弃民族利益，与本民族的敌人合谋以维护他的权力时，他的卡里斯玛立刻就失灵了，他的铁军也涣散了，尽管他不停地观测天象、预卜未来，还是陷入一个又一个阴谋、一场又一场背叛、一次又一次失败之中，最后，被部下残忍地谋杀而死。毕竟，在黑夜中，在阴谋中，在权力的游戏中，在没有更高秩序、更高目的的情况下，是不能产生真正的巨人的，即使有所谓的巨人，那也是泥做的，风雨一来，立刻分崩离析。正是这种空无感，让黑格尔在1801年读完剧本后惊恐不已，写道："全剧终了，一切消散，只有虚无的世界、死亡的世界攫取了胜利；全剧不是作为神正论而结尾的。"①

技术的专制，在席勒的时代，刚刚显形，尚未成为文学艺术的主阵地，就像20世纪中叶以后，但席勒既然已经敏感地捕捉到这个未来将统治世界的幽灵，并在美学思想中进行了深刻分析，他在创作中自然也不能不涉及这个主题。在《威廉·退尔》中，从威廉·退尔和儿子瓦尔特在前往阿尔特多尔夫的路上的一段对话中就可见端倪。在路上，威廉·退尔告诉瓦尔特，沿着他们居住的高山一直往下走，就会走到"一个很大的平原的国家"，"那个地方和天国一样绚丽美好"，于是瓦尔特问他为什么不前往这"美丽的国家"

① [德]吕迪格尔·萨弗兰斯基：《德意志理想主义的诞生——席勒传》，毛明超译，社会科学文献出版社2021年版，第590—591页。

而在深山老林中“备受折磨担惊受怕”，威廉·退尔回答说那里不仅一切都属于国王，而且“有阴险卑劣的恶人”，“邻居都没法互相信任”。听了爸爸的话后，瓦尔特回答：“爸爸，住在这辽阔的国度里我感到憋气，/我宁可住在雪崩底下深雪堆里。”[①]父子俩的这种隐居意识，既可视为对专制王权的躲避，也可视为对技术专制的现代社会的回避。实际上，席勒不愿加入施陶法赫等人“长时间地权衡利弊，斟酌良莠”以至于差点丧失机会的革命组织，保持自己的独立性，声称“强者独自一人才最为强大”[②]——最后，也主要是他凭一己之力，改变了革命局势——就是“人只有在他是十足意义上的人时才进行游戏”[③]的互文。

实际上，从今天的语境中看，席勒的伟大之处更体现在他对各种微观专制的反思、批判。在《唐·卡洛斯》中，波萨侯爵是一个道德高尚的人，是一个崇尚自由的人，在与西班牙国王菲利普二世对话时，他明确拒绝当君王的奴仆，声明在人“本可以成为艺术家的地方”决不能“降低身份去当一把凿子”[④]，即作为工具而存在，甚至为了解救自己的朋友——王太子唐·卡洛斯，他不惜牺牲自

① [德]席勒:《威廉·退尔》，张玉书译，载席勒著，张玉书选编《席勒文集·戏剧·V》，人民文学出版社2005年版，第260—261页。

② [德]席勒:《威廉·退尔》，张玉书译，载席勒著，张玉书选编《席勒文集·戏剧·V》，人民文学出版社2005年版，第184页。

③ [德]席勒:《人的美学教育书简》，张佳珏译，载席勒著，张玉书选编《席勒文集·理论·VI》，人民文学出版社2005年版，第220页。

④ [德]席勒:《唐·卡洛斯》，张玉书译，载席勒著，张玉书选编《席勒文集·戏剧·III》，人民文学出版社2005年版，第184页。

己。尽管如此，为了实现解放尼德兰的目标，他还是没有抵挡住利用唐·卡洛斯和王后伊丽莎白的诱惑，把他们当作了解放尼德兰的工具，以至于他满怀悲壮地与王后伊丽莎白诀别，王后指出他“早就渴望做这件事情，/——哪怕有千百颗心为之破碎”也和他毫不相干时，他“吃了一惊”，说自己对此“没有思想准备”。[①]或许，他意识到了自己的专制，尽管出于正义——不仅从他的立场看是这样，但箭已在弦，不得不发了。

最令人感到震撼的是他在《阴谋与爱情》中对费迪南爱情专制的反思与批判。一反从莱辛开始形成的“批判贵族堕落与赞美市民道德的结合”的戏剧定式，[②]席勒在这部剧中塑造了费迪南这个新贵族形象，他不仅不堕落，而且不功利，甚至有进步要求，厌恶、反对父亲的阴谋诡计，为了捍卫自己与路易斯·米勒的爱情，甚至要揭发父亲的政治阴谋。但他对路易斯·米勒的爱情是专制的，就像路易斯·米勒所说的，他的心属于他“自己的门第”[③]。他要求路易斯·米勒放弃一切情感、一切责任、一切关系，只忠实于、服从于他的爱情。毫无疑问，在这样的爱情面前，不能有任何中间地带，连人也必须变成透明的存在，稍有不透明，便是不忠。这样的

---

① [德]席勒:《唐·卡洛斯》，张玉书译，载席勒著，张玉书选编《席勒文集·戏剧·Ⅲ》，人民文学出版社2005年版，第277页。

② [德]吕迪格尔·萨弗兰斯基:《德意志理想主义的诞生——席勒传》，毛明超译，社会科学文献出版社2021年版，第208页。

③ [德]席勒:《阴谋与爱情》，章鹏高译，载席勒著，张玉书选编《席勒文集·戏剧·Ⅱ》，人民文学出版社2005年版，第486页。

爱情可以柔情似水、可以海誓山盟，也可以傲慢无礼，更可以蛮横跋扈。他既可以是路易斯·米勒的上帝，也可以成为她的魔鬼。实际上，就是因为他的专制，他中了父亲和乌尔姆的圈套，让他打着这个世界上最神圣的旗号干下了这个世界上最卑劣、最残忍的事情——毒死了路易斯·米勒。这是这部剧中最令人感伤的情节，也是这部剧中最令人恐怖的情节。从中我们可以看出，席勒对专制的反思、批判是何等的深刻、彻底。

在将形形色色的专制——不论是宏观的，还是微观的——从藏身的暗影中拉到阳光下，甚至显微镜之下，将其充分曝光后，席勒还与其进行了艰苦卓绝乃至置之死地而后生的殊死搏斗，并在搏斗中将自己美学思想的核心目标——自由，人的自由，放置在价值的圣坛上。

在《论激情》中，席勒分析了“如何才能把人身上被激动时的超感性的独立力量，人的道德自我，表现出来的方式方法”，他认为人具有彼此对立的两大特征，一个是“依照必然的法则铭刻在动物天性上的特征”，就是人的本性、情感；另一个是“独立行动的精神所决定的特征”，就是人的道德、思想。这两大特征互不协调，处于冲突之中，冲突的强烈程度决定着人的道德自我的高下。具体来说，人的情感、本性遵循自然法则，“因此可以表现为完全屈服于激动的威力。痛苦的全部强力都在这种动物性的部分上显示出来，恰好作为尺度，可以用来衡量抵抗力的强弱；因为人的抵抗力的强弱，或者人身上道德力量的大小只能从遭到攻击的程度来予以判断”。[①] 简言之，人的道德自我、自由意志必须在与人的本性、情感的冲突中予以表现，这种冲突越激烈、集中，则人的道德自我、自由意志就越鲜明、强大。毕竟，胜利的大小，只能通过自己所战胜的对手的强弱来进行衡量。

席勒的剧作大都遵循这一法则，这在《强盗》中表现得尤其突出。在剧中他不仅从理念上把罪恶推演到极致，也把自由推演到极致。前者他通过弗朗茨这个恶魔来实现，后者则通过莫尔这个“强盗”来实现。由于弗朗茨的连环诡计，莫尔以为自己被老父抛弃、未婚妻嫌弃，从此只有他“一个人被淘汰出纯洁者的行列”，他“已不再拥有孩子这个甜蜜的名字”，“永远不配获得恋人充满缠绵柔情的目光”，“永远不会得到知心朋友的拥抱”！[②] 悲愤无措中，他加入了正在寻找头领的强盗团伙，跟他们一起啸聚山林、替天行道。尽管他不仅不像一般的强盗那样贪婪凶横、唯利是图，反而挥金如土、行侠仗义，但“绿林好汉”的生涯使他必然游走于暴力之中，手上难免沾染无辜者的血，比如，为了救一位被送上绞刑架的伙伴，他指挥人一把火烧毁了整座城市，无数市民葬身火海。因此，当他化装回到“家中”，发现老父依然深爱着自己，发现阿玛莉亚依然痴情于自己时，却陷入了更深的绝望之中，因为他发现这个时候自己是真的没有资格接受父亲如山的慈爱、未婚妻似水的柔

① ［德］席勒：《论激情》，张玉书译，载席勒著，张玉书选编《席勒文集 · 理论 · Ⅵ》，人民文学出版社 2005 年版，第 60—61 页。

② ［德］席勒：《强盗》，张玉书译，载席勒著，张玉书选编《席勒文集 · 戏剧 · Ⅱ》，人民文学出版社 2005 年版，第 115 页。

情了。更加可怕的是，他还犯下了新的罪恶：他命令自己的手下活捉弗朗茨，可这个魔鬼却自杀了——他间接杀死了自己的弟弟，而他的父亲其实是愿意宽恕其罪行的；被从塔楼中拯救出来的老父听闻他已落草为寇的真相后，惊吓过度，一命呜呼——他的父亲又死于他手；未婚妻阿玛莉亚见到他后，仍一往情深，他也想重新投入她的怀抱，可不幸的是，他早已向强盗团伙发誓，绝不离开他们！当他陷入柔情的涡流之中时，众强盗谴责他背信弃义，当他想忠于自己的誓言、义薄云天时，阿玛莉亚的言行又令他心碎，百般纠结、冲动之中，他亲手杀死了阿玛莉亚——他爱、爱他的未婚妻死于他手……“痛苦的全部强力都在这种动物性的部分”的冲突中显现出来：他想重新做父亲的儿子，可父亲竟因他而死；他想忠于自己的部下，可阿玛莉亚又向他发出了人间的召唤；他想回到甜美的爱情中去，可他已凭着生命发下了忠诚的誓言；他爱阿玛莉亚，阿玛莉亚爱他，可竟然是他杀死了她……在这一波波人类本性的冲击下，他的情感冲向痛苦的巅峰，他就要崩溃了，要以死赎罪。如果这样做了，他就彻底失败了，道德的人、自由意志也将一败涂地。但就在这千钧一发之际，人的精神发挥作用了，莫尔拒绝“为了害怕一个苦难重重的人生而死去”，决定“忍受这苦难”[①]：去自首，而非自杀！在《回答这个问题：什么是启蒙？》中，康德认为“启蒙就是人从他咎由自取的受监护状态走出”，是摆脱“没有他人的

① ［德］席勒：《强盗》，张玉书译，载席勒著，张玉书选编《席勒文集·戏剧·Ⅱ》，人民文学出版社2005年版，第163页。

指导就不能使用自己的理智的状态"[①]，即勇于用自己的理智并为自己的行为负责。莫尔最后的抉择就是要践行康德的启蒙精神——使用理性，为己负责。通过这一自觉行动，莫尔又把自己从"强盗"行列中选拔到人的行列中。因为只是在这个时刻他才真正理解了人的真谛，也获得了人的自由。

如果说在《强盗》中，席勒主要是在理念的层面上展现了自由的可贵价值，那么在其他戏剧中，自由不仅有着理念的魂魄，也有着历史的肉身。在《阴谋与爱情》中，费迪南的爱情尽管有盲目的一面、专制的一面，以至于犯下了追悔莫及的错误——毒死了路易斯·米勒，但他也以自己和路易斯·米勒的死粉碎了首相封·瓦尔特和帮凶乌尔姆的诡计——他们以为自己洞悉人性的所有机巧，什么都可以玩弄于股掌之中，并以此向一切阴谋与专制发出了最决绝也最彻底的挑战：没有自由的生活，就像没有阳光与空气的大自然一样，生不如死。

更重要的是剧中的副线——米尔福特夫人的故事。她原本是一位落难的不列颠的侯爵小姐，是公爵解救了她，同时也把她变成了玩偶。三年后，公爵心有倦怠，欲另觅新欢。为了掩盖公爵的虚伪与丑陋，首相封·瓦尔特才让自己的儿子费迪南娶她，以换取在权力阶梯上攀爬的机会。刚开始的时候，一方面由于真心喜欢费迪南，另一方面由于长久沉溺于声色之中，忘记了爱的真谛、人的真

① ［德］康德：《回答这个问题：什么是启蒙》，李秋零译，载李秋零主编《康德著作全集：1781 年之后的论文》第 8 卷，中国人民大学出版社 2003 年版，第 40 页。

谛，因而也陷入了“阴谋与爱情”中，为此不惜把路易斯·米勒叫到自己的府邸中，予以威逼利诱，但在路易斯·米勒不卑不亢言行的刺激下，她幡然醒悟，决定做回自己：“今天我要大模大样地像落日一样从养尊处优的峰顶渐次西沉。让我的荣华富贵同我的痴情一起死去吧！让我这颗心单独伴随我昂然远离这块是非之地吧！”[①]然后，分散家财，给公爵留下一封信，飘然离去。在她身上，我们又看到了一颗重获自由的心灵。

在《华伦斯坦》中也有这样一条副线。上文提到，弥漫于这部“权力的游戏”中的深刻的虚无主义，让黑格尔不胜惊恐。但实际上，席勒并未让这部剧陷入彻底的虚无，还是守住了自由的尊严。这主要体现在华伦斯坦的爱女苔克拉和他的爱将马克斯·皮柯洛米尼的爱情之上。在一起赶往军营的路上，苔克拉与马克斯·皮柯洛米尼陷入爱河。但这却是一场无望的爱情，华伦斯坦不仅无意将女儿下嫁，还期望将其嫁入门当户对之家，为自己的权势增加一些砝码，而且随着剧情展开，他们的爱情也被卷入战火之中：华伦斯坦密谋反对皇帝，而马克斯·皮柯洛米尼的父亲奥克塔维奥·皮柯洛米尼——华伦斯坦的一名主要将领，又领受皇帝的秘密旨意，密谋反对华伦斯坦。连环阴谋被次第揭开后，苔克拉和马克斯·皮柯洛米尼的爱情陷入绝境：奥克塔维奥·皮柯洛米尼希望儿子跟随自己反对华伦斯坦，华伦斯坦又以女儿的爱情为由，诱引马克斯·皮柯

① ［德］席勒：《阴谋与爱情》，章鹏高译，载席勒著，张玉书选编《席勒文集·戏剧·Ⅱ》，人民文学出版社2005年版，第520页。

洛米尼反对自己的父亲。正如苔克拉敏感地意识到的："在这个舞台上不存在希望，/ 只有沉闷的战争喧嚣在这里响个不休，/ 即便是爱情在这里也像披上铁甲，/ 准备进行决一生死的战斗。"[①] 在这生死抉择的时刻，马克斯·皮柯洛米尼既没有听从父亲的劝告，也没有接受华伦斯坦的劝诱，而是率领自己的一团铁骑孤军远征，与进犯的瑞典大军展开一场血战。他身先士卒，以身殉国，被安葬在诺伊斯塔特城郊一座修道院的教堂里。苔克拉听闻噩耗后，悄悄离开父亲驻地，前往马克斯·皮柯洛米尼的墓地——这是一次生死难测的远行，也是一次捍卫自由、爱情的远征。还是苔克拉与马克斯·皮柯洛米尼分别时的话说得好："你忠于了你自己，也就忠于了我。"[②] 他们各自忠于自己，进而承担了自由的责任。

席勒对自由的捍卫，在《斐耶斯科的谋叛》中表现得最为酣畅。为了能在关键时刻一击致命，推翻热那亚总督安德烈阿斯·多里阿与其侄子加纳迪诺·多里阿的暴虐统治，拉凡尼亚伯爵斐耶斯科长期从事假面游戏，纵情酒色，阿谀逢迎，以打消总督的敌意与警惕。但实际上，他在暗中进行谋划。时机一到，他果然迅疾出击，赢得胜利。但尽管这个情节占了全剧百分之九十以上的篇幅，笔者却以为这只是本剧的"序章"，在这之后展开的，才是本剧的核心——斐耶斯科到底是一个什么样的人？他到底是自由的捍卫

---

① [德]席勒:《华伦斯坦》，张玉书译，载席勒著，张玉书选编《席勒文集·戏剧·Ⅲ》，人民文学出版社 2005 年版，第 528 页。

② [德]席勒:《华伦斯坦》，张玉书译，载席勒著，张玉书选编《席勒文集·戏剧·Ⅲ》，人民文学出版社 2005 年版，第 718 页。

者，还是另一个专制者？在这个问题上，席勒表现得相当犹豫[①]，也让斐耶斯科陷入两难之中，他既感受到了英雄业绩美德的召唤，同时又经受着专制权力的诱惑，就像他的内心独白所显示的：“共和主义者斐耶斯科吗？斐耶斯科公爵吗？——别急！——这儿是悬崖绝壁，是美德的边界，是上天堂下地狱的交叉路口。——有些英雄就在这儿误入歧途，于是英雄沉沦，于是世人围着他们的名字咒骂。——有些英雄在这儿扪心自问，于是英雄就站稳脚跟，成为受到崇拜的神化人物。——（更加急切地）我还是成为这样的人物，想热那亚人之所想？还是让热那亚这个烂摊子由着我这双手随便搬到哪儿去？”[②] 他是多么的纠结呀！而当他最终决定做一个独裁者，要以自己巨人的身躯撑破“箍住侏儒瘦弱身体的铠甲”[③] 时，他放弃的美德和英雄身份就为凡里纳所享有了，他对斐耶斯科进行了末日审判后，扯住他的袍子将其推入水中淹死。专制必死，自由必胜。凡里纳的言行忠实地演绎了席勒的美学思想。考虑到斐耶斯科实有其人，他并非死于革命者之手，而是死于意外：在谋叛者的战

① 《斐耶斯科的谋判》有两个版本，一个版本中，斐耶斯科选择做新的独裁者；另一个版本中，斐耶斯科夺取并折断独裁者的权杖，宣布热那亚是自由的，他这时说的台词是：“夺取冠冕是伟大的，舍弃冠冕是神圣的。”[德]吕迪格尔·萨弗兰斯基：《德意志理想主义的诞生——席勒传》，毛明超译，社会科学文献出版社 2021 年版，第 188 页。

② [德]席勒：《斐耶斯科的谋叛》，章鹏高译，载席勒著，张玉书选编《席勒文集·戏剧·Ⅱ》，人民文学出版社 2005 年版，第 301—302 页。

③ [德]席勒：《斐耶斯科的谋叛》，章鹏高译，载席勒著，张玉书选编《席勒文集·戏剧·Ⅱ》，人民文学出版社 2005 年版，第 306 页。

斗中落水溺亡的[①]，则席勒这一创造性改写就更意味深长了。

无须再多说了，席勒的美学思想、艺术精神已然够清楚的了。正因为如此，德意志民族的另一位大文豪海涅，毫不保留地把自己的赞美献给了席勒，认为席勒比歌德更坚定地靠拢“第一个世界”——现实的世界，“时代精神活生生地攫住了弗里德里希·席勒，他和它搏斗、被它制服、又随同它一起去战斗，他高擎着它的大旗。就在这同一面大旗之下，莱茵河彼岸的人们那时也这样热情激昂地进行着斗争，我们现在还一直准备为了这面大旗抛头颅洒热血。席勒为伟大的革命思想而写作，他摧毁了精神的巴士底狱，建造着自由的庙堂”[②]。

摧毁精神的巴士底狱，建造自由的庙堂——何其伟大的业绩！可是，如果没有强劲的思想做武器，这如何可能？事实上，纵观古今中外文艺史，以强劲的思想催生蓬勃的美学，以蓬勃的美学塑造强大的人格，以强大的人格推动人类历史前行的文艺家并不少见。但认识的正确性并不需要堆积事例证明，我们就此打住，以席勒始，以席勒终。

---

① [德] 吕迪格尔·萨弗兰斯基：《德意志理想主义的诞生——席勒传》，毛明超译，社会科学文献出版社 2021 年版，第 179—180 页。

② [德] 海涅：《论浪漫派》，张玉书译，载海涅著，张玉书选编《海涅文集·批评卷》，人民文学出版社 2002 年版，第 52 页。

四

思想不仅能够孕育主题，催生美学，塑造人格，推动历史前行，而且其本身就是文学艺术中一种不可或缺的因子，能够与作家、艺术家的生存、生活、生命经验及情感等在共处中产生化合作用，使上述各种因素在相互作用中得以升华，推动作家、艺术家不断升华艺术创作。

对此，我们仍以个案为例进行分析。这次，我们以周立波为例。

周立波是我国当代著名作家，在中国革命、建设过程中，不断磨砺自己、提升自己，创作了反映土地改革的杰作《暴风骤雨》，反映互助合作运动的杰作《山乡巨变》，以及一系列精美的中短篇小说。更为重要的是，他创造了一种融重大主题于优美文字中的美学风格，文风清丽，意味隽永，如秀美的白桦，在中国当代文学中独树一帜。但这种美学风格并不是一朝一夕形成的，而是在长期艰苦的探索中形成的，而其中最重要的，就是如何融思想、主题于生活、情感之中。

让我们回顾、分析这一极其有启发的过程，以论证我们的主题。

1940 年 6 月，鲁艺文学系的葛洛、孔厥等和美术系的古元学习结业，被派到距延安城 90 里的延安县碾庄乡参加实际工作，葛洛任副乡长。1941 年春，葛洛回鲁艺探望，邀请周立波到乡下住一段时间，体验生活。周立波欣然应约，来到碾庄。周立波到碾庄后，在葛洛等帮助下，借住在乡政府附近的老乡刘起兰家的一孔窑洞中。周立波在这里住了 50 多天——这个时间不算很长，可也不算短了。在这里，周立波除了帮助农民办冬学，间或参加群众活动外，就集中精力创作《麻雀》等反映自己 20 世纪 30 年代在上海监狱斗争生活的小说。此外，他还“现学现卖”，根据房东刘起兰家的母牛生小牛的素材，创作了短篇小说《牛》，发表在 1941 年 6 月 6 日、7 日的《解放日报》上。

周立波生活经历丰富，理论修养很高，而且有一定的创作经验，又在碾庄，在房东刘起兰家待了 50 多天，与他们朝夕相处（在小说中，他将“碾庄”改为“念庄”，将“刘起兰”改为“张启南”）。按理，这篇小说应该写得不错。但实际上，即使跟他同一时期创作的《麻雀》等相比，也很难说成功。周立波创作这篇小说，主要是想通过牛的境遇反映边区人民的新生活和新状态，因而牛在小说中就居于十分重要的地位，可以说，牛这个形象的刻画是否成功决定着这篇小说的成败。遗憾的是，尽管周立波下了很大功夫，却未达初衷，更不能令读者满意。我们不仅未能从牛的孕育、新生中感觉到一种新的生活在展开，一种新的人物在成长——除了作者的议论，我们甚至不能看到生动、完整的牛的形象，无论是老牛还是小牛。因此，1941 年 6 月，在延安文艺界“文艺月会”第八次例会上，在讨论中，萧军、艾青、陈荒煤等人都对《牛》表示不满，萧军就批评说：“作者那不是用的如一般进步作家们所主张的科学的现实主义的手法，而似乎是用的庸俗的‘自然主义’的手法……在写作。”在讨论中，更是直言不讳，批评这篇小说是“艺术的‘代用品’”，是以艺术图解“抽象的理论或口头标语以至于一个政治上的命题”。[①] 结合当时的语境看，这样的批评是十分严厉的。但客观地看，萧军的批评却抓住了要害。

与古元这时的木刻作品相比，周立波小说的失败就更明显了。[②] 上文已提到，1940 年 6 月，古元就到碾庄乡担任文书。除日常工作外，他还想为老乡多做点事，想来想去，想到教老乡识字。考虑到老乡劳动很累，每晚集中学习不易，爱动脑筋的古元就想出了一个好办法，他找来一些纸，裁成大小一样的纸片，上面画画，底下写字，然后挨门挨户送到老乡的窑洞里。时间长了，老乡家墙上贴得太满了，他们就把一些卡片取下来，而把那些画有马、牛、羊的卡片留在墙上。这启发了古元：原来老乡们喜欢这些牲畜，这里边不仅蕴含着老乡们对生活的美好期待，而且体现着他们的审美趣味。于是，古元就在工作之余把生活中使自己激动不已的情景勾勒在小木板上，并刻出来——这就是《羊群》《牛群》《家园》《铡草》四幅农村小景。古元把这些画分送给老乡，受到他们的热烈欢迎。其中，《牛群》也以刘起兰家的牛为原型。画面中四头牛一只狗，犍牛膘肥体壮，母牛温驯敦厚，小牛憨态可掬，狗忠诚守护。四牛一狗，披着夕晖，漫步归家，洋溢着一种无言的安宁，安宁中又蕴蓄着无边的力量。不用说当时，就是现在也能被画面中

---

① 萧军：《第八次文艺月会座谈拾零》，载任文主编《延安时期的社团活动》，陕西师范大学出版总社有限公司 2014 年版，第 19—20 页。

② 虽然形式不一样，但艺术形象给人的感觉还是可以比较的。

图 5-3 古元木刻版画《牛群》

宁静的力量打动。据古元回忆，老乡们一看到这幅画就高兴地说："这不是刘起兰家的大犍牛吗？真带劲！"[①]

古元这组木刻版画不仅得到了老乡的厚爱，而且得到了徐悲鸿、艾青等文艺家的肯定。1942 年 10 月 14 日，在重庆中苏文化协会举行的"第一届双十全国木刻展览"上，来自解放区的木刻作品首次与观众见面，其中就有古元的作品。据记载，10 月 15 日徐悲鸿来观展时，被古元的《割草》[②]《冬学》等深深地吸引，对《割草》尤其赞不绝口。应青年木刻家王琦邀请，徐悲鸿为展览会撰写评论，在评论中盛赞古元为"中国艺术界中之一卓越之天才"，预言"他必将为中国取得光荣"，而他的《割草》"可称为中国近代美

① 曹文汉：《古元传》，吉林美术出版社 1989 年版，第 38 页。
② 据曹文汉考证，《割草》即《铡草》。曹文汉：《古元传》，吉林美术出版社 1989 年版，第 5 页。

术史上最成功作品之一”。[①] 其实，早在 1941 年 8 月 16 日，古元、力群等人的作品在延安军人俱乐部展出后，艾青就在 8 月 18 日的《解放日报》上发表了《第一日》的评论文章，称古元为“边区生活的歌手”“现实的肖子”，预言“他的艺术将在他的无限长的时间里得到难于限量的发展”。[②] 可见，古元这时已形神合一，创造了自己的革命美学。

同样是刘起兰家的牛，周立波的刻画难言成功，古元则一画成名，创作了革命文艺经典。那么，到底是什么导致了二者的巨大差别呢？

在笔者看来，首先是深入生活的深度不够。毛泽东同志在延安文艺座谈会上发表讲话后，周立波多次回忆、反思这件事。他坦陈：“整风以前，我到了延安，在鲁艺教课。这所艺术学院的院址是在离城十里的桥儿沟，那里是乡下。教员的宿舍，出窑洞不远，就有农民的场院。我们和农民，可以说是比邻而居，喝的是同一井里的泉水，住的是同一格式的窑洞，但我们都‘老死不相往来’。整整的四年之久，我没有到农民的窑洞里去过一回。”[③] 对于一位革命文艺工作者来说，这的确令人难以理解！碾庄之行，周立波与农民不那么隔膜了——他毕竟住进了刘起兰家，但也止于“做客”。对此，他反思说，“在延安的乡下，我也住过一个多月，但是我是

① 曹文汉：《古元传》，吉林美术出版社 1989 年版，第 2—3 页。
② 曹文汉：《古元传》，吉林美术出版社 1989 年版，第 43—44 页。
③ 周立波：《纪念、回顾和展望》，载李华盛、胡光凡编《周立波研究资料》，知识产权出版社 2010 年版，第 67 页。

在那里写我过去的东西，不接近农民，不注意环境”，因此回到鲁艺后，有人要他写乡下，他也“只能写写牛生小牛的事情”。[①] 即使写牛，也东鳞西爪，不很成功。用现在的说法，周立波深入生活是身入而心未入，效果自然不佳。

古元与周立波相反，不仅身入，而且心入。乡文书的工作既辛苦又繁杂，但只要稍有空闲，他就跟着老乡下地，学习干农活。而且，他不满足于表面的了解和认识，而是付诸实践。据记载，古元跟老乡们一起起牲口圈，冬天粪尿都结了冰，只能用镐刨，刨几下，虎口就麻了，而且粪尿的碎屑溅到脸上、身上，很难受。这时，一旁的老乡就笑着对古元说：“要吃香的，离不开臭的。”[②] 就是在工作和劳动中，古元与农民结下了深厚的友谊，更重要的是，他发现了藏在农民身上的宝贵品质。他回忆说：“我钦佩农民们吃苦耐劳的精神，他们在风霜雨雪烈日之下坚持劳动，是那样积极、健壮和乐观，他们的生活是那样朴素。只有真正生活在他们中间，才能深刻理解他们这些优秀品质。”[③] 古元的画是在农民的炕头上“展出”的，农民不仅是他的观众，也是他的老师，他经常坐在炕边听老乡议论他的画。比如有一次一位老乡就指着《羊群》说：“应该加上一只狗，放羊人不带狗，要吃狼的亏。”另一位老乡补充说：“放羊人身上背上一条麻袋就带劲了，麻袋可以用来挡风雨，

---

① 周立波：《后悔与前瞻》，载李华盛、胡光凡编《周立波研究资料》，知识产权出版社 2010 年版，第 58—59 页。

② 曹文汉：《古元传》，吉林美术出版社 1989 年版，第 35 页。

③ 古元：《回到农村去》，《美术》1958 年第 1 期。

遇到母羊在山上产羔，就把羊羔装进麻袋里带回来。”[①] 古元就按照他们的“指点”修改，果然好多了。可以说，古元很好地领会了毛泽东同志走出“小鲁艺”到“大鲁艺”学习的指示。因此，他的画作中才容纳了那么丰富的内容与那么饱满的情感。

与深入生活相关的另一个问题是砥砺思想、升级理论。与周立波相比，古元理论储备相对少，这看起来是个缺点，但实际上并非如此，即古元较少理论包袱，因而他在鲁艺能极快地吸收新思想、新理论，也能尽快地拥抱新生活，进而更敏锐地捕捉时代精神。而周立波则必须在新的环境中扬弃自己的文艺思想，升级自己的文艺理论。对此，周立波后来有清醒的认识。他反省自己为什么到延安后还“做客”的原因：一是“还爱惜知识分子的心情，不愿意抛除”；二是“读了一些所谓古典的名著，不知不觉成了上层阶级的文学俘虏”；三是“在心理上，强调了语言的困难，以为只有北方人才适宜于写北方”。[②] 翻阅《周立波鲁艺讲稿》，就会发现这确是他痛切的夫子自道，他在讲解国外名著时，虽力图用马克思主义文艺理论进行梳理，但国外名著中常见的抽象人性论、趣味、幽默等观念却时时见诸笔端。就《牛》来看，正是这些抽象的观念和趣味影响了他刻画一头丰满的“中国牛”“延安牛”的形象，进而影响了他刻画一位朴实的中国农民、延安农民的形象。比如，在写母牛

---

① 古元：《到“大鲁艺”去学习》，《美术》1962 年第 3 期。

② 周立波：《后悔与前瞻》，载李华盛、胡光凡编《周立波研究资料》，知识产权出版社 2010 年版，第 59 页。

生小牛难产时，他竟想到了人类的爱恋，发表大段议论，由于周围环境嘈杂，他又想起了“雪莱的诗里叹息的：我们的里面没有平和，我们的周围没有平静”①。晚间窑洞聚会时，他又发出了这样的抒情：“你们碰到过这样的晚上么？坐在一个生活很好的乡村的炉火边，忘记了过去和远方，忘记了远处的人们的不幸，和旧时的生活的悲惨，让绯红的炉火照着你的脸，你的心里盈满了温暖和安宁的感觉。”②通过这几处引用，就可以发现，是所谓趣味遮蔽了他想要刻画的牛和人。这样的文字，在这篇小说中，随处可见。

最后，对于文艺家来说也是最重要的，就是随着生活积淀和思想升华而来的美学转化和形式创新问题。在“纯文学”语境中，人们往往孤立地思考美学问题、形式问题，而忽视了美学问题、形式问题是随着社会发展而发展的，忽视了生活中存在着丰富的美学问题和形式问题。在这方面，古元的作品依然作出了极好的示范。据古元回忆，他在碾庄当文书时，有些妇女来申诉离婚，他从中看出了女性解放的积极意义，就以此为题材创作了版画《离婚诉》(1940)。1943年，他又刻了一幅同题作品。不过，值得注意的是，这两幅作品形式、风格极不相同。关于这两幅同题作品背后包含的社会信息已有学者详论，此处不赘。③笔者只想谈谈生活、

---

① 周立波：《牛》，载《周立波文集》第2卷，上海文艺出版社1982年版，第301页。

② 周立波：《牛》，载《周立波文集》第2卷，上海文艺出版社1982年版，第304—305页。

③ 参见郝斌《革命、性别和艺术家——论古元〈离婚诉〉的创作与重刻》，《文艺理论与批评》2018年第1期。

思想与形式的辩证关系。据古元自陈，他之所以重刻《离婚诉》是因为乡亲们对这幅画的刻法不理解，问他：“为啥脸孔一片黑一片白，长了那么多黑道道？”古元进行反思，认为自己初学木刻时模仿外国表现手法，并把这些手法带到农村来了，乡亲们当然看不惯，因此，就根据乡亲们的意见重刻了一幅，“用单线的轮廓和简练的刀法来表现物体，画面明快，群众也就喜欢接受了”①。古元是从美学和形式角度来回答这个问题的，但实际上，这一美学和形式转变背后还有一个现实故事：一天，一位妇女来乡政府哭诉丈夫家暴，要求离婚，古元很同情她，给她开了介绍信到区政府去离婚。但后来他才知道，这位妇女是个二流子，她丈夫忠厚老实，在外辛苦劳动，回到家连饭也吃不上，争吵时生气就打了她。区政府详细调查了解后，对这位妇女进行了严肃批评，也对她丈夫进行了教育，解决了他们的矛盾。②这件事对古元的教育很深刻，也是他重刻这幅作品的原因之一，也正因为如此，在第一幅作品中女性指斥丈夫，男女对立色彩浓重。而在重刻的作品中，除了线条变化，场景变了，人物也有所变化，对立色彩消失，对话色彩凸显，女性解放转向家庭和解。如果考虑到 20 世纪三四十年代延安的女性解放问题，这一变化更有意味。这一变化，更显示了古元对人、对人民认识的深化。

---

① 古元：《摇篮》，载孙新元、尚德周编《延安岁月：延安时期革命美术活动回忆录》，陕西人民美术出版社 1985 年版，第 69 页。

② 参见古元《回到农村去》，《美术》1958 年第 1 期。

与古元不同，延安时期，周立波没有捕捉到丰富的生活内容，更没有深刻体悟到时代精神的变化，作品风格也没什么大的变化，“还是承续着‘五四’以来受外国文学影响的我国现代小说的形式，‘欧化’的痕迹是显然的。作品的语言总的看是清新而又流畅的，但其中有些地方也夹杂着比较拗口的句式结构和‘学生腔’”[①]。但周立波是一位在理论上极其自觉的作家，一旦发现问题就能迅速行动，在新的道路上求索、前行。延安文艺座谈会之后，周立波在革命工作中砥砺自己，很快就超越自己，取得了巨大成绩，其长篇小说《暴风骤雨》可谓革命文艺经典。阅读这部小说，无论从内容还是形式上，都感受到一股充沛的中国作风和中国气派，其独创性是十分明显的。有意思的是，《暴风骤雨》中仍然写了不少“牲畜”。小说开篇就是老孙头驾着他的爱马，把土改工作队带进了元茂屯。小说下部中“分马”那一节，不仅仅是写人们挑牲口，更是写人物性格、心理：赵大嫂子明明排第一名，可她死活也不挑选，口头上说不需要，实则是大公无私；郭全海排第二名，轮到他的时候，他“对自己的事从来是随随便便的”[②]，就在老孙头建议下挑了一匹青骒马，这里对自己的“随随便便”实际上对应着他对他人、对工作的“认认真真”，这才有了下文他又把自己这匹好马跟王老太太的热毛子马交换的事，有了他告别新婚不久的妻子报名参军的事；老初选牛，显出他的稳重；李毛驴要了自己原先的两头毛驴，这“物

---

① 胡光凡：《周立波评传》（修订本），湖南文艺出版社2018年版，第123页。

② 周立波：《暴风骤雨》，人民文学出版社1952年版，第369页。

归原主”的故事不仅把他悲凉的前半生给带出来了，而且把他即将展开的新生活带了出来。最有意思的是老孙头。他心存正义，却胆小怕事；胆小怕事，却喜欢夸口；喜欢夸口，却假装大气。这就导致了他分马前后一系列有意思的言语行为：他极端喜欢玉石眼儿马，这次是志在必得，所以郭全海挑牲口时，他就建议郭全海挑青骒马，这一方面是好心，另一方面也是怕郭全海挑中玉石眼儿马；当他如意选中这匹马后，不顾它调皮，翻身骑上，一顿猛夸，给它起了个“玉石眼儿”的美名，欢喜之情溢于言表；可当王老太太因分的牲口不如意，郭全海组织积极分子，要大家拿自己的牲口跟她换时，王老太太看到玉石眼儿马，老孙头连忙说这是个“破马，性子又烈”，当王老太太抚摸这匹马时，他更加担心了，赶紧“提醒”道：“别摸它呀，这家伙不太老实，小心它踢你。我才挑上它，叫它摔一跤。”当王老太太离开这匹马后，老孙头松了一口气，赶紧骑上它，“双手紧紧揪着鬃毛”，一边说着“你不要那我就骑走了”的客气话，一边头也不回，一溜烟地跑了。[①] 作家格外青睐这匹马，不惜来个特写，让它撒欢，一路蹦跳，把老孙头从身上颠下来。这既是写马，更是写人，也就是说，作家写马调皮，主要是为了写老孙头调皮。通过这匹马，把老孙头这个“小心眼”的“老顽童”写得形神毕肖、活灵活现。这时的“马”跟彼时的“牛”，其形神风貌，早已不可以道里计。小说结尾，郭全海上前线前，悉心照料新

---

① 周立波：《暴风骤雨》，人民文学出版社 1952 年版，第 374—375 页。

图 5-4　古元为《暴风骤雨》画的插画

生小马驹的那一节，也感人至深："小马驹子躺在它妈妈的后腿的旁边，乱踢蹄子，挣扎要起来，可是老也起不来。"也许是看着自己的孩子闹腾，心里难过，"躺在地上的青骒马嘶叫着，想要起来，却起不来"。这时，郭全海和刘桂兰，"夫妇俩抱着小崽子，放在炕上。小家伙四只蹄子乱打乱踢，挣扎着站了起来，身子打晃，终于又摔倒在炕上。刘桂兰哈哈大笑"。[①] 在生动活泼的语言中，不但一老一小两匹马的形象跃然纸上，老马慈爱，小马天真，而且郭全海、刘桂兰这一对革命新人的形象也跃然纸上，那么质朴、那么纯粹、那么动人。这里，普遍的人类爱依然浑融饱满，可在这抽象的爱意之中，我们又强烈地感到一种具体的中国生命在茁壮生长。

巧合的是，古元在 1948 年为周立波的《暴风骤雨》画了 15 幅插画，其中 8 幅画中有马、驴等牲畜。如果我们把《牛群》视作古元为周立波的《牛》所作的插画的话，则画与文气质违和；而

① 周立波：《暴风骤雨》，人民文学出版社 1952 年版，第 412—413 页。

在《暴风骤雨》中，画与文则完美地融为一体。这种违和和融合都提醒我们，在思想、生活、情感、美学之间，有一种深刻的辩证关系，这关系值得每一个时代的每一位作家、艺术家好好地体会、领悟。周立波就是沿着这条融思想、生活、情感于一体的道路，创造了自己的美学形式，使作品既具有浓郁的民族作风，又具有鲜明的个人风格，启发多多。

其实，不只周立波一人如此，许多优秀作家，如丁玲、赵树理、柳青、孙犁，皆如此。但还是像上文所说的那样，认识的正确性并不需要堆积事例证明，我们依然就此打住，以周立波始，以周立波终。

五

诚如马克思所言，理论是“批判的武器”，是精神力量，不能代替“武器的批判”，即物质力量，但掌握了正确理论的人却可以变成物质力量，进行“武器的批判”。因而，人类前行的历史固然是人类在实践中认识世界、改变世界的历史，但同时也是在实践中淬炼思想的历史，是思想争鸣、竞争、更迭的历史，是以思想的闪电照亮人类暗夜、指示前进方向的历史。就文艺史而言，是不同文艺思想、美学观点次第出现、此起彼伏，在或明或暗的对话、碰撞、交锋中一决高下，旧隐新彰，不断发展的历史。对此，丹麦文学史家勃兰兑斯有段精彩的论说，他在讨论 19 世纪欧洲的浪漫主义时说道：“诚然，作家不能使自己脱离他的时代。然而时代的潮流却不是不可分割的潮流——有一种上层潮流，还有一种底层潮流。让自己同上层潮流随波逐流，或被上层潮流指挥驱使，是一种软弱的表现，终必导致灭亡。换句话说，每个时代都有其占优势而投合时好的观念和形式，它们只不过是前些时代生活的结果，早已完结了，现正慢慢变成化石。除此之外，这个时代还有另一整套完全与之不同的观念，虽然尚未具体化，却已弥漫在太空中了，当代最伟大的巨匠已经把它们理解为现今必须达到的目标。这后一类观念形成了团结人们从事新奋斗的因素。”①

我们的文学艺术就是在不同观念与形式的潮起潮落中波浪式前进的。对此，我们并不陌生。中国现代文学之所以被视为“新文学”，就是因为它以“人的文学”“白话文学”这种在当时还弥漫在太空中的底层潮流萃集、团结了陈独秀、胡适、鲁迅、钱玄同、刘半农等思想先锋、文艺斗士，对抗已然衰朽的“贵族文学”“文言文学”，经过持续不断的斗争，鼓舞了更多的思想家、文艺家投身这一历史潮流，并取得最终胜利。当“新文学”经过一段时间的发展之后，出现为市民理念、欧化形式所羁縻，进取精神、先锋色彩有所萎弱的症状之后，要求现代文学继续革命，朝着大众化方向前进的“革命文学”就出现了，成为现代文学中不可忽视的一股新生力量。到了 1942 年，特别是延安文艺座谈会之后，“革命文学”终于在黄土高原上落地生根，在各解放区开花结果，并随着中国革

---

① ［丹］勃兰兑斯：《十九世纪文学主流　第五分册　法国的浪漫派》，李宗杰译，人民文学出版社 1997 年版，第 19—20 页。

命不断胜利取得更大突破，从“人的文学”升级为“人民文艺”，原先主要拘泥于都市市民阶层的“白话文学”也吸纳了更多民间因素，变得更有中国作风、中国气派，变得更为中国老百姓所喜闻乐见。新时期，更是文艺潮起潮落的热闹季节，伤痕文学、反思文学、寻根文学、现代派、朦胧诗、先锋文学、新写实文学、新历史主义，一波未平一波又起，争领风骚。经过这些运动，“五四”的“人的文学”观被重提，现代主义、后现代主义的观念被引入，后来大行其道的消费主义的文学观念也悄悄地潜入，形成合力，推动了新时期文艺发展，进而形塑了新时期文艺的格局。

略作回顾，文艺思想为新文艺开路的情况就一目了然，无须专论。但鉴于自进入 21 世纪以来，文艺界就存在思想不振、创作乏力的情况，研究界在一定程度上也存在着忽略思想、冷落创作的倾向，因而有必要重提这个议题，使我们重温历史、激活现实。鉴于此，我们今天需要什么样的文艺思想，以及如何振奋思想，就是一个值得讨论的问题。

中国现代文艺自诞生至今已有一百多年，且依然富有生机，原因有很多，但笔者认为最重要的原因是中国现代文艺有强大的思想依托，更具体地说，中国现代文艺的诞生就是人文主义思想滋养的结果，而且很快社会主义思想就加入这一历史的合唱之中，可以说，人文主义和社会主义这两大思想传统及其博弈是中国现代文艺的生命源泉。

今天的外部条件，特别是物质条件，与往昔相比，当然有天壤之别，但在笔者看来，这两大思想传统不仅没有过时——不是说具体的观点，而是作为一种思想传统看，反而在新的挑战下焕发出新的巨大能量，因而，有必要对这两大思想传统进行回望，并瞩目其精神资源。

我们先从人文主义思想说起。一谈到文学——包括艺术，我们就想到一句准格言：文学是人学。这既是在强调现代文艺的人文主义精神，同时也反映出人文主义精神对于现代文艺影响之深，但需要注意的是，正如英国历史学家阿伦·布洛克提醒的，不应把人文主义当作一种思想流派或哲学学说，“而是将其视为一种宽泛的倾向、一个思想与信念的维度，以及一场持续性的辩论”，也就是说，人文主义“不是由一个统一的结构维系在一起的，而是由某些共同的假设以及对某些具有代表性的、因时而异的问题的共同关切维系在一起的”。[①] 正是依循这一原则，他在对从文艺复兴一直到第二次世界大战的六百年间，在“持续性辩论”——其中不乏“断裂”，但在另一个时期，这一“断裂”又会以新的方式得以接续乃至更新——中不断发展的人文主义传统进行系统梳理的基础上，对其“最为重要与稳定的特点”[②] 做了总结。虽然他的总结距今已有40年，距他总结的终点——第二次世界大战——时间更长，又发生了许多新事件，出现了许多新现象，但从整体来看，他的总结还是非常可靠并富有启发的，因而笔者予以简要转述。

---

① ［英］阿伦·布洛克：《西方人文主义传统》，董乐山译，群言出版社 2012 年版，第 2 页。

② ［英］阿伦·布洛克：《西方人文主义传统》，董乐山译，群言出版社 2012 年版，第 164 页。

在阿伦·布洛克看来，人文主义传统最重要的思想倾向是，“区别于将人视为神的秩序的一部分的神学观点，以及将人视为自然秩序的一部分的科学观点——人文主义将焦点集中于人，一切从人的经验开始。它认为这是全体人类都应当遵循的观念，也是蒙田‘我是谁？’之问的唯一答案”[①]。中国现代文艺就是在西方现代思想影响下萌生的，也很好地继承、发扬了这一人文主义思想，将“人”而非“神”，或者其他“非人”“超人”的权威作为自己核心的出发点。正是在这一思想指导下，“人”才成为中国现代文学的首要主题。而且，在笔者看来，由于中国现代文艺先驱面对的是与西方人文主义者不同的语境与条件，即与西方人文主义者首先要将“人”从“神”和“科技”的囚禁中解放出来不同，中国现代文艺先驱在发动新文化运动时，首先面对的是将“人”从封建的牢笼中解放出来，特别是从漫长的封建文化的牢笼中解放出来，因而，他们不仅请来“德先生”，而且请来“赛先生”——这里的“赛先生”当然不等同于狭义的“科技”，而主要是看待人、世界的一种眼光。更可贵的是，因为要破除封建“老文化”对人的囚禁，他们不仅强调“人”的价值，而且强调“青春”的价值，凸显青春之美，更进一步凸显了“人”的价值。鲁迅的“救救孩子”是这样，陈独秀在《敬告青年》中对“新鲜活泼之青年”[②]的属望是这样，李大钊更是

---

① [英] 阿伦·布洛克：《西方人文主义传统》，董乐山译，群言出版社 2012 年版，第 164 页。

② 陈独秀：《敬告青年》，载《陈独秀文集》第一卷，人民出版社 2013 年版，第 89 页。

“生于青春死于青春，生于少年死于少年”，亲身树立了最动人的青春榜样，而且发出了这个世界上最真最美的青春之声：“进前而勿顾后，被黑暗而向光明，为世界进文明，为人类造幸福，以青春之我，创建青春之家庭，青春之国家，青春之民族，青春之人类，青春之地球，青春之宇宙，资以乐其无涯之生。”[①] 这种瞩目于“人”、瞩目于“青春”的精神对今天来说，依然弥足珍贵。

既然将焦点集中于人，那么，更进一步，人文主义传统的另一思想倾向就是强调“每个人都有其独特的价值所在”，强调人的尊严、人的权利，强调“一旦这些能力被释放出来，人就在一定程度上具备了选择与意志的自由，他们因而能够转换方向、开拓创新，从而打开改善自己与人类命运的可能性”[②]。为了解放人的这些能力，需要具备两个条件：一是教育，二是个人自由。因而，人文主义传统也是强调教育价值与个人自由的思想传统。在这个方面，中国现代文学同样功不可没，人的独立性，人的尊严，人的自由，人的全面发展，始终内在于其价值诉求之中，在《敬告青年》中，陈独秀力倡的“自主的而非奴隶的”“进步的而非保守的”“进取的而非退隐的”“世界的而非锁国的”“实利的而非虚文的”“科学

① 李大钊：《青春（一九一六年四、五月）》，载中国李大钊研究会编注《李大钊全集》（修订本）第一卷，人民出版社 2013 年版，第 317—318 页。

② ［英］阿伦·布洛克：《西方人文主义传统》，董乐山译，群言出版社 2012 年版，第 164 页。

的而非想象”的“六义”[①]，可谓这一传统的中国回声，从《〈新青年〉罪案之答辩书》中那“要拥护那德先生，便不得不反对孔教，礼法，贞节，旧伦理，旧政治；要拥护那赛先生，便不得不反对旧艺术，旧宗教；要拥护德先生又要拥护赛先生，便不得不反对国粹和旧文学”的声明，以及“若因为拥护这两位先生，一切政府的压迫，社会的攻击笑骂，就是断头流血，都不推辞”的断言中，[②]都可见为了维护这一思想倾向，新文化运动前驱是多么的刚毅，多么的无畏。如果对中国现代文艺史稍微有所了解，便可知道为了实践这一思想倾向，中国现代文艺家付出了多少努力。在中国现代文艺史中，其实有一条比较清晰的线索，那就是人渐渐地从各种黑暗、阴影、压制、遮蔽下走出来，变得越来越清晰，越来越独立，越来越自由，越来越从容的历史，是越来越多的人进入文艺世界的历史。这条线索，可谓人文主义在中国现代文艺中扎根的明证。今天，我们不仅要在更高的层次上实现人的尊严，人的自由，人的价值，而且需要更加多元开放的人格，需要更强健、更文明、更美丽的“人”，因而，人文主义思想不仅不可或缺，而且任重道远。

阿伦·布洛克认为“人文主义的第三个特点是对思想始终十分重视”。这并不是说人文主义要“把自己的一套价值或象征体系强加于人”，相反，“它认为通往真理的道路不止一条，其他文明——

---

① 陈独秀:《敬告青年》，载《陈独秀文集》第一卷，人民出版社 2013 年版，第 89—96 页。

② 陈独秀:《敬告青年》，载《陈独秀文集》第一卷，人民出版社 2013 年版，第 362 页。

无论是过去的还是现在的，也无论是希腊、中国、罗马、法国，还是印度的文明——所走出的道路都值得我们去认真地看待，并且需要努力根据其自身的特点来对其加以理解”。阿伦·布洛克还强调人文主义与文学艺术之间“存在着一种特殊的血缘关系”，“这一点除了适用于文学和戏剧等语言艺术以外，也适用于绘画、音乐、舞蹈、雕塑和陶艺等非语言艺术，因为它们都拥有一种超越语言实现交流的力量”。[①]思想性同样是中国现代文艺的重要品格——虽然近些年来被遗忘了，这也是笔者一直在论证的观点。其表现，上文已有论述，此处不再赘述。

在《西方人文主义传统》一书末章，阿伦·布洛克提出了一个发人深省的问题：人文主义还有前途吗？在他看来，“衡量一个社会的标准不仅在于经济与社会方面的统计数据，还包括社会凝聚力、道德品格，以及成员之间是否存在足够的共同利益、共同价值和相互信任来应对挑战”。他还指出，“对于社会而言，真正的威胁并不是革命或者街头巷战，而是已经初现端倪的人际关系的日益恶化，因为这一问题才是‘社会’这一抽象名词背后的实际内涵”。但恰恰是这一方面令他感到担忧，他认为现代社会越来越“自闭”，人们越来越“将自己封闭在私人的小天地里，害怕与人来往，从而最终丧失了交往的习惯”。[②]换句话说就是，在现代社会，人们的

---

① [英]阿伦·布洛克：《西方人文主义传统》，董乐山译，群言出版社2012年版，第166—167页。

② [英]阿伦·布洛克：《西方人文主义传统》，董乐山译，群言出版社2012年版，第202—203页。

心灵交往越来越少，社会的有机性、互动性、公共性越来越弱，人际关系越来越脆弱。而人文主义的核心任务就是致力于人的解放，人的全面发展，人的交往，特别是心灵交往，致力于改进人的状况，特别是改进人的心灵状况，因而现代社会格外需要人文主义，而非如有些人所说的，它过时了。

笔者认为，阿伦·布洛克的话在今天仍然有效。无论从宏观层次看，还是从微观层次看，现代社会的“自闭症”不仅没有得到改善，反而在现代技术加持下，日趋严重。就理念层面看，在技术理性主导下，由“资本主义精神”所构造的“铁笼”日益固化；同时，在享乐主义主导下，由“资本主义精神”所织造的“轻裘”也日益收紧，把人们引入物欲的安乐之中，忽视了人的精神、情感等维度上的全面发展。就民族国家层面看，由恶性竞争导致的危机在全球蔓延，愈演愈烈。就社会层面看，社会撕裂乃至断裂是全球普遍现象，共同价值匮乏。就我们的日常生活看，在各种内卷压力下，“宅”“躺”“佛”成为亚文化，在青年中流行，令人忧虑不安。但充满危机的时刻也是思想的好时刻，是创造的好时刻，是改变的好时刻。为此，在新时代必须研究人文主义遭遇的困境，研究激活人文主义的可能，研究拓展人文主义的空间。毕竟，我们需要一个更好的“社会”，更好的社会需要更好的“人”——越来越多的“好人”，自然，也就需要更好的“人的文学”。毕竟，“人”是我们必须守住的底线。失去这条底线，等于失去所有。

讨论人文主义传统之后，就应该讨论社会主义传统了。与人文主义一样，我们不是把它当作一种思想流派或哲学学说，更不是将其当作一种意识形态或国家制度、社会规划，而是仍然将其视为一种宽泛的倾向、一个思想与信念的维度，以及处于持续辩论中的问题域来讨论的。如果考虑到社会主义是作为资本主义的对立统一面而产生和发展的，即社会主义是在与资本主义的博弈、对资本主义的扬弃中发展的，那么，这样的视角就更有必要。毕竟，我们面对的早已不是空想社会主义者面对的资本主义，不是马克思、恩格斯面对的资本主义——读一读《资本论》，就能理解马克思、恩格斯创立共产主义学说的初衷，不是列宁面对的资本主义，也不是毛泽东面对的资本主义，甚至不是邓小平面对的资本主义。今天资本主义已经发生了脱胎换骨的变化，尽管其资本主导的本质并未改变。这提醒我们，面对变化乃至升级了的资本主义，我们必须与时俱进地升级社会主义思想。这应是党高度重视马克思主义基本原理中国化、时代化的重要原因之一。

图 5-5　安东尼·克罗斯兰《社会主义的未来》书影

这个问题过于庞大、深邃，笔者没有能力进行深入系统的研究，只能挂一漏万地谈谈自己的一点浅见。“二战”后，英国工党重要的理论家安东尼·克罗斯兰在其1956年出版的《社会主义的未来》一书中，对这个问题进行了探讨，尽管其中的许多观点早已不适用于今天，但他思考问题的方式，他的一些思路，仍有参考价值，甚至富于启发性。

安东尼·克罗斯兰的一个重要思路就是随着社会条件变化，特别是随着阶级关系变化，阶级对立不再那么尖锐，甚至在一定程度上得到解决的情况下，应该及时调整乃至重新界定社会主义的目标。1951年英国工党大选失败，面对这一痛苦的现实，他在对英国当时的社会状况，以及各种社会主义思想流派及其理论进行研究后指出，作为一种社会理想，作为一种未来选择，作为一种思想倾向，社会主义最具共识的内容主要体现在价值观上，因而社会主义在注重生产力、生产关系、社会规划问题，特别是所有制问题时，也应高度重视价值观问题，重视价值观竞争。实际上，价值观问题始终内在于马克思主义学说中，社会主义从空想进入科学之后，价值观问题更是其核心内容。简单地说，社会主义之所以立志“消灭私有制”①，一个重要的出发点就是建立一个人的自由发展、全面发展更有保障的社会。具体而言，就是要改变“在资产阶级社会里是过去支配现在，在共产主义社会里是现在支配过去。在资产阶级社会里，资本具有独立和个性，而活动着的个人却没有独立和个性”

① [德]马克思、恩格斯:《共产党宣言》，载中共中央马克思恩格斯列宁斯大林著作编译局编译《马克思恩格斯文集》第二卷，人民出版社2009年版，第45页。

的社会状况[①]，就是要建立一个“每个人的自由发展是一切人自由发展的条件”的自由人的联合体。[②]尽管在建设社会主义的过程中，由于主客观条件的限制，我们遭遇一些挫折，甚至是巨大的挫折，付出了十分惨痛的代价，但我们对社会主义的认识也越来越深刻，对价值观在社会主义图景中的位置也越来越清楚。

在这个过程中，文学艺术发挥了极其重要的作用。在某种意义上，我们甚至可以说社会主义文艺优于资本主义文艺之处首先在价值观。高尔基纵论苏联文学，提出了一个非常有意思的观点：资产阶级文学的“主要英雄是骗子，窃贼，随后是暗探，再后又是窃贼，不过是‘上流窃贼’罢了”，而这“特别鲜明地反映着它的读者们的真实趣味、利益和实际‘道德’”。[③]这一看法，或许有些片面，却十分深刻。这种状况的确以镜子——各种各样的镜子，平面镜、曲面镜，完整的镜子、碎片的镜子——的方式反映出了资本主义社会的价值观状况。与资产阶级文艺相反，社会主义文艺致力于“新人”的发现与创造，并取得了很高的成就。在这方面，高尔基就是其中的典范之一。他的《童年》《在人间》《我的大学》就以“自传”的方式明明白白地告诉了我们在旧的社会状况下，“新人”

① ［德］马克思、恩格斯：《共产党宣言》，载中共中央马克思恩格斯列宁斯大林著作编译局编译《马克思恩格斯文集》第二卷，人民出版社 2009 年版，第 46 页。

② ［德］马克思、恩格斯：《共产党宣言》，载中共中央马克思恩格斯列宁斯大林著作编译局编译《马克思恩格斯文集》第二卷，人民出版社 2009 年版，第 53 页。

③ ［苏］高尔基：《苏联的文学（1934 年 8 月 17 日在第一次全苏作家代表大会上的报告）》，曹葆华译，载《论文学》，孟昌、曹葆华、戈宝权译，人民文学出版社 1983 年版，第 105—106 页。

的出现、成长是多么的艰难，他的长篇小说《福马·高尔杰耶夫》更是以高度艺术化的方式表现了这一主题：由于父亲，特别是教父马亚金——他们是19世纪末正在俄罗斯土地上野蛮生长的资产阶级代表——的“教导”，他不能成长为“新人”，于是只好放浪，只好发疯，只好失语——这是一个极其有意味的隐喻。幸运的是，高尔基找到了“新人”——他在《母亲》中找到了尼古拉，找到了萨莎，找到了巴维尔，更找到了“母亲”。尔后，这个“新人”就成了世界文学中一个不可忽视的明亮的存在，而且不断有新鲜的面孔加入，特别是尼古拉·阿列克谢耶维奇·奥斯特洛夫斯基的《钢铁是怎样炼成的》所塑造的保尔·柯察金，将“新人”形象推至高峰，作家借他之口发出的“人的一生应该怎样度过”的追问与回答更是社会主义价值观的美丽演说。令人高兴的是，中国现代文艺，特别是当代文艺为此作出了自己的贡献，丁玲、赵树理、柳青、周立波、孙犁、贺敬之等作家都凭自己的生花之笔为世界“新人”画廊奉献了各具特色的人物，其中张裕民、梁生宝、刘雨生、雷锋等更是光彩照人。

笔者讨论这个问题，是想提醒：当前，在全球范围内，软实力竞争、价值观竞争日益重要，那么，有志于社会主义事业的作家、艺术家，就应当考虑讲述怎样的故事、塑造怎样的人物、传达怎样的价值观。

与价值观竞争相关，安东尼·克罗斯兰认为，随着物质生产发展，随着经济水平提高，随着个人消费增长，随着传统目标逐渐实现，社会主义者“应该把注意力逐渐转向从长远来看更加重要的其他领域——比如，个人自由、幸福，以及培养休闲、美、优雅、愉悦、激情等文化追求”[①]，也就是说，应该更加重视文化的价值，更加重视人的自由发展。这一方面是因为随着物质生产发展，我们可以将更多的精力、资源用于文化方面；同时，人们也更有余裕从事文化事业，欣赏文学艺术等美的事物，丰富自己的心灵、情感、智慧。另一方面，也更重要的是，文化与美更具公共性，更具超越性，因而这一领域与社会主义所追求的理想社会始终密切相关，而且，“在文化领域，要求将社会利益置于私人利益之上的这样一种理想，不仅是适当的，也是可行的”。毕竟，没有人希望进入这样一种时代：“物质富足了，但是却发现我们已经丧失那些教会我们如何享受这种富足的价值。”[②]

笔者认为，安东尼·克罗斯兰的这一思考对今天的我们十分重要。毕竟，我们要建设社会主义，就要建设更好的社会，建设更好的生活。为此，我们就要建设更美的文化——社会主义文化，创作更美的文艺——社会主义文艺。为此，我们就不仅要考虑应该继承、发扬哪些美学传统，同时更要考虑我们应该为我们的时代创造什么样的新美学。

① ［英］安东尼·克罗斯兰：《社会主义的未来》，轩传树、朱美荣、张寒译，上海人民出版社 2011 年版，第 337 页。

② ［英］安东尼·克罗斯兰：《社会主义的未来》，轩传树、朱美荣、张寒译，上海人民出版社 2011 年版，第 344—345 页。

六

作为一种思想倾向，一种价值观，社会主义的贡献之一就是以人民超克资本主义的个人。具体到文艺领域，就是提出并发展了“人民文艺”，以实现对“人的文学”的超克。笔者认为，“人民文艺”就是我们要继承、发扬的美学传统，同时也是我们创造新美学的领地。

由中国独特的国情所决定，人民是当代中国社会一个使用率极高的热词。[①]这也从一个侧面印证了这一概念的重要性。党的十九大报告指出，中国特色社会主义新时代我国社会主要矛盾是人民日益增长的美好生活需要和不平衡不充分的发展之间的矛盾，必须坚持以人民为中心的发展思想，不断促进人的全面发展、全体人民共同富裕。这进一步凸显了人民在当代中国社会生活中的主体地位和根本作用。

这一现象在文艺领域也有直观表现。自从中国共产党成立以来，就高度重视文艺与人民的关系，可以说，文艺人民性问题始终是党领导文艺的核心问题。党的十八大以来，习近平总书记在对我国新时代文艺发展阶段及其规律科学认识的基础上，对文艺人

① 据统计，中华人民共和国成立以来的历届党的全国代表大会政治报告中“人民”一词出现频率如下：八大 188 次；九大 95 次；十大 57 次；十一大 106 次；十二大 135 次；十三大 75 次；十四大 96 次；十五大 116 次；十六大 133 次；十七大 143 次；十八大 145 次；十九大 203 次。参见陈昌丰、朱映雪《新世纪以来国内学术界关于“人民”概念的研究述评》，《社会主义研究》2018 年第 3 期。

民性问题进行了系统论述，明确指出：“社会主义文艺，从本质上讲，就是人民的文艺。”[①] 同时，从多个维度阐释了建设人民文艺的路径、方法等，为在中国特色社会主义新时代讲好中国故事、树好人民形象提供了基本遵循。然而，“人民”并非一个语义静止的词语，而是在近代以来历史发展中产生、形塑并随时代条件变化不断演进、丰富的一个现代概念。具体到中国语境中来看，更是伴随着中国曲折展开的现代历程，特别是革命、建设、改革历程而生成的一个活态概念，或者说是一套语义系统。

首先，人民是一个现代政治哲学概念。

作为词语，我们对人民并不陌生，中国古代典籍中就有相关记载，但其意义与我们今天理解的大不一样。概括来看，我国古代典籍中人民的意义主要有三种：一是指人类；二是指民族；三是指处于权力体系底层，与统治者相对应的平民、百姓。现代意义上的人民概念，来源于欧洲思想启蒙运动。在欧洲传统政治模式中，君权神授，“君”代表“神”行使统治权，君主是统治者，臣民是被统治者，形成君民对立的统治模式。但随着现代资产阶级革命在欧洲蓬勃展开，传统统治模式渐次土崩瓦解，国王被放逐，甚至被押上断头台，君权神授说再也站不住脚了。为了建立一种与资本主义发展相适应的现代政治模式，欧洲启蒙思想家开始大力倡导天赋人权，宣扬每个人都是权力的主体，国家、政府、政党等只能以人民

① 习近平:《在文艺工作座谈会上的讲话》,《人民日报》2015 年 10 月 15 日。

代表的身份出现，行使职能，人民概念由此开始赋形。比如，卢梭就指出：“如果人民只一味诺诺连声地服从，人民本身就会由于这一行为而解体，从而丧失其人民的品质；只要主权者之上出现了一个主人，主权者就不再存在，这个政治体就被完全摧毁了。”[①]显而易见，这一论述的要义是主权在人民。

毋庸讳言，作为现代政治概念的人民的出现，意味着传统政治模式的终结，现代政治模式的出现，是人类历史前行的一大步。卢梭的学说就对青年马克思产生过深刻的影响，在《黑格尔法哲学批判》中，马克思就在批判黑格尔的观点时阐释了自己的国家观和人民观。黑格尔从其客观唯心主义立场出发，把国家看作客观精神，认为国家是“伦理理念的现实”，是“绝对自在自为的理性东西”，[②]而且“国家人格只有作为一个人，作为君主才是现实的”[③]，即认为君主是国家主权的象征或化身。而且，为了凸显君主主权的绝对性，黑格尔还反对把君主主权和人民主权对立起来，认为这是一种“混乱思想”，因为在他看来，如果没有自己的君主，“人民就是一群无定形的东西”[④]。在青年马克思看来，问题恰恰相反，“人民的主权不是从国王的主权中派生出来的，相反地，国王的主权

① ［法］卢梭：《社会契约论》，李平沤译，商务印书馆 2011 年版，第 30 页。

② ［德］黑格尔：《法哲学原理》，范扬、张企泰译，商务印书馆 1961 年版，第 253 页。

③ ［德］黑格尔：《法哲学原理》，范扬、张企泰译，商务印书馆 1961 年版，第 296 页。

④ ［德］黑格尔：《法哲学原理》，范扬、张企泰译，商务印书馆 1961 年版，第 298 页。

倒是以人民的主权为基础的”[①]，即国家是人民创造出来并为其服务的，而非人民的对立物。而维护人民主权的关键在于民主制，“在民主制中任何一个环节都不具有本身意义以外的意义。每一个环节都是全体民众的现实的环节”，“民主制是内容和形式，君主制似乎只是形式，而实际上它在伪造内容”。[②]

不过，在此之后，马克思就极少谈论这个问题了，甚至有过用“无产阶级”取代这个概念的想法。[③]这并不是马克思不再重视人民问题，而是因为随着社会情势的发展，马克思越来越清楚地认识到，伴随着资产阶级成为新的社会统治阶级，人民概念越来越抽象化、理念化、空洞化，越来越缺乏代表性，广大无产阶级空有人民之名，而无人民之实，即“人民的单个成员在他们的政治世界的天国是平等的，而在人世的存在中，在他们的社会生活中却不平等”[④]。恩格斯也表达了类似观点，批评“无政府主义者用‘人民国家’这一个名词把我们挖苦得很够了”，因为在当时条件下，所谓

---

① [德]马克思:《黑格尔法哲学批判》，载中共中央马克思恩格斯列宁斯大林著作编译局编译《马克思恩格斯全集》第一卷，人民出版社 1956 年版，第 279 页。

② [德]马克思:《黑格尔法哲学批判》，载中共中央马克思恩格斯列宁斯大林著作编译局编译《马克思恩格斯全集》第一卷，人民出版社 1956 年版，第 280 页。

③ 参见[德]马克思《“莱茵观察家”的共产主义》，载中共中央马克思恩格斯列宁斯大林著作编译局编译《马克思恩格斯全集》第四卷，人民出版社 1958 年版，第 210 页。在这篇文章里，马克思认为“无产阶级”是一个比“人民”更确切的概念。

④ [德]马克思:《黑格尔法哲学批判》，载中共中央马克思恩格斯列宁斯大林著作编译局编译《马克思恩格斯全集》第一卷，人民出版社 1956 年版，第 344 页。

“自由的人民国家”“纯粹是无稽之谈”。[①] 为此，马克思才由人民话语转向阶级话语。这并非放弃，而是扬弃，因为在他看来，只有通过生产方式、社会关系的改造，通过无产阶级解放，才能创造真正的人民，真正实现人民主权，即马克思的人民概念是与其共产主义目标紧密联系在一起的。

为此，马克思的人民概念既保持了一定的稳定性，又保持了相当的包容性和弹性，他明确人民的主体是无产阶级，但小农和城市贫民也在人民范畴之内。正如列宁所说的，“马克思在使用‘人民’一语时，并没有用它来抹杀各个阶级之间的差别，而是用它来概括那些能够把革命进行到底的一定的成分”[②]。列宁也正是以此为指引，从俄国现实出发，明确人民更应当体现为工农群众，主要应指被剥削的劳动者，但同时又包含“那些能够把革命进行到底的一定的成分”。概而言之，马克思、恩格斯、列宁等马克思主义经典作家在人民概念的使用上是极其辩证的，一方面坚持人民是人类社会中起积极作用的阶级，另一方面兼收并蓄，坚持人民概念应当在历史变迁中予以认识。

中国共产党是以马克思主义为指导的政党，中国的马克思主义是在十月革命的影响下发生、发展的，因而中国共产党关于人民概念的认识，一方面与马克思主义经典论述一脉相承，同时又沉淀着

---

① [德]恩格斯：《给奥·倍倍尔的信》，载中共中央马克思恩格斯列宁斯大林著作编译局编译《马克思恩格斯全集》第十九卷，人民出版社 1963 年版，第 7 页。

② [苏]列宁：《社会民主党在民主革命中的两种策略》，载中共中央马克思恩格斯列宁斯大林著作编译局编译《列宁选集》第一卷，人民出版社 2012 年版，第 636 页。

深沉的中国因素，这在毛泽东同志的相关论述中体现得极其鲜明。毛泽东同志没有像一般的研究者那样，追问人民是什么，即从概念出发确定主体，而是根据不同的历史条件，特别是中国革命、建设的实际情况，追问谁是人民，即由主体倒推概念，体现出极强的实践性。比如，早在1925年，他就从“谁是我们的敌人？谁是我们的朋友？”这个“革命的首要问题”出发，对中国社会各阶级进行分析，分清革命的敌、我、友。尤其重要的是，毛泽东指出农民是无产阶级最忠实的同盟军，解决了中国革命依靠谁的问题。[①]这一精神始终贯穿于毛泽东同志对人民概念的理解之中，在抗日战争时期、解放战争时期、社会主义建设初期都是如此。1957年，他指出，“在建设社会主义的时期，一切赞成、拥护和参加社会主义建设事业的阶级、阶层和社会集团，都属于人民的范围”[②]，再次拓展了人民范畴，团结了建设社会主义的力量。这说明，在毛泽东同志看来，人民是一个有特定历史内涵的概念，其界定经历了一个长期的逐步的演变过程，如他自己所说：“人民这个概念在不同的国家和各个国家的不同的历史时期，有着不同的内容。”[③]

改革开放的新时期，以邓小平同志为核心的党中央对“什么是

① 毛泽东：《中国社会各阶级的分析（一九二五年十二月一日）》，载《毛泽东选集》第一卷，人民出版社1991年版，第3页。

② 毛泽东：《关于正确处理人民内部矛盾的问题》，载《建国以来毛泽东文稿》第六册，中央文献出版社1992年版，第317页。

③ 毛泽东：《关于正确处理人民内部矛盾的问题》，载《建国以来毛泽东文稿》第六册，中央文献出版社1992年版，第317页。

社会主义、怎样建设社会主义”进行了长期求索，明确社会主义的本质是“解放生产力，发展生产力，消灭剥削，消除两极分化，最终达到共同富裕”。[①] 基于这样的理论思考，党中央确立了“把全党工作的重心转到实现四个现代化上来的根本指导方针”[②]，作出了改革开放的战略决策，确立了党在社会主义初级阶段的基本路线，并据此调整人民概念，从革命年代强调阶级属性转向改革年代中国特色社会主义现代化建设者的属性。其后，江泽民同志提出“必须把实现和维护最广大人民群众的利益作为改革和建设的根本出发点”[③]，胡锦涛同志提出“权为民所用，情为民所系，利为民所谋”[④]，继续丰富发展人民概念。经过长期努力，最终将人民概念与统一战线理论相融合，形成了新时期的人民观：在全体社会主义劳动者、社会主义事业的建设者、拥护社会主义的爱国者、拥护祖国统一和致力于中华民族伟大复兴的爱国者的广泛的爱国统一战线之内的人都属于人民。

党的十八大以后，习近平总书记站在中华民族复兴的战略高度，立足中国社会主要矛盾变化这一现实，从中国特色社会主义新时代这一历史方位出发，科学分析世情国情党情，擘画党和国家各

---

① 邓小平：《在武昌、深圳、珠海、上海等地的谈话要点（一九九二年一月十八日——二月二十一日）》，载《邓小平文选》第三卷，人民出版社 1993 年版，第 373 页。

② 邓小平：《解放思想，实事求是，团结一致向前看（一九七八年十二月十三日）》，载《邓小平文选》第二卷，人民出版社 1983 年版，第 140 页。

③ 江泽民：《江泽民文选》第二卷，人民出版社 2006 年版，第 261 页。

④ 胡锦涛：《在省部级主要领导干部提高构建社会主义和谐社会能力专题研讨班上的讲话（2005 年 2 月 19 日）》，人民出版社 2005 年版，第 13 页。

项事业，进一步更新人民概念，强调党和国家在发展中对人民的责任，焕发出崭新的理论光彩。在十八届中央政治局常委同中外记者见面时的讲话中，习近平总书记就明确指出："人民对美好生活的向往，就是我们的奋斗目标。"① 在党的十九大报告中他再次强调："人民是历史的创造者，是决定党和国家前途命运的根本力量"，必须"坚持以人民为中心。"② 在《中共中央关于制定国民经济和社会发展第十四个五年规划和二〇三五年远景目标的建议》中，把"以人民为中心"作为"十四五"时期经济社会发展必须遵循的原则，要求"坚持人民主体地位，坚持共同富裕方向，始终做到发展为了人民、发展依靠人民、发展成果由人民共享，维护人民根本利益，激发全体人民积极性、主动性、创造性，促进社会公平，增进民生福祉，不断实现人民对美好生活的向往"。③ 这表明，在中国特色社会主义新时代，必须站在更高的维度上理解人民，在主权意义、治理意义，特别是责任意义上理解人民。④

其次，人民也是一个文艺理论概念，是社会主义文艺的核心概念。

俄罗斯知识分子是较早在文艺领域讨论人民问题的人。为了与

---

① 习近平：《人民对美好生活的向往，就是我们的奋斗目标（2012 年 11 月 15 日）》，载《习近平谈治国理政》，外文出版社 2014 年版，第 4 页。

② 习近平：《决胜全面建成小康社会，夺取新时代中国特色社会主义伟大胜利》，载《习近平谈治国理政》第三卷，外文出版社 2020 年版，第 16 页。

③ 《〈中共中央关于制定国民经济和社会发展第十四个五年规划和二〇三五年远景目标的建议〉辅导读本》，人民出版社 2020 年版，第 21 页。

④ 参见欧树军《必须发现人民：共和国六十年来对人民的想象、界定与分类》，《学海》2012 年第 4 期。

当时取法欧洲的改革派思想家相抗衡，固守俄国传统的斯拉夫派思想家坚持东正教、沙皇、村社三位一体的社会结构，认为由于村社农民的一切活动，无论是家庭生活，还是生产活动，乃至精神活动，都内在于东正教信仰和沙皇制度之下，具有内在同一性，有凝聚力，因而他们把俄罗斯村社和村社农民作为俄罗斯社会发展的基础力量，即他们在村社农民身上发现了人民性。但赫尔岑、别林斯基等革命民主主义理论家在看到村社农民存在的重要性的同时，又进一步剔除了斯拉夫派思想家论述中的宗教和君主专制思想，对其进行革命性改造，注入民主内涵，强调村社农民的独立性和主体地位，为其科学化奠定基础。只有在这样的背景下，我们才能理解为什么当时俄罗斯的作家、思想家会围绕着俄国社会中的地主问题、农奴问题、民族问题展开激烈争论。这都为研究作为文艺理论概念的“人民”提供了重要的学术资源。

不过，与作为政治哲学概念的“人民”主要根源于马克思主义经典作家一样，作为文艺理论概念的人民同样根源于此。与以往一切哲学只是认识世界不同，马克思主义不仅认识世界，而且立志改变世界。由此出发，马克思、恩格斯将文学艺术视为实践精神之一种，视为能动地改造世界的意识形式之一种，视为理论掌握人进而转化为物质力量的载体之一种，高度重视文学艺术的人民性。1842 年 4 月，马克思在《第六届莱茵省议会的辩论（第一篇论文）》中就力倡“自由出版物的人民性”，认为“它的历史个性以及那种赋予它以独特性质并使它表现一定的人民精神的东西”，“这一切对诸侯等级的辩论人说来都是不合心意的”，因为具有人民性的出版物“是历史人民精神的英勇喉舌和它的公开表露”。[①]正因为如此，对体现人民精神的文艺作品，他们总是满腔热情地予以褒扬、推举。比如，马克思就认为现代英国一批优秀的作家通过小说“对资产阶级的各个阶层，从‘最高尚的’食利者和认为从事任何工作都是庸俗不堪的资本家到小商贩和律师事务所的小职员，都进行了剖析”，所揭示的社会政治状况“比一切职业政客、政论家和道德家加在一起所揭示的还要多”[②]。恩格斯则留意到当时欧洲大陆小说创作风向的变化，即主人公不再是国王和王子，而是穷人和受轻视的阶级，文学开始表现穷人的生活和命运，因而称赞代表这一创作倾向的作家乔治·桑、狄更斯等为“时代的旗帜”[③]。对于那些描写无产阶级生活、使社会关注无产者状况的作品，如欧仁·苏的小说《巴黎的秘密》，恩格斯也给予热情肯定。

列宁不仅从思想上继承了马克思、恩格斯的文艺学说，而且由于领导了无产阶级革命运动并取得胜利，进而将马克思主义由理论层面提升到实践层面。和马克思、恩格斯一样，列宁也非常重视文艺人民性问题，认为文艺属于人民，人民才是文艺服务的对象，但列宁最突出的贡献是提出文艺的“党性原则”，将文艺人民性原则

---

① [德]马克思:《第六届莱茵省议会的辩论（第一篇论文）》，载中共中央马克思恩格斯列宁斯大林著作编译局编译《马克思恩格斯全集》第一卷，人民出版社1956年版，第49—50页。

② [德]马克思:《英国资产阶级》，载中共中央马克思恩格斯列宁斯大林著作编译局编译《马克思恩格斯全集》第十卷，人民出版社1962年版，第686页。

③ [德]恩格斯:《大陆上的运动》，载中共中央马克思恩格斯列宁斯大林著作编译局编译《马克思恩格斯全集》第一卷，人民出版社1956年版，第594页。

与党性原则结合起来，为共产主义政党领导文艺提供了理论指针。在《党的组织和党的出版物》中，他旗帜鲜明地宣称：“对于社会主义无产阶级，写作事业不能是个人或集团的赚钱工具，而且根本不能是与无产阶级总的事业无关的个人事业。”[①]他还进一步强调说，在文艺创作中，作家当然可以保持个性和风格，但党的文艺事业绝不能脱离“党性原则”这个大前提。列宁还解释了用“党性原则”武装起来的作家、艺术家的来源、责任和使命，指出他们不依附于资本的收买和豢养，“因为把一批又一批新生力量吸引到写作队伍中来的，不是私利贪欲，也不是名誉地位，而是社会主义思想和对劳动人民的同情”，而且，“它不是为饱食终日的贵妇人服务，不是为百无聊赖、胖得发愁的‘一万个上层分子’服务，而是为千千万万劳动人民，为这些国家的精华、国家的力量、国家的未来服务”。[②]这样的文艺是真正自由的文艺。

人民在中国现代文艺中作为一种力量浮现出来，得益于新文化运动。1917年，陈独秀在《新青年》上发表《文学革命论》，提出“三大主义”——平易的抒情的平民文学、新鲜的立诚的写实文学、明了的通俗的社会文学——的新文艺主张，矛头直指旧文艺，呼唤

① [苏]列宁：《党的组织和党的出版物（1905年11月13日[26日]）》，载中共中央马克思恩格斯列宁斯大林著作编译局编译《列宁全集》第十二卷，人民出版社1987年版，第93页。

② [苏]列宁：《党的组织和党的出版物（1905年11月13日[26日]）》，载中共中央马克思恩格斯列宁斯大林著作编译局编译《列宁全集》第十二卷，人民出版社1987年版，第96—97页。

新文艺。在这“三大主义”中，首当其冲就是“平民主义”。一目了然，这是为了推倒“贵族文学”，使文学走出宫廷，走出书斋，走向社会，走向人间，其中的人民性呼之欲出。李大钊将十月革命视为“庶民的胜利”，为了迎接中国的“庶民的胜利”，他极力倡导有马克思主义观的文艺，倡导“庶民”的文学。在《劳动教育问题》中，他认为现代著作“不许拿古典的文学专门去满足那一部分人的欲望，必须用通俗的文学，法［使］一般苦工社会也可以了解许多的道理”[①]，在《青年与农村》中更明白地提出，“要想把现代的新文明，从根底输入到社会里面，非把知识阶级与劳工阶级打成一气（起）不可”[②]。瞿秋白更进一步，在《“五四”和新的文化革命》中反思了新文化运动的资产阶级性质，认为它不能完成自己所宣称的任务，预言“新的文化革命已经在无产阶级领导之下发动起来，这是几万万劳动民众自己的文化革命，它的前途是转变到社会主义革命的前途”[③]。今天翻检史料，除了理论上的启示，更令人感佩的是他们为人民文艺而战的精神。有了他们，人民文艺的天火才在人间点燃。

星星之火，可以燎原！随着中国革命发展，革命文艺取得长

---

① 李大钊：《劳动教育问题》，载中国李大钊研究会编注《李大钊全集》（修订版）第二卷，人民出版社 2013 年版，第 408 页。

② 李大钊：《青年与农村》，载中国李大钊研究会编注《李大钊全集》（修订版）第二卷，人民出版社 2013 年版，第 422 页。

③ 瞿秋白：《“五四”和新的文化革命》，载《瞿秋白文集　文学编　第三卷》，人民出版社 1989 年版，第 22 页。

足进步，文艺人民性问题的重要性日益凸显，需要在中国语境中总结，毛泽东同志历史地承担、完成了这一理论重任，使文艺人民性实现升华。

图 5-6　瞿秋白像

在中国共产党早期的文艺实践中，人民虽然是一个极端重要的概念，但客观地看，其认识相对模糊。工人阶级在五四运动中登上历史舞台，成为中国革命的领导阶级，城市平民、小资产阶级、进步知识分子等阶层也在风起云涌的社会运动中崛起，承担起自己的历史责任，融入人民范畴，但广大农民，长期处于沉默之中的农民，却未得到应有的重视，依然处于沉默之中。是毛泽东同志解决了这个问题。正如他通过对中国社会各阶级的分析，确认了农民在中国革命中的同盟军地位，认为农民是中国革命中一支巨大、可靠的力量，他也在文化上为中国农民翻了身、正了名。早在《湖南农民运动考察报告》中，他就辩证地分析指出：“中国历来只是地主有文化，农民没有文化。可是地主的文化是由农民造成的，因为造成地主文化的东西，不是别的，正是从农民身上掠取的血汗。”[①] 他由此出发，为农民吁请文化权利，并且在湖南农民运动中看到了农民发展自己文化的巨大潜力。在《新民主主义论》中，这种认识上升到理论高度，他认为“五四”以后中国的新文化是“新民主主义性质的文化，属于世界无产阶级的社会主义的文化革命的一部分”，“是无产阶级领导的人民大众的反帝反封建的文化”。[②] 而且，这种新民主主义的文化是民主的、科学的、大众的，“它应为全民族中百分之九十以上的工农劳苦民众服务，并逐渐成为他们的文化”[③]。可见，在毛泽东同志那里，农民已是人民的有机组成，是新民主主义文化的应然对象和潜在力量。在此前给周扬的信中，他对此有更具体的阐释。他不赞同周扬“把整个农村都看作是旧的”，因为，“所谓民主主义的内容，在中国，基本上即是农民斗争”，他解释：“农民，基本上是民主主义的，即是说，革命的，他们的经济形式、生活形式，某些观念形态、风俗习惯之带着浓厚的封建残余，只是农民的一面，所以不必说农村社会都是老中国。在当前，新中国恰恰只剩下了农村。”[④] 回到当时的语境看，这见解相当超前。正因为有了科学见解，《在延安文艺座谈会上的讲

---

① 毛泽东:《湖南农民运动考察报告（一九二七年三月）》，载《毛泽东选集》第一卷，人民出版社 1991 年版，第 39 页。

② 毛泽东:《新民主主义论（一九四〇年一月）》，载《毛泽东选集》第二卷，人民出版社 1991 年版，第 698 页。

③ 毛泽东:《新民主主义论（一九四〇年一月）》，载《毛泽东选集》第二卷，人民出版社 1991 年版，第 708 页。

④ 毛泽东:《致周扬（一九三九年十一月七日）》，载中共中央文献研究室编《毛泽东文艺论集》，中央文献出版社 2002 年版，第 259—260 页。

话》中，在回答文艺为什么人服务这个问题时，他才自信地回答说，为“人民大众”服务，为“工人、农民、兵士和城市小资产阶级”服务。[①]客观地看，对作为文艺理论概念的人民的这一扩容具有不容忽视的思想意义，不仅极大地拓展了革命文艺的表现对象，而且逆转了其表现方式，使中国农民得以理直气壮地登上文艺的舞台。正因为有了这样的理论扩容，毛泽东同志才能在文艺如何为人民服务等方面从容论述，实现了马克思主义文艺理论中国化的第一次飞跃。

进入新时期，基于以经济建设为中心的改革开放事业，基于既要建设高度的物质文明又要建设高度的社会主义精神文明的历史要求，以邓小平同志为代表的党中央及时调整人民概念及相关政策，丰富发展人民内涵，带领全国人民团结一致向前看，为解放生产力发展生产力凝心聚力。文艺方面同样如此。一方面，邓小平同志要求“要继续坚持毛泽东同志提出的文艺为最广大的人民群众，首先为工农兵服务的方向”，同时又指出，“围绕着实现四个现代化的共同目标，文艺的路子要越走越宽”。[②]1980 年 7 月 26 日，《人民日报》发表社论《文艺为人民服务、为社会主义服务》，将“文艺为人民服务、为社会主义服务”确立为新时期党领导文艺的总路线。

---

① 毛泽东:《在延安文艺座谈会上的讲话（一九四二年五月）》，载《毛泽东选集》第三卷，人民出版社 1991 年版，第 855 页。

② 邓小平:《在中国文学艺术工作者第四次代表大会上的祝辞（一九七九年十月三十日）》，载《邓小平文选》(一九七五——一九八二年)，人民出版社 1983 年版，第 182—183 页。

邓小平同志还提出了“人民是文艺工作者的母亲”的论断，强化文艺与人民的关系，强调“一切进步文艺工作者的艺术生命，就在于他们同人民之间的血肉联系。忘记、忽略或是割断这种联系，艺术生命就会枯竭”。[①] 随着改革开放向纵深发展，文艺事业在取得长足进展的同时也出现了疏离主流价值观、忽视社会效益等问题，党和国家与时俱进地优化文艺政策，进一步巩固文艺与人民的联系。江泽民同志要求广大文艺工作者遵循先进文化前进方向，“牢记人民是文艺工作者的母亲，生活是文艺创作的源泉的这个真理”，“充分认识最广大人民的根本利益，充分认识人民群众对文艺发展的基本要求”，[②] 弘扬主旋律，提倡多样化，发现美，创造美，为人民提供最好的精神食粮。党的十六大后，胡锦涛同志要求广大文艺工作者坚持社会主义先进文化前进方向，以科学发展为主题，以建设社会主义核心价值体系为根本任务，以满足人民精神文化需求为出发点和落脚点，“始终坚持以人为本，更加自觉、更加主动地承担起为人民抒写、为人民放歌的历史责任”[③]。经过长期坚持、持续调整，人民不仅成为我国社会主义文艺理论的关键词、文艺方针政策的核心要义，而且日益深入人心，渐成自觉。

---

① 邓小平：《在中国文学艺术工作者第四次代表大会上的祝辞（一九七九年十月三十日）》，载《邓小平文选》（一九七五——一九八二年），人民出版社 1983 年版，第 211 页。

② 江泽民：《文艺是民族精神的火炬（二〇〇一年十二月十八日）》，载《江泽民文选》第三卷，人民出版社 2006 年版，第 403 页。

③ 胡锦涛：《在中国文联第九次全国代表大会、中国作协第八次全国代表大会上的讲话》，《人民日报》2011 年 11 月 23 日。

党的十八大以后，习近平总书记站在坚持和发展中国特色社会主义、实现中华民族伟大复兴的中国梦的全局和战略高度，亲自谋划、部署、指导推动新时代文艺工作，将人民文艺、文艺人民性提到空前高度。如上文所述，2014 年 10 月 15 日，在文艺工作座谈会上的讲话中，习近平总书记就明确指出社会主义文艺就是人民文艺，确立了中国特色社会主义文艺的本质属性，为新时代我国文艺工作锚定方位。2016 年 11 月 30 日，在中国文联十大、中国作协九大开幕式上的讲话中，习近平总书记继续强调这一问题，指出“一切优秀文艺工作者的艺术生命都源于人民，一切优秀文艺创作都为了人民”[①]。2021 年 12 月 14 日，在中国文联十一大、中国作协十大开幕式上的讲话中，习近平总书记再次强调这一问题，指出“源于人民、为了人民、属于人民，是社会主义文艺的根本立场，也是社会主义文艺繁荣发展的动力所在”，呼吁文艺工作者坚持以人民为中心的创作导向，“把人民放在心中最高位置，把人民满意不满意作为检验艺术的最高标准，创作更多满足人民文化需求和增强人民精神力量的优秀作品”。[②]一再强调，可见习近平总书记对这个问题是多么的重视。

整体来看，除了将文艺人民性问题提到空前高度予以阐发外，习近平总书记在这个问题上的重大贡献是在中国特色社会主义新时

---

① 习近平:《在中国文联十大、中国作协九大开幕式上的讲话（2016 年 11 月 30 日）》，人民出版社 2016 年版，第 10 页。

② 习近平:《在中国文联十一大、中国作协十大开幕式上的讲话（2016 年 11 月 30 日）》，人民出版社 2016 年版，第 4 页。

人民日报
RENMIN RIBAO
贵州放宽农业政策调动群众积极性
扶持33个少数民族县多养牛羊蜜蜂
文艺为人民服务，为社会主义服务
全国城镇居民肉蛋食油消费水平提高
四万多受灾群众安全脱险
相互取长补短　科研生产相得益彰

图 5-7　1980 年 7 月 26 日《人民日报》发表了题为《文艺为人民服务、为社会主义服务》的社论

代的历史方位中对人民这一概念进行了重新定位，为繁荣发展人民文艺提供了科学坐标和广阔天地。在文艺工作座谈会上的讲话中，习近平总书记就对这个问题进行了阐述，与以往习惯于从阶级、阶层、集团等集体范畴出发讨论人民问题不同，习近平总书记告诉我们："人民不是抽象的符号，而是一个一个具体的人，有血有肉，有情感，有爱恨，有梦想，也有内心的冲突和挣扎。"[①]在中国文联十大、中国作协九大开幕式上的讲话中，习近平总书记再次强调指出："人民不是抽象的符号，而是一个一个具体的人的集合，每个人都有血有肉、有情感、有爱恨、有梦想，都有内心的冲突和忧伤。"[②]将文艺

---

① 习近平：《在文艺工作座谈会上的讲话》，《人民日报》2015 年 10 月 15 日。

② 习近平：《在中国文联十大、中国作协九大开幕式上的讲话（2016 年 11 月 30 日）》，人民出版社 2016 年版，第 12 页。

人民性落实到“具体的人”“具体的人的集合”上，既与马克思主义学说关注的起点是“现实的个人”“有生命的个人”一脉相承[①]，又与以人民为中心画出中华民族复兴最大同心圆的时代诉求息息相关，是马克思主义文艺理论中国化、时代化的崭新成果。如果将这一论述放在人民这一概念在中国近代以来从无到有，再到今天从集体复归更高意义上的个体的历史脉络中观察，则其意义更加凸显。显然，这里“具体的人”跟恩格斯讨论典型问题时引用黑格尔的“这个”一词有异曲同工之妙，既是“一定的单个人”，又“每个人都是典型”。[②] 无疑，这一表述既打开了新时代文艺创作的天地，又提出了更高要求。

最后，再简要谈谈人民概念与人民形象、人民美学之间的关系。

表面上看起来，两者之间关联不大，但实际上，二者之间的联系隐秘而深刻，在某种程度上，我们甚至可以说不同的人民概念决定着不同的人民美学，即人民概念决定着人民形象的主题、范围、形式等。

抽象讨论比较难理解，我们可以以农民形象在中国现当代文艺中的演变为例来加以说明。新文化运动时期，尽管陈独秀、胡适、李大钊、鲁迅等先锋人物极力拓展新文化运动范围，竭力使文

① [德] 马克思、恩格斯：《德意志意识形态》，载中共中央马克思恩格斯列宁斯大林著作编译局编译《马克思恩格斯全集》第三卷，人民出版社 1960 年版，第 23 页。

② [德] 恩格斯：《致明娜·考茨基》，载中共中央马克思恩格斯列宁斯大林著作编译局编译《马克思恩格斯文集》第十卷，人民出版社 2009 年版，第 544 页。

艺与无数的人和无穷的远方有关，但由于在当时的理论认知中，农民并未成为人民概念的有机组成，因而在当时的文艺中，农民多是被启蒙的对象，新文化运动者对他们的态度也多是哀其不幸、怒其不争。在鲁迅笔下，就不乏这样的农民形象：少年闰土是那么的活泼，那么的生机勃勃，就像天上的新月一般，可老年闰土却是那么的麻木，那么的愚钝，令人不忍直视；阿 Q 更复杂，他身上“精神奴役创伤”的深重印痕，使我们对他爱恨交加，爱也爱不深、恨又恨不切，百般纠结，万般感叹。可是想一想，一旦鲁迅摆脱了启蒙视角，在他笔下也可以出现像《社戏》中六一公公那样慈祥、通达的农民形象，更不要说在《女吊》中，他借助女鬼形象，集中表现了蕴藏于中国农民中的“复仇”精神。仅此一端，就可看出农民概念中蕴含的艺术能量及其与农民形象间的复杂关系，使我们再次想起毛泽东同志不赞同一般地说农村、农民落后的观点。

延安文艺座谈会以后，农民已经在理论上成为人民的有机组成，工农兵成为文艺表现、服务的主要对象，正是在这样的理论激发下，千百年来在文艺中处于边边角角、多是灰头土脸的农民登上文艺舞台。比如，在赵树理的短篇小说《小二黑结婚》中，小二黑是那么的朴质、端正，小芹是那么的聪明、伶俐，跟小二黑的父亲二诸葛的迷信、固执，小芹的母亲三仙姑的风流、自私相比，可谓一个天上一个地下，不可同日而语。而且，如果我们知道，小二黑和小芹原型的故事原本是一个悲剧，为了提升中国农民的心劲，赵树理才“转悲为喜”，作了逆写，就更能够理解人民概念所包含的理论与艺术潜能。随着中华人民共和国成立，这种理论与艺术能量进一步迸发，我们在文艺中见到了越来越多健康、向上的农民形象，比如柳青《创业史》中的梁生宝、周立波《山乡巨变》中的李月辉等——他们就是人民代表。

进入新时期，我们进一步调整人民概念，这个时候，在文艺作品中出现了一些很不一样的农民，路遥的《人生》中的高家林，就是一个独特的存在。他上过学，有知识，求上进，终于挤进城市生活。为了在城市扎根，为了融入现代生活，他抛弃了美丽纯真的女朋友巧珍，转而去追求开放、热烈而又任性、骄横的黄亚萍——现代女性。然而，一着不慎满盘皆输，由于其追求惹怒了黄亚萍的母亲，一封告状信揭穿了他假借关系进城工作的真相，又被打回原形，回到山村中，可这时，巧珍已嫁作他人妇，满心伤痕、满目苍凉的他一头扑向黄土地。高加林，这个游牧在城乡地带的农民形象，带给我们很多思考：他的现代追求是合理的吗？我们能对他进行道德评判吗？他是中国农民的先行者吗？他的命运与中国农民的命运有什么样的象征关系？这一切都值得我们深入思考，也正是这一切使他成为一个典型形象。后来，路遥又极大地深化、发展了这一形象，在《平凡的世界》中演化出孙少平、孙少安、金波、润生等农民形象，继续追问中国农民命运问题。

大凡时代精神更替、文艺理念更新之时，往往也是文艺样式拓展、升级、更换之时，作为重要的现代理念之一，伴随着人民概念的兴起、发生、发展，文艺理念往往相应地发生变化，文艺样式也与时兴替。新文化运动时，人民概念在混沌中萌生并开始寻找自己的骨肉与精神，就在此时，新、旧文学力量逐鹿文坛，一决死生。

经过殊死决斗，现代文学诞生，古典文学隐退。由是，人，现代的人，从文学中站立起来，为人民的诞生奠定基础。在文学样式上，诗词歌赋等古典形式渐渐式微，白话小说、诗歌、散文、话剧等原本为引车卖浆者流所喜欢的文体登堂入室，一步步成为主流文体。这些新的文体初生之时，有的极其幼稚，为时人乃至后人所不屑，比如胡适《尝试集》中的一些新诗。可是，没有这些幼稚的“尝试”，我们无法想象今日之文艺世界，甚至无法想象今日之生活世界。或许，我们还要活在“之乎者也”中呢。延安时期，特别是毛泽东同志《在延安文艺座谈会上的讲话》发表后，随着工农兵成为革命的强劲动力、人民的主体，又是一个文体大发现的时期，不仅小说、散文、诗歌等现代文体依然生机勃勃，戏剧、戏曲、音乐、舞蹈、木刻等文艺形式也或者从民间的尘埃中被重新发掘出来，焕发新生，或者在现代艺术理念的照耀下，生成新质，带来了革命文艺的大发展大繁荣，使文艺真正普及开来，为人民所喜闻乐见。新时期也是一个文体实验的时期，文艺潮流此起彼伏，文艺形式花样繁多。在这一实验中，现代主义、后现代主义文艺理念进入中国，落地开花，在与原有理念的竞逐中，发展了文艺生产力。不仅在宏观上如此，这些变化也都体现在文艺家的微观实践中，即这些变化在文艺作品中留了下来，活了下来，给后来者以无尽的启迪。实际上，许多在文艺史上留下来的作品，往往就是艺术更替的记录。

之所以讨论这个问题，是因为如上文所分析的，在中国特色社会主义新时代，无论是作为政治哲学概念的人民，还是作为文艺理论概念的人民，都发生了微妙而深刻的变化，这一变化为一切想有所作为的文艺家提供了广阔的空间。这一空间既是文艺主体、文艺理念、文艺形象的空间——除了原有的主流群体，现在新业态、新群体、新事物、新人物层出不穷，为艺术形象提供了新的“模特”和资源，也是文艺样式、文艺技法、文艺形式的空间——物质世界的变化，一定会或迟或早、或深或浅地带来精神、情感领域的变化，进而影响到文艺创作。不过，这一切都需要文艺家静下心来乃至横下心来好好研究、反复求索。比如，舞蹈诗剧《只此青绿》之所以专家、观众都叫好，甚至火爆出圈，其中一个重要原因就是该剧拓展了文艺表现的对象域：首先，在宋代青年画家王希孟与现代文物保护者的千年对望、致礼中，礼赞了古今精神劳动者；其次，在对王希孟创作的回望中展示了问篆、唱丝、寻石、淬墨等与创作有关的环节，让人们看到精神劳动与物质劳动密不可分的关系，打通精神劳动者与物质劳动者之间的隔膜。更重要的是，以此为根底，该作品还很好地实现了艺术创新，以人物为山水、化动作为静景，不仅张弛有度、虚实相生地讲述了一个美丽的中国故事，而且形神兼备地展示了中国色彩、中国韵致、中国风度。从这个意义上看，《只此青绿》的成功，既意义重大，又意味深长。

无论如何，人民文艺的空间像星辰大海般宽广，但需潜心求索。

下编

中外优秀作家的创作道路与启示

诚如别林斯基所言，创作世界无边无际，无限宽广，因为，同一个灵感不会在同一个人身上发生两次，更不会在两个人身上发生。但就像马克思所指出的，人们并不是在自己选定的条件下随心所欲地创造自己的历史，而是在直接碰到的、既定的、从过去继承下来的条件下创造。因而，以前辈作家的创作为鉴，可以让我们更好地理解文艺的本质，理解创作优秀文艺作品的艰难困苦，进而汲取勇气、智慧。

第六章

马克思、恩格斯为什么喜欢巴尔扎克

一

习近平总书记在2014年主持召开的文艺工作座谈会上对改革开放以来我国文艺创作取得的成绩高度肯定的同时，也指出了存在的诸多问题。在这些问题中，首先就是“有数量缺质量，有‘高原’缺‘高峰’”[①]。由此，“文艺高峰”问题成为文艺界、理论界乃至社会各界关注的重要问题之一。

在笔者看来，“文艺高峰”问题不仅是一个现实问题，即如何创造条件，呼唤、激发文艺家的创作热情与艺术才能，创作出大量文艺精品，甚至“高峰”之作，为中国特色社会主义新时代赋形、赋能，使中国故事、中国声音、中国形象以更好的方式存留下来，传播开去，进入人心，更是一个重要的理论命题。古今中外文艺史上的一些现象就是这一理论命题的鲜活证据。比如，为什么有时我们的文艺史上高峰并举、蔚为大观，就像“盛唐气象”；而有时我们的文艺史上名家名作极少，甚至一峰独秀？比如，为什么有的民族、国家名家辈出，高峰绵延，就像俄罗斯文艺的高空中，不仅有

① 习近平：《在文艺工作座谈会上的讲话》，《人民日报》2015年10月15日。

普希金这样辉煌灿烂的太阳，还有诸如托尔斯泰、陀思妥耶夫斯基、果戈理、高尔基、肖洛霍夫等璀璨的巨星，长久地照耀着、滋养着自己的民族、人民，甚至成为整个人类的文明遗产；而有的民族、国家的文艺星空则暗淡得多、贫乏得多？这一系列问号，都需要经过精细的理论探讨，才有可能得到正确的回答，或者部分正确的回答。因此，有必要结合中外文艺史对“文艺高峰”问题进行多维探讨，以为“文艺高峰”设定理论坐标，把通向“文艺高峰”所需的坐标点标示出来，为当下的文艺创作、研究提供参考。

出于这一目的，笔者在本书中着力探讨文艺高峰与时代的关系问题。笔者认为，要想创作优秀的文艺作品，甚至“高峰”之作，需要满足两个条件：一个充分条件，一个必要条件。充分条件是必须深入观察时代、研究时代，从而抓住社会本质，或者说时代精神。必要条件是，抓住社会本质或时代精神后，还必须为其找到最合适的形式。不过，抽象的理论问题最好从平易的事实出发。因此，笔者将从对巴尔扎克及其作品的解读出发，或者说，从笔者的一个困惑——马克思、恩格斯为什么那么喜欢、重视巴尔扎克——出发，开始这个问题的探讨。

在《评普鲁士最近的书报检查令》中，马克思有这样一段话：“你们赞美大自然悦人心目的千变万化和无穷无尽的丰富宝藏，你们并不要求玫瑰花和紫罗兰散发出同样的芳香，但你们为什么却要求世界上最丰富的东西——精神只能有一种存在形式呢？我是一个幽默家，可是法律却命令我用严肃的笔调。我是一个激情的人，可是法律却指定我用谦逊的风格。没有色彩就是这种自由唯一许可的色彩。”[①] 这段话是批评当时的“普鲁士书报检查令”的，有极强的现实针对性，但也隐约透露了马克思的美学趣味，更具体地说，他的文艺趣味。从这段话中，可以看得出来，马克思的文艺观是比较开放、多元的，对“精神”的一切有益的“形式”，他都是愿意亲近、接受、欣赏的。

回忆录和相关资料也印证了这一点。苏联著名的马克思主义文艺理论家里夫希茨就曾指出：“马克思读过许多种语言的文学作品，包括俄语的在内。他对文学史方面的学术著作也很感兴趣。”[②] 他还进一步指出，“马克思的文学兴趣同他的历史哲学十分和谐一致。经常阅读埃斯库罗斯的作品以及马克思一家对莎士比亚的崇敬，是高度评价过去古典艺术形式的自然结果，这种评价同马克思主义的历史世界观是分不开的。对但丁的研究也属于这种情况；据同时代人的介绍，马克思对《神曲》熟得几乎可以背诵。在当代文学方面，瓦尔特·司各特的历史小说很得他的好感”[③]。对于像狄更斯、萨克雷、白朗特女士、加斯克耳夫人、查理·利维尔等作家的创作，马克思也曾予以密切关注，他在为《纽约每日论坛报》所写的文章中如是评价这些作家：“现代英国的一批杰出的小说家，

---

① ［德］马克思：《评普鲁士最近的书报检查令》，载中共中央马克思恩格斯列宁斯大林著作编译局编译《马克思恩格斯全集》第一卷，人民出版社 1956 年版，第 7 页。

② ［苏］里夫希茨：《马克思的美学观点》，吴元迈、张捷、佟景韩译，载《马克思论艺术和社会理想》，人民文学出版社 1983 年版，第 271 页。

③ ［苏］里夫希茨：《马克思的美学观点》，吴元迈、张捷、佟景韩译，载《马克思论艺术和社会理想》，人民文学出版社 1983 年版，第 271 页。

他们在自己的卓越的、描写生动的书籍中向世界揭示的政治和社会真理，比一切职业政客、政论家和道德家加在一起所揭示的还要多。”[①] 马克思同样非常喜欢 18 世纪的作家作品，对歌德、海涅等大家的作品，他更是耳熟能详，时常引用。

如果把马克思评价、引用的作家列一个名录，这个名录肯定不会很短，这显示了马克思开阔的艺术视野和开放的美学趣味。不过，应该强调的是，尽管趣味多元，但马克思对文艺的要求却是十分严格的，这不只是说他对文艺的社会功能要求极高，他的审美感受也极其敏锐。他所谈论的作家，不是名扬世界的古典文豪，就是别具一格的当代大家，这很能说明问题。如果看看他对具体作家作品的评论，比如他对欧仁·苏的长篇小说《巴黎的秘密》的评论，就更能显示出这一点来。

欧仁·苏（1804—1857）是 19 世纪法国小说家，他早期写过一些以海上生活为题材的惊险小说。从 19 世纪 30 年代末起，他转向社会生活、历史生活，开始写作“社会问题”小说，逐渐蜚声法国文坛，代表作《巴黎的秘密》更轰动一时，连巴尔扎克也无法与其争锋。[②] 这部小说先是在法国的《评论报》上连载，从 1842

① ［苏］里夫希茨：《马克思的美学观点》，吴元迈、张捷、佟景韩译，载《马克思论艺术和社会理想》，人民文学出版社 1983 年版，第 272 页。

② 1842 年，巴尔扎克的《阿尔贝·萨瓦吕斯》问世后，一片冷落之声，而此前他却是读者的宠儿。作为对比，安德烈·莫洛亚说：“眼下连载小说的新霸主是欧仁·苏。全国上下都在等待《巴黎的秘密》的续篇。”［法］安德烈·莫洛亚：《巴尔扎克传：普罗米修斯或巴尔扎克的一生》，艾珉、俞芷倩译，浙江大学出版社 2014 年版，第 459 页。

年6月到1843年10月，连载了一年多。稍后以多卷本形式出版，全书共150多万字。小说在报上连载时，就轰动了整个巴黎，并引起其他国家的注意，被译成英国、德国、意大利、荷兰、比利时几国文字出版。《巴黎的秘密》在德国也引起了较大反响，当时的“青年黑格尔派”就以布鲁诺·鲍威尔主编的《文学总汇报》为主阵地，高度评价并极力推介这部小说。

《巴黎的秘密》也引起了时在英国的恩格斯的注意，他在1844年1月写的《大陆上的运动》中曾如是评价这部小说：“欧仁·苏的著名小说《巴黎的秘密》给舆论界特别是德国的舆论界留下了一个强烈的印象：这本书以明显的笔调描写了大城市的‘下层’等级所遭受的贫困和道德败坏，这种笔调不能不使社会关注所有无产者的状况。正像‘总汇报’这个德国的‘泰晤士报’所说的，德国人开始发现，近十年来，在小说的性质方面发生了一个彻底的革命，先前在这类著作中充当主人公的是国王和王子，现在却是穷人和受轻视的阶级了，而构成小说内容的，则是这些人的生活和命运、欢乐和痛苦。最后，他们发现，作家当中的这个新流派——乔治·桑、欧仁·苏、查·狄更斯就属于这一派——无疑地是时代的旗帜。”[①] 可见，恩格斯对欧仁·苏高度肯定。

① ［德］恩格斯：《大陆上的运动》，载中共中央马克思恩格斯列宁斯大林著作编译局编译《马克思恩格斯全集》第一卷，人民出版社1956年版，第594页。

图 6-1 《巴黎的秘密》书影

从笔者的阅读体验看，恩格斯显然高估了《巴黎的秘密》。[①] 在他的评论中，除了对小说描写对象的变化，以及这一变化的革命意义——穷人开始登上小说的历史舞台——这一总结十分正确且极具理论眼光外，其他的说法，很难说是准确的，尤其是他将欧仁·苏与乔治·桑、查·狄更斯并列，把他们看成“时代的旗帜”，更是欠妥。因为从整体来看，欧仁·苏的小说大致应该算是通俗文学，小说情节离奇、故事稀奇、人物传奇，虽涉及大量社会现实，也在一定程度上揭露了当时社会的阴暗面，但很难说有什么深度，有点类似晚清的“谴责小说”。以鲁迅对“谴责小说”的评价来定位它，似无不妥，即“其在小说，则揭发伏藏，显其弊恶，而于时政，严加纠弹，或更扩充，并及风俗。虽命意在于匡

① 恩格斯后来修正了自己的看法，他和马克思合写的《神圣家族》是对“青年黑格尔派”进行清算的，其中第五章、第八章对《巴黎的秘密》进行了严厉批评，这两章是马克思写的，但毫无疑问，二人统一过意见。

世，似与讽刺小说同伦，而辞气浮露，笔无藏锋，甚且过甚其辞，以合时人嗜好，则其度量技术之相去亦远矣”[①]。

大概是由于这个原因，再加上以布鲁诺·鲍威尔为核心的“青年黑格尔派”竭力通过对《巴黎的秘密》的阐释来传播自己的主观唯心主义哲学，马克思才在《神圣家族》中对其进行了毫不留情的批判。马克思不仅指出了这部小说在实践意义上的落后乃至反动，即以宗教的、神学的、道德的、理念的方式“批判”社会，其结果只能是自欺欺人，用马克思的原话说：“道德就是‘行动上的软弱无力’。它一和恶习斗争，就遭到失败。”[②]还指出了这部小说在美学上的失败，其最明显的表现就是小说主人公鲁道夫在道德与精神上的分裂，按照欧仁·苏的本意，按照“青年黑格尔派”的阐释，或者按照鲁道夫自己对自己的评价，他是“天使”，“他降临人世，以便从义人中把恶人分别出来，奖赏善人，惩罚恶人”。[③]然而，在马克思看来，“鲁道夫的整个性格完全表现为一种‘纯粹的’伪善，正因为这样，所以他竟可以当自己的面和当别人的面，巧妙地把自己的邪恶的情欲的发泄描述为对恶人的情欲的愤怒”[④]。这

---

① 鲁迅：《中国小说史略》，载《鲁迅全集》第九卷，人民文学出版社 2005 年版，第 291 页。

② ［德］马克思、恩格斯：《神圣家族》，载中共中央马克思恩格斯列宁斯大林著作编译局编译《马克思恩格斯全集》第二卷，人民出版社 1957 年版，第 255 页。

③ ［德］马克思、恩格斯：《神圣家族》，载中共中央马克思恩格斯列宁斯大林著作编译局编译《马克思恩格斯全集》第二卷，人民出版社 1957 年版，第 258 页。

④ ［德］马克思、恩格斯：《神圣家族》，载中共中央马克思恩格斯列宁斯大林著作编译局编译《马克思恩格斯全集》第二卷，人民出版社 1957 年版，第 261 页。

一切都体现在他对“校长”、萨拉·麦克格莱哥尔伯爵夫人以及雅克·弗兰的所作所为中：对“校长”，他设计捕获了他，以拯救灵魂的名义，用私刑弄瞎了他的眼睛，而后又让他杀死自己的同谋“猫头鹰”。对萨拉·麦克格莱哥尔伯爵夫人，在揭开了玛丽花是他和伯爵夫人的女儿这个秘密后，他激愤如狂，折磨她，诅咒她，当濒死的萨拉祈求他的可怜时，这个“天使”竟恶狠狠地说：“死就死吧，该死的东西！”当他知道雅克·弗兰对玛丽花之死负有罪责时，他就要去杀死他！看上去他对自己与伯爵夫人的私生女玛丽花无比的仁慈、善良，可实际上，却是无比的残忍、邪恶。鲁道夫把她从酒吧间“拯救”出来，先是送到他的“模范农场”——在这里，她过了一段恬静的日子，后来又转送到修道院去。跟玛丽花以前出没的酒吧间相比，她这是从一种“野蛮的”非人的境遇中转到一种“文明的”非人的境遇中去了。在这里，她的“富于人情的性格”即将结束——以前这个“在最不幸的环境中还知道在自己身上培养可爱的人类个性，在外表极端屈辱的条件下还能意识到自己的人的本质是自己的真正本质”[①]的美丽姑娘，现在却只能在“基督教的磔刑”下不断丧失自己“可爱的人类个性”与“真正本质”，直至郁郁而终。经由马克思的剖析，鲁道夫人格上的内在分裂、《巴黎的秘密》美学上的内在分裂一目了然，可马克思还不忘指出，“使鲁道夫能够实现其全部救世事业和神奇治疗的万应灵丹不是他的漂

---

① ［德］马克思、恩格斯：《神圣家族》，载中共中央马克思恩格斯列宁斯大林著作编译局编译《马克思恩格斯全集》第二卷，人民出版社 1957 年版，第 223 页。

亮话，而是他的现钱”[①]。由此，这部小说在道德上的伪善、思想上的落后一览无余。

实际上，不只是对欧仁·苏，对当时的其他作家，比如斐迪南·拉萨尔，马克思对他们的作品也都从历史的与美学的角度提出了批评。不过，却有一个例外：马克思对与他同时代的法国批判现实主义作家巴尔扎克格外青睐。[②]据马克思的女婿、杰出的马克思主义思想家和宣传者拉法格说，在世界上所有的小说家之中，马克思最推崇塞万提斯和巴尔扎克。将巴尔扎克与塞万提斯并列，这已经够重视了，但据拉法格回忆，马克思还“曾经计划在一完成自己的政治经济学著作之后，就要写一篇关于巴尔扎克的最大著作《人间喜剧》的文章”[③]。由于主要致力于研究人类社会，特别是资本主义的政治经济学秘密的研究，马克思虽然非常关注文艺，但专论却很少。由此可见，虽然由于种种原因他关于巴尔扎克《人间喜剧》的专论并未写成，但这个写作计划本身就足以显示出他对巴尔扎克的重视。

---

① ［德］马克思、恩格斯：《神圣家族》，载中共中央马克思恩格斯列宁斯大林著作编译局编译《马克思恩格斯全集》第二卷，人民出版社 1957 年版，第 255 页。

② 马克思生于 1818 年 5 月 5 日，逝世于 1883 年 3 月 14 日；巴尔扎克生于 1799 年，逝世于 1850 年 8 月 18 日。巴尔扎克比马克思早出生 19 年，早离世 32 年多。他们二人有 32 年重叠时间，是真正的同时代人。

③ ［法］保尔·拉法格：《忆马克思》，载保尔·拉法格等《回忆马克思恩格斯》，马集译，人民出版社 1973 年版，第 6 页。

二

与马克思一样，恩格斯对巴尔扎克也高度重视，几乎将其作品视作现实主义的典范，甚至以其创作为依据展开自己关于现实主义的理论阐释。在《致玛格丽特·哈克奈斯》中，恩格斯提出现实主义的意思是“除细节的真实外，还要真实地再现典型环境中的典型人物”后，就以咏叹调一样的文句称赞巴尔扎克，认为他是“比过去、现在和未来的一切左拉都要伟大得多的现实主义大师”，认为他的创作是“现实主义的最伟大的胜利”。[①] 如果阅读过恩格斯相关的文艺论述，就会发现他对巴尔扎克是多么的重视——相比于马克思，恩格斯论文艺的文字相对多一些，可在这些文字中，批评占了绝大多数，即使对歌德这位德国文艺巨匠，他也没有这么尊重，这么喜欢，这么不遗余力地褒扬。在《诗歌和散文中的德国社会主义》一文中，在对卡尔·格律恩《从人的观点论歌德》进行批评时，他就捎带着对歌德进行了严厉批评，认为他“对当时的德国社会的态度是带有两重性的”，“在他心中经常进行着天才诗人和法兰克福市议员的谨慎的儿子、可敬的魏玛的枢密顾问之间的斗争；前者厌恶周围环境的鄙俗气，而后者却不得不对这种鄙俗气妥协，迁就。因此，歌德有时非常伟大，有时极为渺小；有时是叛逆的、

---

① ［德］恩格斯:《致玛格丽特·哈克奈斯（4 月初）》，载中共中央马克思恩格斯列宁斯大林著作编译局编译《马克思恩格斯文集》第十卷，人民出版社 2009 年版，第 571 页。

爱嘲笑的、鄙视世界的天才，有时则是谨小慎微、事事知足、胸襟狭隘的庸人”。[①] 借用时下的一句话，没有对比就没有伤害。略微熟悉巴尔扎克作品及其生平的人，就会知道，巴尔扎克对当时法国社会的态度同样是“具有两重性的”，他曾直言自己是在“宗教和君主政体两种永恒真理的引导之下”写作，并呼吁“凡是有良知的作家都应该力图把我们的国家重新引回到这两条大道上去”。[②] 这难道不够鄙俗、狭隘、平庸、落后吗？可是，恩格斯却认为由于秉持艺术上的现实主义精神，巴尔扎克不仅克服了自己的“阶级同情和政治偏见”，而且“在当时唯一能找到未来的真正的人的地方看到了这样的人”。[③] 可实际上，尽管巴尔扎克在小说中对他倾慕的“贵族男女”给予了空前尖刻的嘲讽，但我们却很难说他克服了自己的“阶级同情和政治偏见”，也很难说他“看到”了为未来社会所需要的“真正的人”。在晚年的长篇小说《农民》中，他对贵族依然充满同情，对农民也不乏偏见。

由此可见，相较于对巴尔扎克的态度而言，恩格斯对歌德的批评可能是正确的，却不一定是公平的。由此，一个重要问题浮现

---

① ［德］恩格斯:《诗歌和散文中的德国社会主义》，载中共中央马克思恩格斯列宁斯大林著作编译局编译《马克思恩格斯全集》第四卷，人民出版社 1958 年版，第 256 页。

② ［法］巴尔扎克:《〈人间喜剧〉前言》，载陈占元译，伍蠡甫、胡经之主编《西方文艺理论名著选编》(中卷)，北京大学出版社 1986 年版，第 113 页。

③ ［德］恩格斯:《致玛格丽特·哈克奈斯（4 月初）》，载中共中央马克思恩格斯列宁斯大林著作编译局编译《马克思恩格斯文集》第十卷，人民出版社 2009 年版，第 571 页。

出来：马克思、恩格斯为什么如此重视并高度评价巴尔扎克其人、其作？

固然，恩格斯在《致玛格丽特·哈克奈斯》中说的都有道理，巴尔扎克在《人间喜剧》里给我们"提供了一幅法国'社会'，特别是巴黎上流社会的无比精彩的现实主义历史"，而且，他还"围绕着这幅中心图画"，"汇编了一部完整的法国社会的历史"，恩格斯（包括我们）"从这里，甚至在经济细节方面（诸如革命以后动产和不动产的重新分配）所学到的东西，也要比从当时所有职业的史学家、经济学家和统计学家那里学到的全部东西还要多"。[①] 然而，说老实话，仅有这些，不仅不足以让马克思、恩格斯给予巴尔扎克这么高的评价，甚至难以说服我们，因为这些内容，在马克思、恩格斯所批评的诸如《巴黎的秘密》《城市姑娘》《旧人与新人》等作品中都有所涉及，尽管这些作家的笔不如巴尔扎克那么神奇有力，不如他写得那么活色生香。因此，我们必须从另外的地方入手，寻找答案。

三

关于这个问题，拉法格的说法可供参考。在他看来，马克思、

① ［德］恩格斯：《致玛格丽特·哈克奈斯》，载中共中央马克思恩格斯列宁斯大林著作编译局编译《马克思恩格斯文集》第十卷，人民出版社 2009 年版，第 570—571 页。

恩格斯之所以如此重视巴尔扎克，是因为“巴尔扎克不仅是当代的社会生活的历史家，而且是一个创造者，他预先创造了在路易·菲力浦王朝时还不过处于萌芽状态，而直到拿破仑第三时代，即巴尔扎克死了以后才发展成熟的典型人物”[①]。拉法格的说法很有意思，也很有启发。比如，在《驴皮记》(1831)中，拉法埃尔那放浪的朋友就曾发出过如下看似癫狂却又无比真实的议论：“政府，也就是银行家和律师们的新贵族政权机构，今天他们利用祖国，就像过去教士们利用君主专制政权。他们觉得有必要利用新字眼和旧思想来迷惑善良的法国民众，就像各派哲学家和各个时代的当权人物所做的那样。问题就在于要给我们造成一种声势浩大和全国一致的舆论，从而向我们证明：给由某某先生所代表的祖国缴纳十二亿法郎三十三生丁的税，要比给只说我而不说我们的国王缴纳十一亿法郎九生丁的税更为幸福得多。”[②]无须多引，仅这一段话，就可窥察到巴尔扎克对当时法国社会，尤其是统治阶层本质的认识是多么透彻，他的批判又是多么的不留情面！

再看看马克思的说法。在《路易·波拿巴的雾月十八日》(1852)中，马克思如是说：“新的社会形态一形成，远古的巨人连同复活的罗马古董——所有这些布鲁土斯们、格拉古们、普卜利科拉们、护民官们、元老们以及凯撒本人就都消失不见了。冷静务

① [法]保尔·拉法格：《忆马克思》，载保尔·拉法格等《回忆马克思恩格斯》，马集译，人民出版社1973年版，第6页。

② [法]巴尔扎克：《人间喜剧》第二十卷，郑永慧译，人民文学出版社1994年版，第50—51页。

实的资产阶级社会把萨伊们、库辛们、鲁瓦耶·科拉尔们、本杰明·贡斯当们和基佐们当作自己真正的翻译和代言人；它的真正统帅坐在营业所的办公桌后面，他的政治首领是肥头肥脑的路易十八。”[①] 对比一下马克思与巴尔扎克的话，就会发现，除了具体修辞不一样，所指完全一样。他们对其典型人物刻画之传神、对其修辞记录之真实，令人叹为观止。

值得注意的是，这两段话的写作时间前后相距 20 多年，可见拉法格所言不虚——巴尔扎克“预先创造”了 19 世纪法国社会的“典型人物”。不过问题随之而来：巴尔扎克是怎样“预先创造”的呢?

笔者认为，巴尔扎克能做到这一点，首先是因为他深刻地认识到了他所处时代的本质。巴尔扎克生于 1799 年，去世于 1850 年，经历了 19 世纪前半叶的法国社会。在这 50 多年的时间里，由于现代工业体系的建立和资本主义的成长，整个法国社会经历了空前深刻的变化。资产阶级凭借着强大的经济实力和空前的精明，逐渐挤占了封建阶级的地位，并一步步巩固了自己的统治。巩固了自己的统治后，他们就开始了对劳动阶层的压榨。自然，劳动阶层也在大规模地成长着，他们对资产阶级这一新统治者的不满也日益积聚。因而，当时的法国社会空前地活跃、空前地复杂、空前地具有

① ［德］马克思:《路易·波拿巴的雾月十八日》，载中共中央马克思恩格斯列宁斯大林著作编译局编译《马克思恩格斯全集》第二卷，人民出版社 1957 年版，第 471—472 页。

“文学性”。如此丰富、生动、炫目、刺激的“风俗”变化，不能不引起巴尔扎克的强烈兴趣。

阅读传记资料，我们就会发现这位天才的作家本身就生活在一个极具时代色彩的家庭之中。波德莱尔认为巴尔扎克是《人间喜剧》诸多人物中“最奇特、最有趣、最浪漫、也最富有诗意的一个”[①]。波德莱尔说得不错，却不够全面。何止巴尔扎克是《人间喜剧》诸多人物中“最奇特、最有趣、最浪漫、也最富有诗意的一个”，他家庭中的几乎每一个人，都可以在这部巨著中占有一席之地，尤其是他的父亲贝尔纳·弗朗索瓦。这个人物本身就是一个传奇，他从波姆勒省一个贫苦农民家的孩子，很快“爬”到了法国中心城市巴黎，在那里参与了许多重要的事，见识了许多重要的人。由于和大人物有过这样的接触，他终身对贵族阶级怀有钦羡之情——这种感情也“遗传”给了巴尔扎克。1789 年法国大革命之后，他逃往瓦朗西纳，在一个半官方性质的军需机构中担任重要角色，这让他看到了动乱时期的万千乱象，也见识到了人心的千变万化，更强化了他精明的个性。总之，由于父亲的“打拼”，巴尔扎克出生于一个半是贵族、半是资产阶级的家庭中。在这个家庭里，人们谈论的不是金钱就是婚姻，而谈论婚姻也是为了谈论金钱。这就是说，在家庭之中巴尔扎克就开始了自己的社会观察。补充一句，巴尔扎克和他的妹妹们，没有一个婚姻幸福，在金钱方面自然

① ［法］安德烈·莫洛亚：《巴尔扎克传：普罗米修斯或巴尔扎克的一生》“译本序”，艾珉、俞芷倩译，浙江大学出版社 2014 年版，第 i 页。

也难说成功。不过，这种对财富的饥渴与现实困窘的反差，反倒刺激了巴尔扎克的感受与思考。而且，极其重要的是，在写出《人间喜剧》的第一部作品之前，巴尔扎克曾走过一段异常艰苦曲折也异常独特传奇的道路。他曾花费大量时间学习写作、观察社会、体验生活，他不仅认真钻研其时风行的生物学、历史学、经济学的新学说，而且通过切身体验，意识到了野蛮生长的资产阶级社会的残酷，看到了阶层之间，人与人之间，尤其是不同阶层的人之间不可调和的矛盾。换言之，巴尔扎克虽不可能像马克思、恩格斯那样通过科学、严谨的政治经济学分析，以百科全书式的全面、辩证，揭示出资本的秘密，但他却通过自己天才的感受力抓住了这个秘密，并用自己的如椽之笔写了下来。因此，我们可以说巴尔扎克是马克思、恩格斯的"同道"——他们都是资本主义的社会记录者、精神分析师。因而，马克思、恩格斯对巴尔扎克的高度肯定，也可视作他们之间的惺惺相惜。

阅读巴尔扎克的作品，我常常想到马克思、恩格斯的政治经济学著作，而阅读马克思、恩格斯的政治经济学著作，我们又常常会想起巴尔扎克的《人间喜剧》。比如，在《高布赛克》(1830)中，巴尔扎克就通过但维尔律师之口说道："如果你的阅历同我一样丰富的话，你就会懂得只有一种有形的东西具有相当实在的价值，值得我们操心。这种东西……就是金钱。金钱代表了人间一切的力量。”[①]在《贝姨》(1847)中，他通过那个无耻的克勒韦尔之口说：“你以为路易·菲利普能控制这些事情吗？不，他在这方面也不是一厢情愿的。他跟我们一样的知道，在大宪章之上还有那圣洁的、人人敬重的、结实的、可爱的、妩媚的、美丽的、高贵的、年轻的、全新的，五法郎一枚的银币。钱是要利息的，它整天都在忙着收利息。”[②]这样的言语是否似曾相识？是的，早在1844年4—8月，马克思就写下过这样的话：“货币，因为它具有购买一切东西的特性，因为它具有占有一切对象的特性，所以是最突出的对象。货币的特性的普遍性是货币的本质的万能；因此，它被当成万能之物……”[③]1848年年初，马克思、恩格斯又在《共产党宣言》中写下了这样的话：“资产阶级在他已经取得了统治的地方把一切封建的、宗法的和田园诗般的关系都破坏了。它无情地斩断了把人们束缚于天然尊长的形形色色的封建羁绊，它使人和人之间除了赤裸裸的利害关系，除了冷酷无情的‘现金交易’，就再也没有任何别的联系了。”[④]资本占领一切，资本言说一切！这是马克思、恩格斯的政治经济学巨著与巴尔扎克《人间喜剧》共同的主题。多么奇妙的

---

① [法]巴尔扎克:《高布赛克》，陈占元译，载《人间喜剧》第三卷，人民文学出版社1994年版，第596页。

② [法]巴尔扎克:《贝姨》，傅雷译，载《人间喜剧》第十三卷，人民文学出版社1994年版，第333页。

③ [德]马克思:《1844年经济学哲学手稿》，载中共中央马克思恩格斯列宁斯大林著作编译局编译《马克思恩格斯文集》第一卷，人民出版社2009年版，第242页。

④ [德]马克思、恩格斯:《共产党宣言》，载中共中央马克思恩格斯列宁斯大林著作编译局编译《马克思恩格斯全集》第二卷，人民出版社1957年版，第33—34页。

图 6-2　巴尔扎克像

互文！难怪恩格斯在给马克思的信中将巴尔扎克的小说与《共产党宣言》相提并论。①

还是马克思说得好：巴尔扎克“对现实关系有深刻理解”。正是由于对现实关系的深刻理解，即由于抓住了资本的本质，巴尔扎克才能够在一定程度上克服自己的“阶级同情和政治偏见”，而且能够在自己的“阶级同情和政治偏见”没有得到很好克服的时候，也以真实的笔触写下了自己观察到的一切、感受到的一切、意识到的一切。这就是巴尔扎克能够“预先创造”19 世纪法国社会“典型”的原因。

四

波德莱尔这样评价巴尔扎克及其创作：“我常常奇怪人们把巴

① 1852 年 10 月 4 日，在给马克思的信中，恩格斯批评品得时，说过这样一句话：“他既不懂《宣言》，也不懂巴尔扎克。”[德]恩格斯：《致马克思（10 月 4 日）》，载中共中央马克思恩格斯列宁斯大林著作编译局编译《马克思恩格斯全集》第二十八卷，人民出版社 1973 年版，第 154 页。

尔扎克的伟大归结为他是个观察家，我总认为他的主要长处在于他是一个梦幻家，一个充满激情的梦幻家。他笔下的人物都富有生命的活力，正如他自己一样。他构思出来的故事都如同梦境般有声有色。《人间喜剧》中的人物，上至豪门显贵，下至庶民百姓，无不比现实喜剧中的人物更渴求生活，在斗争中更活跃、机智，享受时更加贪婪，忍受苦难时更加坚忍，奉献时也更为伟大崇高。总之，巴尔扎克塑造的每一个人，哪怕是普通的看门人，都有非凡的才智，每一颗心灵都充溢着坚强的意志。巴尔扎克本人就是如此……”①

不愧是象征主义大家，波德莱尔一下子就抓住了理解巴尔扎克及其创作的两个关键词：观察与梦幻。前者我们已谈得够多了，即巴尔扎克能够成为现实主义大师，是因为他满足了“观察”这个充分条件。然而，对一位文艺家而言，只是找到并抓住时代本质还不行，他还必须满足创作优秀文艺作品的必要条件——为自己找到并抓住其本质的时代、社会寻找完美的形式。波德莱尔之所以将巴尔扎克称为“充满激情的梦幻家”，是因为他用自己的作品为所处的时代赋予了一种梦幻般的色彩，即他用梦幻的形式为我们再现了19世纪法国社会、资本社会的本质。或许，这是马克思、恩格斯青睐巴尔扎克的另一个原因。尽管他们没有直接讨论这一问题，不

① ［法］波德莱尔：《浪漫主义艺术》，转引自［法］安德烈·莫洛亚《巴尔扎克传：普罗米修斯或巴尔扎克的一生》，艾珉、俞芷倩译，浙江大学出版社2014年版，第436页。

过，考虑到他们对“莎士比亚化”的强调，对“席勒式”的反感，我们有理由认为马克思、恩格斯不仅是在“历史的”层面上肯定巴尔扎克的创作，而且是在“美学的”层面上肯定巴尔扎克的创作。

那么，巴尔扎克是怎样使其作品产生梦幻般的色彩与魔力的呢？在紧紧抓住所生活时代的本质，就是他本人和马克思、恩格斯在不同场合所揭示的资本社会关系，尤其是资产阶级“按照自己的面貌为自己创造出一个世界”①后，巴尔扎克为这个世界找到了一副什么样的面孔呢？在笔者看来，巴尔扎克为这个世界找到了一副无与伦比的生动面孔——“动物”②。正是这副“动物”的面孔，使巴尔扎克的小说散发出梦幻般的光泽。

关于这一点，还是听听巴尔扎克自己的说法吧。“社会和自然相似。社会不是按照人展开活动的环境，使人成为无数不同的人，如同动物之有千殊万类么？士兵、工人、行政人员、律师、有闲者、科学家、政治家、商人、水手、诗人、穷人、教士之间的差异，虽然比较难于辨别，却和把狼、狮子、驴、乌鸦、鲨鱼、海豹、绵羊区别开来的差异是同样巨大的。因此，古往今来，如同有动物类别一样，也有过社会类别。”而且，由于人类所特有的“智慧”，使得人与人之间的关系比动物更复杂，“每只动物的习惯，至少在我们看来，在任何时代都经常是一样的；可是，国王、银行

---

① ［德］马克思、恩格斯：《共产党宣言》，载中共中央马克思恩格斯列宁斯大林著作编译局编译《马克思恩格斯全集》第二卷，人民出版社 1957 年版，第 36 页。

② 这绝对是一个天才的发现，一种天才的赋形。想一想，又有哪副面孔比“动物”的面孔更适合资本呢？

家、艺术家、资产者、教士和穷人的习惯、服装、言语、住宅却是完全不相同的，并且随着每个社会文明程度的高下而改变”。[①] 正是从这一理念出发，巴尔扎克通过其小说为世界艺术画廊塑造了无数“凶禽猛兽”，比如《高老头》中的伏脱冷、《欧也妮·葛朗台》中的葛朗台，也塑造了无数“珍禽异兽”，比如《高老头》中的鲍赛昂子爵夫人、《欧也妮·葛朗台》中的欧也妮，更为我们讲述了一些“珍禽异兽”转化为“凶禽猛兽”的故事，塑造了一些转化的典型，比如《高老头》中的拉斯蒂涅，《欧也妮·葛朗台》中的夏尔。正是这些“珍禽异兽”“凶禽猛兽”，尤其是“珍禽异兽”转化为“凶禽猛兽”的故事，完美地揭示了资本的秘密。想一想，还有比这更有活力的形式吗?！或许正是这副动物的面孔打动了马克思、恩格斯。因为，这副“面孔”使巴尔扎克的资本叙事来源于现实而又高于现实！

巴尔扎克作为文学家的天才之处还在于，他不仅抓住了自己所处资本世界的本质，为其找到了一副“动物”的面孔，而且“想象出了一个系统”，把自己的作品联系起来，“协调成为一部完整的历史”，更具体地说，在不懈的写作中，巴尔扎克意识到自己将成为19世纪法国社会的“书记官”，因而动用自己的笔，“编制恶习和德行的清册、搜集情欲的主要事实、刻画性格、选择社会的主要事件、结合几个本质相同的人的特点揉成典型人物”，从而“写出许

① [法] 巴尔扎克:《〈人间喜剧〉前言》，陈占元译，载伍蠡甫、胡经之主编《西方文艺理论名著选编》(中卷)，北京大学出版社1986年版，第107—108页。

多历史家没有想起写的那种历史，即风俗史”。[①] 因而，他写的不仅仅是“动物”，而且是“动物世界”。这样的艺术世界的震撼力，绝对是空前的，难怪 19 世纪法国著名文学评论家泰纳在评论巴尔扎克时，认为他之所以伟大，就在于他不仅握住了“现实”，而且握住了“全体”，这使他成为真正的哲学家。

五

抓住时代的本质，并为其找到最为合适的形式，这就是巴尔扎克给予我们的启示。实际上，何止巴尔扎克是这样的。只要略微梳理一下中外文艺史，就会发现一切流派、门类的优秀作品都具有这样的特点，比如福楼拜、莫泊桑，比如托尔斯泰、陀思妥耶夫斯基，比如鲁迅、茅盾……只是限于篇幅，我们就不展开论述了。

今天，中国特色社会主义进入了新时代，由于物质生产力的极大发展，由于社会结构的深刻变动，由于信息技术的空前进步，人与人之间的交往也变得高度复杂，这使得我们对社会本质的观察变得格外困难，而为其赋形更难上加难。我们或许很难像历史上的文艺大家一样，通过一个或几个故事、一个或几个形象、一种或几种意象、一种或几种结构，即很难用一种或几种形式，来为我们的

① ［法］巴尔扎克：《〈人间喜剧〉前言》，陈占元译，载伍蠡甫、胡经之主编《西方文艺理论名著选编》（中卷），北京大学出版社 1986 年版，第 111 页。巴尔扎克立志追求的书写内容、“系统”性的书写形式，以及对自己作家身份——“书记官”——的定位，很容易让人联想到马克思的《资本论》。

时代赋形。但这并不意味着我们没有基本方向可以遵循。党的十九大报告明确指出，中国特色社会主义进入新时代后，我国社会主要矛盾已经转化为人民日益增长的美好生活需要和不平衡不充分的发展之间的矛盾。笔者认为，这个基本矛盾就是当前和今后一个时期观察中国社会的出发点。这就是说，我们能够也应该从这个论断入手，理解、书写中国。

从这个基本矛盾出发，笔者认为，当前的文艺工作者应该抓住两个主要问题。首先，要把人民，所有劳动人民，尤其是底层劳动人民纳入自己的视野。关于这一点，习近平总书记已多次指出，2014 年在文艺工作座谈会上的讲话更是从社会主义文艺本质的高度予以强调。对此，笔者不再赘述，只想强调一点，那些普通而又为数众多的劳动者是中国社会的根基，他们每个人的梦想构成了中国梦的底色，他们每个人的故事组成了中国故事的篇章，他们每个人的形象决定着中国形象的质地，他们每个人的声音合成了中国声音的旋律，如果我们不将他们纳入自己的艺术视野，我们将很难创作出优秀的文艺作品。一滴水映照出整个太阳的光辉。或许，在这些普通人心中，萌发着最为美丽的中国梦的种子。我们应该发现这样的种子，培育这样的种子。

其次，要集中精力刻写“中国的脊梁”。1934 年 10 月，针对一些国人“中国人失掉自信力了”的慨叹，鲁迅写下了《中国人失掉自信力了吗》一文，对这种怀疑主义论调进行了有力的批驳。他在文末写道：“我们从古以来，就有埋头苦干的人，有拼命硬干的人，有为民请命的人，有舍身求法的人……虽是等于为帝王将相作家谱的所谓‘正史’，也往往掩不住他们的光耀，这就是中国的脊梁。”[①] 这段话今天依然有效。中国革命、建设、改革、发展之所以取得巨大成就，就是无数“中国的脊梁”埋头苦干、拼命硬干、为民请命、舍身求法的结果。中国特色社会主义新时代的发展，中华民族伟大复兴中国梦的实现，人民日益增长的美好生活需要的实现，更需要无数的“中国的脊梁”埋头苦干、拼命硬干、为民请命、舍身求法。可以说，他们是“中国故事”最重要的承载者。把他们的精神发掘好，把他们的故事讲述好，我们一定会创作出优秀的文艺作品，甚至“高峰”之作。

---

① 鲁迅：《中国人失掉自信力了吗》，载《鲁迅全集》第六卷，人民文学出版社 2005 年版，第 122 页。

第七章

未完成的《讲话》道路

一

为了解决困扰革命文艺发展的现实与理论问题，“求得革命文艺的正确发展，求得革命文艺对其他革命工作的更好的协助”[①]，在广泛征求意见、深入调查研究和深思熟虑的基础上，毛泽东和党中央决定在1942年召开文艺座谈会，座谈会于5月2日、16日、23日举行了三次，毛泽东同志自始至终参加了这三次会议，认真听取大家发言，并在开幕式上做了“引言”，在闭幕式上做了“结论”。经过整理，于1943年10月9日鲁迅逝世7周年时讲话全文在《解放日报》上正式发表，这就是马克思主义文艺理论中国化的第一个科学成果、马克思主义文艺理论的经典文本《在延安文艺座谈会上的讲话》(以下简称《讲话》)。

《讲话》透辟地解答了文艺为什么人、如何为、普及与提高等马克思主义文艺理论的经典命题，也正确地解答了暴露与讽刺、文艺统一战线等困扰延安文艺家的现实问题。由于《讲话》既高屋建

① 毛泽东:《在延安文艺座谈会上的讲话(一九四二年五月)》，载《毛泽东选集》第三卷，人民出版社1991年版，第847页。

图 7-1　秧歌剧《兄妹开荒》延安演出现场

瓴，又将心比心，极大地打通了文艺家的思想，实现了革命文艺界的大团结。广大革命文艺工作者按照《讲话》精神深入生活、转变立场、用情创作，很快就推出了秧歌剧《兄妹开荒》、歌剧《白毛女》、歌曲《南泥湾》、新编历史剧《逼上梁山》、小说《小二黑结婚》《荷花淀》、诗歌《王贵与李香香》等优秀作品，唤醒中国、团结中国，使文艺成为推动中国民族、民主革命的深厚动力，迎来了革命文艺的第一个高峰。

仅从这个层面上看，《讲话》对于中国革命文艺的贡献就是空前的。不仅如此，《讲话》还深刻地影响了社会主义革命、建设、改革时期的文艺创作，是社会主义文艺的基本遵循。更重要的是，《讲话》开创了社会主义文艺的广阔道路。之所以这样说，是因为

《讲话》虽然对文艺做了一些本质性规定，制定了革命文艺、社会主义文艺的大方向，但通往这个大方向的方式方法却异常丰富。值得注意的是，虽然一些文艺工作者已在这条道路上进行了孜孜矻矻的探索，也积累了一定经验，但由于受主客观条件限制，这种探索未能得到充分开展，也由于理论总结不到位，我们未能充分认识这条道路的广阔性，因而这仍是一条"未完成的"道路。而且，与习近平总书记《在文艺工作座谈会上的讲话》等文艺工作系列重要论述对读，在中国特色社会主义新时代的语境中观照，这种"未完成性"就更加明显，更值得重视。

因此，笔者将以柳青、赵树理、周立波这三位在《讲话》精神影响下成长起来的文艺大家不同的探索为例，分析这种"未完成性"，以为当下文艺创作，特别是优秀文艺作品创作，提供一定的借鉴。

二

柳青对《讲话》精神的践行堪称"苦修"，历经多年如一日、艰苦卓绝的追求，他创作了系列优秀作品，特别是社会主义文艺经典之作《创业史》，展示了社会主义史诗创作的难度及可能达到的高度。

对于在《讲话》影响下进行创作的历程，柳青几次提及，并用"三个学校"的说法形象地概括自己的认识，即"生活的学校""政治的学校"和"艺术的学校"。"生活的学校""就是社会，就是毛主席所说的：长期地无条件地全心全意地到工农兵群众中去，到火热的斗争中去，和劳动群众相结合”。“政治的学校”“就是学习马列主义毛泽东思想，以及党的方针政策”。“艺术的学校”“就是向古今中外的典范作品和优秀作品学习”。而且，这三个方面相辅相成，不可偏废，“一方面进入生活的境界，另一方面进入艺术的境界，并以当代最先进的世界观将二者结合起来，对从事文学创作的人是非常重要的”。①

在“三个学校”中，柳青认为“生活的学校”“是文学工作的基础”，为此，要想写作，就要“在生活中间塑造自己，在实际斗争中间塑造自己。不要等到拿起笔来写小说的时候，在房子里头塑造自己”。②

柳青的回忆告诉我们，这个学校的教育有多么严厉。1942 年延安举行文艺座谈会时，柳青在绥德。整风运动中学文件的阶段，他在米脂参加乡选，“观察”生活，形成了一本农民减租保佃斗争的“长篇”题材。秋天回到延安后，就默默较劲，要完成这个“创作计划”。没想到 1943 年 2 月整风学习思想阶段结束后，中央组织部头一个就调他下乡，到一个乡政府担任乡文书，对此他在“思

① 柳青：《生活是创作的基础——在〈延河〉编辑部召开的短篇小说创作座谈会上的发言（录音）》，载山东大学中文系编《中国当代文学研究资料 柳青专集》“编者附记”，1979 年，第 40 页。

② 柳青：《生活是创作的基础——在〈延河〉编辑部召开的短篇小说创作座谈会上的发言（录音）》，载山东大学中文系编《中国当代文学研究资料 柳青专集》，1979 年，第 37 页。

想上没有解决问题，只是在组织上服从了”[①]，到了米脂后还在想变通的办法，只是没有实现，才到乡政府当了文书。乡文书的工作非常繁重，“除了要完成上级党和政府交付的各项任务，经常拖着一根对付狗的棒子到各村奔波之外，老百姓关于写介绍信，割路条，吵咀打架，种棉花的方法，以至于娃娃头上长了一个疮能否治疗”，都要去找他。[②]更为严重的是，在这些工作中，“假使你要是厌烦，表现冷淡，老百姓就比你更冷淡，开会你说你的，他们吃他们的旱烟，你说完了，他们站起拍打了屁股上的灰尘走了，你的工作不会顺利”[③]。工作任务空前繁重，物质生活也异常艰苦，以至于他大病一场，这时摆在他面前的“不仅是搞文艺不搞文艺的问题，而更重要的是革命不革命的问题了”[④]。

幸运的是，柳青经受住了考验，他深刻地反思了自己，意识到以前自己追求进步，参加工作，“这里面也有为革命的成份，但极大的成份是个人的抱负，总不愿意做一个无声无息的人”[⑤]；意识

① 柳青：《毛泽东思想教导着我——〈湖南农民运动考察报告〉给我的启示》，载山东大学中文系编《中国当代文学研究资料　柳青专集》，1979 年，第 14 页。对柳青这段经历的概括皆来自此文，除直接引用，不再一一注释。

② 柳青：《毛泽东思想教导着我——〈湖南农民运动考察报告〉给我的启示》，载山东大学中文系编《中国当代文学研究资料　柳青专集》，1979 年，第 15 页。

③ 柳青：《转弯路上》，载山东大学中文系编《中国当代文学研究资料　柳青专集》，1979 年，第 7—8 页。

④ 柳青：《毛泽东思想教导着我——〈湖南农民运动考察报告〉给我的启示》，载山东大学中文系编《中国当代文学研究资料　柳青专集》，1979 年，第 16 页。

⑤ 柳青：《毛泽东思想教导着我——〈湖南农民运动考察报告〉给我的启示》，载山东大学中文系编《中国当代文学研究资料　柳青专集》，1979 年，第 14 页。

到以前自己在生活上是受了优待的，尤其是意识到问题只在一点：“我和工农群众有没有感情？这种感情产生于正确的阶级观点。这种观点使一个人首先发生强烈的革命的要求，而不是个人的创作要求。”[①]正因为如此，他初到乡政府时那种“被放逐”的不健康感觉消失了，他拒绝了哥哥带他回家养病的要求，也拒绝了县委书记冯文彬要他到县委工作一个时期的照顾，变得坚强起来，活跃起来，投入减租斗争、反奸斗争，在火热的斗争中“向乡村党员干部以及群众积极分子学习了许多东西，互相间有了深一层的感情”，此后，柳青“不仅不想回延安，而且在县里开会日子久了，都很惦念乡上的事”，他“背着铺盖和农村干部一块在街上走不脸红了”，再不觉得有人笑话他了，也就是说，他的思想感情真正起了变化，正是因为这一变化，他“才能安安心心在乡村政权里工作了三年，而不觉得时间长”。[②]考虑到柳青以后的作为，特别是中华人民共和国成立后，他放弃了在北京相对优渥的工作和生活条件，于 1952 年 5 月举家到陕西省长安县皇甫村安家落户，参加了农村互助合作化运动的全过程，构思创作反映我国农村社会主义革命的史诗性著作《创业史》，我们在深深感动的同时，也清醒地认识到，柳青深入生活的过程的确犹如唐三藏西天取经，只有经历了生活中九九八十一难的考验，才能真正洗心革面、脱胎换骨。

---

① 柳青：《毛泽东思想教导着我——〈湖南农民运动考察报告〉给我的启示》，载山东大学中文系编《中国当代文学研究资料　柳青专集》，1979 年，第 16 页。

② 柳青：《毛泽东思想教导着我——〈湖南农民运动考察报告〉给我的启示》，载山东大学中文系编《中国当代文学研究资料　柳青专集》，1979 年，第 18—19 页。

然而，“生活的学校”只是第一关，“政治的学校”考验同样严厉。或者说，如果没有“政治的学校”考验，“生活的学校”这一关也很难过，因为，无论是深入生活，还是文学创作，都要抓住事物的本质，只有这样，才能看得正确，看得深刻。正因为如此，柳青从未放弃“政治的学校”的考验，在乡政府做乡文书时他就强迫自己读马列主义的书籍，一个夏天读完了五本《斯大林选集》。也是在这一年，他细细地研读了毛泽东同志的《湖南农民运动考察报告》，从中受到了深刻教育。在写作《创业史》之前，他不仅反复学习党和国家政策，而且系统地学习有关科学知识，“心理学、解剖学，还有逻辑学，政治经济学，和他一贯喜欢研究的哲学，他都相对集中地进行了反复学习和钻研”[①]。

最后是“艺术的学校”。对于作家、艺术家而言，这是最后的一关，也是最关键的一关。文学艺术之所以是文学艺术，就在于它是以实践精神的方式认识世界、把握世界，因而，来源于“生活的学校”“政治的学校”的内容，没有经过“艺术的学校”的成功转化，以美的方式表现出来，即使再丰富、再正确、再深刻，也是失败的。作为一位认真到严苛的作家，柳青当然知道这个问题的重要性，因此，他时刻不忘接受“艺术的学校”的考验。在《创业史》写作不顺的1957年，“他下决心暂时不写了，几乎一年没有动笔，再一次对前人的作品进行研读和对比”。他研究高尔基的作品，研

① 刘可风：《柳青传》，人民文学出版社2016年版，第165—166页。

究肖洛霍夫的作品，“托尔斯泰的三部长篇小说、巴尔扎克的几部作品、《悲惨世界》《包法利夫人》《红与黑》《红楼梦》《三国演义》《水浒传》、托尔斯泰的《艺术论》、刘勰的《文心雕龙》……随时在案头、床头和手头”。①

阅读柳青谈创作的文字就会发现，为了创作《创业史》，他是多么的深思熟虑，可谓殚精竭虑，对小说的结构、人物、语言、情节、细节、叙事动力、起承转合等，他都反复斟酌，一一推敲，直至满意为止，可有时候当时满意了，过一段时间，又会有新的想法冒出来，于是只好推翻重来。对此，柳青是甘苦自知，他曾说：“作家在生活中形成一种艺术构思，并不是那么困难的事情。但是，作家要否定这种构思，要费加倍的时间和心血，在没有新的艺术构思来代替的时候，就形成了创作苦恼。”②《创业史》第一部，柳青竟然写了三稿！1956年写第二稿时，他加了一个“题叙”，对全书的矛盾由

图 7-2 柳青像

① 刘可风：《柳青传》，人民文学出版社 2016 年版，第 165—166 页。
② 刘可风：《柳青传》，人民文学出版社 2016 年版，第 166 页。

来进行交代。这个“题叙”柳青写了 8 个月。笔者做过统计，这个“题叙”约一万六千字[①]，相当于一个中篇小说。一个中篇小说，竟然写了 8 个月，这在今天，几乎是不可思议的事情。再细算一下，如果按天计算的话，平均下来，这个“题叙”，柳青每天也就是写 67 个或 68 个字。如此来看，这个“题叙”柳青简直不是写的，而是一个字一个字地“刻”出来的。仅凭这一点，说柳青是中国当代作家中的“苦吟派”毫不为过。

柳青创作精益求精的另一个生动事例是他对作家对象化的高标准严要求。马克思主义认为，人不仅通过思维，而且通过一切感觉在对象世界中肯定自己，这就是作家、艺术家的对象化。柳青很认可这个观点，认为写小说塑造人物“不仅仅作家的五官感觉对象化，而且包括精神感觉对象化的功夫”，这决定了“艺术形象化的程度”。[②]这如同演员登台要进入角色，不过对作家来说更困难，一位演员只要进入一位角色就可以了，而一位作家要想成功，必须进入他作品的所有角色之中。柳青就是这么做的。创作《创业史》时，为了更好地进入角色，“他也开始‘演’，不自觉地演起来。一天，手中正端着个什么，两只脚跷着走，很生气的样子，嘴唇还在动弹，门帘响了，走进几个人，是区上的干部，他哈哈大笑：‘你们来了，坐！坐！’区乡干部都是有事才来，他必须把思想立刻转

① 笔者使用的是人民文学出版社 2005 年 5 月出版的《柳青文集》第二卷的版本。

② 柳青：《关于〈创业史〉复读者的两封信》，载山东大学中文系编《中国当代文学研究资料　柳青专集》，1979 年，第 160 页。

过来，不过，心里很沮丧，进入角色，把自己完全沉入到角色的情绪中，要造成一种气氛，要有大量的前期思考，一旦进入了，有着最佳的创作情绪，一旦破坏了这种气氛，心里多么遗憾”[①]。这是柳青的女儿刘可风对父亲“演”角色的回忆。这时的柳青，栩栩如生、活灵活现，是多么的可爱，又是多么的可敬。同时，我们也都为他好不容易才进入角色却被打断而感到有些可惜。

正是因为经受住了这“三个学校”的严峻考验，柳青才创作出了社会主义文艺的史诗之作——《创业史》。我们并不是在比喻的意义上使用“史诗”这个术语，而是在严格的文艺理论意义上使用。从文学史的角度看，史诗是人类童年时期的产物，而且，如同马克思所说的，还是古希腊人创造的艺术上的“一种规范和高不可及的范本”[②]，因而，史诗被认为是艺术王冠上的明珠，在文体上具有崇高的地位。但随着现代社会的来临，空间拓展、时间加速、社会分裂，外部世界与人的心灵世界发生断裂，人类再也无法像童年时期那样用自然的眼光观察有限却完整的世界，创作出包纳人类整体生活状况的史诗。如黑格尔所言，现代社会虽然还有人创作史诗，但这些作品“已脱离了近代各民族的巨大事迹，而逃到乡村和小城市的家庭生活的窄狭范围里去找材料”，“变成了田园生活的史诗”，因而辉煌不再。也因此，黑格尔高度强调小说的重要性，认

---

① 刘可风：《柳青传》，人民文学出版社 2016 年版，第 183 页。

② ［德］马克思：《〈1857—1858 年经济学手稿摘选〉导言》，载中共中央马克思恩格斯列宁斯大林著作编译局编译《马克思恩格斯文集》第八卷，人民出版社 2009 年版，第 35 页。

为“关于现代民族生活和社会生活，在史诗领域有最广阔天地的要算长短程度不同的各种小说”。[①]卢卡奇在黑格尔的基础上前进一步，从文体演变的角度论证了小说作为现代社会史诗的地位，认为“小说是这样一个时代的史诗，对这个时代来说，生活的外延整体不再是显而易见的了，感性的生活内在性（die Lebensimmanenz des Sinnes）已经变成了难题，但这个时代仍有对总体的信念（Gesinnung）”[②]。他还进一步分析了史诗与小说方式的不同，指出“史诗可从自身出发去塑造完整生活总体的形态，小说则试图以塑造的方式揭示并构建隐蔽的生活总体”[③]。为此，作为现代史诗，小说必须在“使自身抽象地系统化”[④]中构建、显现自身的整体性，从而承担起创造伦理道德、理想信念和文化认同的使命。

概括黑格尔和卢卡奇的观点，就会发现，小说作为现代史诗，必须：一是表现各民族的巨大事迹；二是揭示并构建隐蔽的生活总体；三是在前两者的基础上承担起创造伦理道德、理想信仰和文化认同的使命。以这三条主要标准观之，毫无疑问，《创业史》是标准的现代史诗。也正是在这个层面上，柳青耗费无数心血为小说增

---

① ［德］黑格尔：《美学》第三卷下册，朱光潜译，北京大学出版社 2017 年版，第 707—708 页。

② ［匈］卢卡奇：《小说理论：试从历史哲学论伟大史诗的诸形式》，燕宏远、李怀涛译，商务印书馆 2018 年版，第 49 页。

③ ［匈］卢卡奇：《小说理论：试从历史哲学论伟大史诗的诸形式》，燕宏远、李怀涛译，商务印书馆 2018 年版，第 53 页。

④ ［匈］卢卡奇：《小说理论：试从历史哲学论伟大史诗的诸形式》，燕宏远、李怀涛译，商务印书馆 2018 年版，第 62 页。

补的“题叙”才具有了无可替代的意义，换言之，正是这个“题叙”赋予《创业史》史诗品格。柳青自述，他写《创业史》是为了写“社会主义制度的诞生”[①]，如果没有这个“题叙”，这部小说就成了无源之水、无本之木，单薄很多。因为正是这个“题叙”把社会主义制度纳入几千年的中国历史中观察，使我们知道了社会主义这个新生事物是如何在封建社会、半封建半殖民地社会已耗尽其所能容纳的全部生产力和精神能量后，在旧社会的胞胎里无比艰难而又不屈不挠地发生发展的，使我们知道社会主义这种崭新的生产关系要想成长壮大，不仅要同旧的社会遗留（物质的、精神的）作斗争，更要跟新社会中滋生的问题作斗争。更具体地说，小说让我们看到中国人民为了摆脱贫穷落后的生活状况付出了多么艰辛的努力。在旧社会，他们像梁三老汉一样，胼手胝足，流汗流泪，辛劳一辈子，所得仍然是贫穷。正因为如此，梁生宝才说他继父的想法是没出息的。也正因为如此，梁生宝才决定彻底告别这种没出息的生活哲学，毅然决然地选择和穷乡亲们一起走互助合作的社会主义道路。在这样的视野中，小说具有了寓言色彩、象征意义，即具有了总体性。小说中的主要人物化身愚公，子子孙孙生命不息奋斗不已，齐心协力把封建主义、帝国主义、官僚资本主义三座长期挡在面前的大山搬走。在这样的视野中，小说发出了一条近乎无限的时间射线，把未来纳入自己的叙事之中，把今天的生活纳入自己的叙

① 柳青：《柳青同志在陕西省出版局召开的业余作者创作座谈会上的讲话》，载山东大学中文系编《中国当代文学研究资料 柳青专集》，1979 年，第 32 页。

事之中——我们今天的现实不过是梁生宝故事的延长与升华。在这样的叙事中，中华民族的巨大事迹，中国人民追求美好生活的总体精神以及蕴含其中的伦理、道德、信仰，在纷繁芜杂、变幻不已的现代生活中蓬勃升起，正如鲜艳的朝阳从无边的黑夜升起，照亮世界。

这样的作品，是当之无愧的社会主义文艺史诗，是人类文明史诗。

三

如果说，柳青通过自己苦吟式的写作完成了《创业史》（第一部）这样的社会主义史诗之作，并展现了社会主义史诗可能达到的高度，那么，赵树理则扎根基层，如同一位经验丰富的老农精心侍弄各种庄稼一样，倾情探索各种民间文艺形式对于革命文艺、社会主义文艺的滋养，发掘其丰厚根基及借鉴、改造空间，用他自己的话说就是，他早在 1934 年“就发下洪誓大愿，要为百分之九十的群众写点东西”[①]。

---

① 赵树理：《与荣安的谈话》，载《赵树理全集》（5），北岳文艺出版社 1990 年版，第 205 页。

图 7-3 赵树理像

赵树理之所以选择这样的道路，与他的经历有关。他幼年时代除读书识字外，“还随父亲参加农民自乐班‘八音会’的活动”，这里是他“初级的语言学校”，[①] 是他的文艺启蒙之地。这一特殊经历培养了他对民间文艺的兴趣、才干，如他的朋友王春所说：“他通晓农民的艺术，特别是关于音乐戏剧这一方面的。他参加农民的‘八音会’，锣鼓笙笛没一样弄不响；他接近唱戏的，戏台上的乐器件件可以顶一手；他听了说书，就能自己说，看了把戏就能自己耍。他能一个人打动鼓、钹、锣、旋四样乐器，而且舌头打梆子，

① 《赵树理年谱》，载黄修己编《赵树理研究资料》，知识产权出版社 2010 年版，第 478 页。

口带胡琴还不误唱。”[1] 他一个人就是一个小型演出班子，这样的才能不利用简直就是浪费。

但这更是理性选择的结果。赵树理1925年夏天20岁时，考入长治省立第四师范学校，受到五四新文化运动影响，学写新诗、新小说，读他早期的作品，就会感到其中的新文化气息还是很浓郁的。但现实教育了他。1926年暑假，他回老家，把自己视若珍宝的新小说和新文学杂志拿给父亲和穷哥们看，可他们竟一点也不感兴趣，他把鲁迅的《阿Q正传》读给父亲听，父亲听了也只是摇摇头，他说话一不留神带出学生腔来，乡亲们立刻就开始议论他。这对他震动很大，促使他反思新文学，探索能让农民接受、使他们觉醒的文艺形式。[2] 而且随着思考的深入，他的认识也越来越系统，达到一定的理论高度。比如，他在1954年就认为中国各个艺术门类都有三份遗产：古典的、民间的、外国的。在新文化运动之后，由于有了“外国的”遗产，“文学艺术界曾有一度对待前两种遗产取过消灭的态度”，但“幸而借着爱好者或艺人们的继承和那些无缘得见或无心享受第三种遗产的广大群众的支持而保存下来”，新中国成立前，在解放区，共产党“对旧中国留下来的遗产，就开始采取了推陈出新的改革办法；等到新中国成立，更把这种办法推广

① 王春：《赵树理怎样成为作家的？》，载黄修己编《赵树理研究资料》，知识产权出版社2010年版，第9页。

② 参见韩玉峰等《赵树理的生平与创作》，山西人民出版社1981年版，第13页。

到全国，使这一工作走上了正路”。[①]看得出来，赵树理认为中国文艺遗产的格局是古典、民间、外国（即新文化）三足鼎立，他对“外国”遗产对前两者的“消灭”态度相当不满。因为，无法满足农村对新文艺的需求，而这需求又极大：“农村所需要的艺术品种类之多，数量之大，有时都出乎我们想象之外。”[②]

赵树理立足民间文艺，并不代表着他全盘接受它。实际上，由于长期浸淫其中，他深知其缺点，最主要的是，“农民能看到的书尽是些极端反动的书，这些书向农民宣扬崇拜偶像，敬鬼神，宣扬迷信，使农民听凭巫婆摆弄”[③]。他看中的，是民间文艺在农村有广泛的群众基础，有许多艺术形式、手段可以为我所用，实现普及新思想的任务。早在1941年，他就多次撰文讨论这个问题，一方面强调通俗化的必要性，另一方面强调通俗化绝不是“拖住”，因为，通俗化“还得担负起‘提高大众’的任务，而不能‘把通俗化’本身降低到和群众的落后情况平等’。这样一来，通俗化的意义就更加重大了：它应该是‘文化’和‘大众’的中间桥梁，是‘文化大众化’的主要道路；从而也可以说是‘新启蒙运动’的一个组成部分——新启蒙运动，一方面应该首先从事拆除文学对大众的障碍；

① 赵树理：《我对戏曲艺术改革的看法》，载《赵树理全集》(4)，北岳文艺出版社1990年版，第266—267页。
② 赵树理：《艺术与农村》，载《赵树理全集》(4)，北岳文艺出版社1990年版，第171页。
③ 赵树理：《和贝尔登的谈话》，载《赵树理全集》(5)，北岳文艺出版社1994年版，第175页。

另一方面是改造群众的旧意识，使他们能够接受新的世界观”[①]。边“破”边“立”，赵树理的态度很明确，思路也很清晰，为此，他强调决不能“把‘通俗化’和‘通俗文艺’混为一谈”，进而“把‘通俗文艺’仅仅解释为‘利用旧形式’”，因而导致“不得不迎合大众，迁就大众，而终于会连内容也成为大众所‘习闻常见’的东西，把旧的毒素在不知不觉间又替大众发扬起来；这正如鲁迅先生所说：‘实际上倒尽了拖住的任务’”！[②]

为了“向农民灌输新知识，同时又使他们有所娱乐”[③]，就要对民间文艺进行改造，首先是改造内容、主题。赵树理发明了一个妙招：创作“问题小说”。对此，他自己解释说：“为什么叫这个名字，就是因为我写的小说，都是我下乡工作时在工作中所碰到的问题，感到那个问题不解决会妨碍我们工作的进展，应该把它提出来。”[④]正因为是在实际工作中发现的问题，而这些问题往往是旧制度、旧思想、旧文化的后果，因此，解决这些问题就需要新制度、新思想、新文化，可谓对症下药。赵树理第一篇引起广泛关注的小说《小二黑结婚》就是一篇典型的“问题小说”。这篇小说是赵树

---

① 赵树理：《通俗化“引论”》，载《赵树理全集》(4)，北岳文艺出版社 1990 年版，第 143 页。

② 赵树理：《通俗化“引论”》，载《赵树理全集》(4)，北岳文艺出版社 1990 年版，第 144—145 页。

③ 赵树理：《和贝尔登的谈话》，载《赵树理全集》(5)，北岳文艺出版社 1994 年版，第 175 页。

④ 赵树理：《当前创作中的几个问题》，载《赵树理全集》(4)，北岳文艺出版社 1990 年版，第 428 页。

理1943年到左权县（当时叫“辽县”）驻村调研时发现的一桩悲剧引起的：附近一个村里的民兵小队长岳冬至和年轻貌美的智英祥自由恋爱，村长和村青救会秘书虽已婚，但因贪慕智英祥美貌，经常去纠缠她，被拒绝后怀恨在心，纠集了几个村干部开斗争会威逼岳冬至，叫他不要再和智英祥来往，岳冬至拒绝，他们竟把他打死了，打死后又把他吊在他自己家里，伪造了自杀现场。在处理这个案件过程中和之后，赵树理去过这个村子两次，他发现当地村民，包括受害者家庭成员在内，对岳冬至和智英祥，没有一个人表示同情，虽也认为“不该打死他”，却“赞成教训他”。[①] 赵树理认为这个悲剧是“封建习惯造成的”，他觉得原故事的结局太悲惨，不利于表达反封建的主题，“应该给正面人物找下出路”。[②] 于是他进行了较大改写，给了小说一个大团圆的结局。赵树理的绝大多数小说都是“问题小说”。他写《李有才板话》是因为“那时我们的工作有些地方不深入，特别对于狡猾地主还发现不够，章工作员式的人多，老杨式的人少，应该提倡老杨式的作法”[③]。他写《三里湾》，是因为他“感到有一个问题要解决，就是农业社应不应该扩大，对有资本主义思想的人，和对扩大农业社有抵触的人，应该怎样

① 董均伦：《赵树理怎样处理〈小二黑结婚〉的材料》，载黄修己编《赵树理研究资料》，知识产权出版社2010年版，第188页。

② 董均伦：《赵树理怎样处理〈小二黑结婚〉的材料》，载黄修己编《赵树理研究资料》，知识产权出版社2010年版，第188页。

③ 赵树理：《当前创作中的几个问题》，载《赵树理全集》（4），北岳文艺出版社1990年版，第428页。

批评”[①]……

主题上“立”住之后，赵树理还思考形式上“破”的问题，为此，他博采新旧文艺之长、摒弃其弊，对文艺形式进行了有针对性的改造。首先是语言的改造，即“开始用农民的语言写作”，“写一行字，就念给父母听”，“他们要是听不懂”，“就修改”，他“还常去书店走走”，了解买他的书的“都是些什么样的人”，这样就知道自己“是否有很多的读者”。[②]不过，不要误解赵树理，就像在主题上一样，在语言等形式问题上，他尊重农民的意见，但并不迁就他们的意见，他的语言适合农民接受，但又绝不只是适合农民接受，因为他不仅“采用”大众语，而且设法“丰富”大众语，比如不可采用“过‘土’的土话”，“不可只图新鲜，把正当的名词，拿来构成错误的句子”，“不可滥用、滥造”“简语”，不可随便翻译“有严密的科学含义的术语”等。[③]

这是赵树理反复强调的问题，其实，他这是在鲁迅的延长线上思考文艺语言问题。1934 年，《戏》周刊改编鲁迅的小说《阿 Q 正传》，准备搬演，他们给鲁迅写了一封公开信，征求他对改编后的第一幕的意见。鲁迅在答复中对改编有所肯定，但对于让阿 Q

---

① 赵树理：《当前创作中的几个问题》，载《赵树理全集》(4)，北岳文艺出版社 1990 年版，第 428、429 页。

② 赵树理：《和贝尔登的谈话》，载《赵树理全集》(5)，北岳文艺出版社 1994 年版，第 175 页。

③ 赵树理：《通俗化“引论”》，载《赵树理全集》(4)，北岳文艺出版社 1990 年版，第 152 页。

说绍兴话却颇有微词，因为他认为这样改编“如演给别处的人看，这剧本的作用却减弱，或者简直完全消失了”，更严重的是，这样改编会产生“无聊的副作用”，使作品的力量不能较集中，“发挥得更强烈”，因而他建议不如“编一种对话都是比较的容易了解的剧本”，便于灵活搬演。[①]赵树理的处理有异曲同工之妙，可以说，他对农民语言的使用仍在新文学传统之内，这也是我们读他的作品时，既觉新奇而又不隔膜的原因。

不只是语言，为了适应普及的需求，赵树理还对小说形式进行了内部改造。赵树理格外关注“叙述和描写”问题，1941 年，他曾给《抗战生活》编辑部写信请教二者如何区别的问题，并要求“答复越具体越好”。[②]后来编辑部用黄药眠的一段文章回复了他，不知他对这个答复是否满意，但 14 年后的 1955 年，他在一篇文章中详细讨论了这个问题，我们从中得知，他关心这个问题还是出于读者接受的考虑。他认为“我们通常所见的小说，是把叙述故事融化在描写风景中的，而中国评书式的小说则是把描写情景融合在叙述故事中的”，“按农村人们听书的习惯，一开始便想知道什么人在做什么事”，而常见的写法“他们要读到一两页以后才能接触到他们的要求”，很容易失去耐心，他还指出，农民当然“也爱听描写，不过最好是把描写放在展开故事以后的叙述中——写风景往往

---

① 鲁迅：《答〈戏〉周刊编者信》，载《鲁迅全集》第六卷，人民文学出版社 2005 年版，第 149—151 页。

② 赵树理：《文艺上的两个问题》，载《赵树理全集》(5)，北岳文艺出版社 1994 年版，第 133 页。

要从故事中人物眼中看出，描写一个人物的细部往往要从另一些人物的眼中看出”。[①] 他就是按照这种方法写作《三里湾》的，可见为了便于普及，他是多么的用心良苦。

赵树理还有更感人的做法。读他的《三里湾》时，笔者总是对结尾不满意，觉得三对年轻人一瞬间确立了婚姻关系，太仓促了。当后来读到赵树理谈对由《三里湾》改编的电影剧本《花好月圆》的意见时才知道，在原来的写作计划中，他准备把这三对年轻人的爱情、婚姻单独作为一个部分来写，但后来“临时改变了主意，把第四部分删掉了，某些情节合并到第三部分里去了”，因为他写东西的时候，“常常有个替读者考虑的习惯。为农村读者打算，应该使他们花的钱少（书的成本低），花的时间少，而得到的效果大”，所以他“常把篇幅压缩到最少限度”。[②] 原来他是为了读者而忍痛割爱，读到这里，无比感动。

正是因为对农民饱含感情，对农村生活如鱼得水，对民间艺术了如指掌，对革命文艺、社会主义文艺发展规律有深刻认识，赵树理才兼收并蓄，创作了大量有中国作风、中国气派的作品，不仅受到了农民欢迎，而且得到了一些文艺大家褒扬。如，郭沫若读了《李有才板话》后盛赞“这儿有新的天地，新的人物，新的感情，

---

① 赵树理：《〈三里湾〉写作前后》，载《赵树理全集》（4），北岳文艺出版社 1990 年版，第 282 页。

② 赵树理：《谈〈花好月圆〉》，载《赵树理全集》（4），北岳文艺出版社 1990 年版，第 343—344 页。

新的作风，新的文化”[①]。周扬撰写专题理论文章，对其思想和艺术价值进行全面肯定，称赞他：“是一个新人，但是一个在创作、思想、生活各方面都有准备的作者，一位在成名之前已经相当成熟了的作家，一位具有新颖独创的大众风格的人民艺术家。”[②] 随着影响扩大，赵树理被树立为践行《讲话》精神的代表性作家，他的创作代表着一种学习的“方向”。[③]

种瓜得瓜，种豆得豆。赵树理的实践再次证明了这个朴素的真理。

四

柳青殚精竭虑、耗尽心血，一生攀登社会主义文艺史诗高峰；赵树理则立足民间文艺形式，探索社会主义文艺普及的广阔空间。与他们两位不同，周立波正好选择了一条“中间道路”：民族形式的道路。在讨论文艺与思想关系时，我们曾约略谈过这个问题，现在详细展开。

---

① 郭沫若：《〈板话〉及其他》，载黄修己编《赵树理研究资料》，知识产权出版社 2010 年版，第 154 页。

② 周扬：《论赵树理的创作》，载黄修己编《赵树理研究资料》，知识产权出版社 2010 年版，第 156 页。

③ 参见陈荒煤《向赵树理方向迈进》，载黄修己编《赵树理研究资料》，知识产权出版社 2010 年版，第 174—178 页。

图 7-4 周立波像

周立波年轻时在上海参加左翼文艺运动，接受教育，文学素养较好，翻译过肖洛霍夫的《被开垦的处女地》(第一部)等国外作品，撰写过文艺评论文章，体现出较高的理论水平。他也有一定的革命工作经历，1937 年抗战全面爆发后，他于当年 9 月离开上海奔赴延安，但到达西安后，西安八路军办事处安排他担任战地记者兼美国进步作家史沫特莱的翻译，陪同她到战区各地旅行，访问了八路军前方总司令部，后又担任来根据地考察的美军情报官卡尔逊的翻译，陪同他访问了晋察冀边区。之后，又服从需要，到汉口、长沙、桂林等地工作，直至 1939 年年底，才奉命调到延安。到达延安后，他在鲁迅艺术文学院工作，担任编译处处长兼文学系教授，讲授“名著选读”，很受欢迎。[①]

1941 年春，在延安县碾庄乡参加实际工作的鲁艺学员葛洛（古元、孔厥、岳瑟、洪流等几位同学与他一起在那里工作）回学校探望，见到周立波，周立波向葛洛表示“也想到乡下住一段时间”。于是周立波在这里住了 50 多天，除参加群众活动，创作了反映自己 20 世纪 30 年代在上海西牢斗争生活的小说外，还以房东刘起兰家的母牛生小牛为素材，创作了短篇小说《牛》。

虽然这部小说充满“热爱农民、赞美劳动生活的真挚感情”[②]，但很难说是一篇成功的小说，因而在《解放日报》上发表后，引发批评。多年后重读，葛洛也认为小说有“比较浓厚的知识分子气”[③]。

1942 年 5 月，延安文艺座谈会召开，周立波参加了座谈会，深受教育，深刻反思了自己创作中存在的问题，并找出三条原因。首先是“还拖着小资产阶级的尾巴，不愿意割掉，还爱惜知识分子的心情，不愿意抛除”[④]。在另一篇文章中，他举了一个很有说服力的例子，说自己在鲁艺教课时，“教员的宿舍，出窑洞不远，就有

---

① 参见胡光凡、李华盛撰《周立波传略》，载李华盛、胡光凡编《周立波研究资料》，知识产权出版社 2010 年版，第 5—7 页。

② 葛洛：《悼念周立波同志》，载李华盛、胡光凡编《周立波研究资料》，知识产权出版社 2010 年版，第 130 页。

③ 葛洛：《悼念周立波同志》，载李华盛、胡光凡编《周立波研究资料》，知识产权出版社 2010 年版，第 130 页。

④ 周立波：《后悔与前瞻》，载李华盛、胡光凡编《周立波研究资料》，知识产权出版社 2010 年版，第 59 页。

农民的场院。我们和农民，可以说是比邻而居，喝的是同一井里的泉水，住的是同一格式的窑洞，但我们都‘老死不相往来’。整整的四年之久，我没有到农民的窑洞里去过一回”①。其次是“中了书本子的毒。读了一些所谓古典的名著，不知不觉的成了上层阶级的文学俘虏”②。陈涌回忆周立波时也说他“有精致的艺术口味”，“这和他性格的某些方面和他的整个文化修养大约是分不开的”，他还说周立波当时对梅里美太激赏了，对《西班牙书简》中强盗与贵妇之间彬彬有礼、惺惺相惜的关系“真有点津津乐道，赞叹备至”，这样的“欣赏趣味”，曾引起一些同学的“非议”。③最后是“在心理上，强调了语言的困难”④。

应该说，这是周立波真诚的夫子自道。这样的格调与趣味，确实与所要描写的主题、对象格格不入，单独摘取出来读，可能还觉得有点儿味道，但放在整体中阅读，则寡然无味。但如笔者已经说过的，周立波是有极高文学修养和极强理论自觉的作家，一旦发现了问题，就会迎难而上、解决问题。延安文艺座谈会召开后，他就自觉地沿着《讲话》指出的方向前进，追求民族形式。1948 年

① 周立波：《纪念、回顾和展望》，载李华盛、胡光凡编《周立波研究资料》，知识产权出版社 2010 年版，第 67 页。

② 周立波：《后悔与前瞻》，载李华盛、胡光凡编《周立波研究资料》，知识产权出版社 2010 年版，第 59 页。

③ 陈涌：《我的悼念》，载李华盛、胡光凡编《周立波研究资料》，知识产权出版社 2010 年版，第 135 页。

④ 周立波：《后悔与前瞻》，载李华盛、胡光凡编《周立波研究资料》，知识产权出版社 2010 年版，第 59 页。

完成的反映东北土改的长篇小说《暴风骤雨》就已气象不凡，到1958年完成反映家乡湖南益阳合作化运动的长篇小说《山乡巨变》后，可以说，在小说的民族形式方面，周立波已取得了极其独特、丰硕的收获。正如茅盾所客观地评价的："从《暴风骤雨》到《山乡巨变》，周立波的创作沿着两条线交错发展，一条是民族形式，一条是个人风格；确切地说，他在追求民族形式的时候逐步地建立起他的个人风格。"①

周立波对小说民族形式的贡献，已有学者从语言风格、民俗和风景描写等方面进行了较深入的研究。比如，唐弢就以周立波的短篇小说《山那面人家》为例分析周立波小说的艺术特色，认为他之所以能形成自己的风格，一个重要原因就是"他适当地运用了农民的语言，描绘了农村的风习，使整个小说洋溢着朴素的乡土气息"，而且"作者在描写这些的同时，又给所有风俗习惯涂上了一层十分匀称的时代的色泽，使人觉得这一切都是旧的，然而又不完全是旧的，时时反射出一种新的光彩"。②事实上，这是他那时一切作品的特色，以至其《山乡巨变》的苏联译者B.克里夫佐夫也敏锐地把握住了这一点，将书名译成更有诗意、更富动感、更有民族色彩的《春到山乡》，而且在序言中介绍："小说的字里行间充满着中国农村的乡土气息，散发着山茶花的浓郁芳香。读过小说的前几章，

① 茅盾：《关于周立波的创作》，载李华盛、胡光凡编《周立波研究资料》，知识产权出版社2010年版，第175页。

② 唐弢：《风格一例——试谈〈山那面人家〉》，载李华盛、胡光凡编《周立波研究资料》，知识产权出版社2010年版，第434页。

你就会爱不释手。”[①]

对此，我们不再细说。笔者想重点谈谈周立波小说人物形象塑造的特点，以及这一特点对于民族形式的贡献。在《暴风骤雨》中，这一特点就初露端倪。作家塑造了萧队长、白玉山、老孙头等各具特色的人物，吸引了读者的目光。但笔者格外感兴趣的人物是郭全海，这是一位在革命中成长起来的新人形象，朴素、坚定而又有情。最打动笔者的，是他身上有情的一面。他在元茂屯翻身中任劳任怨，出力甚多，但分果实时，不但不居功自傲，贪占果实，而且当老王太太对分得的牲口不满意，眼看着影响村屯团结时，他先是舍己为人，后又居间协调，圆满地解决了这一问题，其周全、细腻、耐心，令人感叹。更感人的是，刚分完劳动果实，没过上几天好日子，他又带头报名参军，告别新婚妻子，奔赴战争前线，在出发前夜才知道妻子怀孕了，他与妻子夜话惜别，其间的果决与不舍，宛如静水深流，分外感人。

在《山乡巨变》中，这种塑造有情人物的本领得到了更充分的发展。B. 克里夫佐夫在分析邓秀梅这个形象时敏锐地指出，“一定程度的禁欲主义、自我牺牲精神、对未来的热情向往和置‘私生活’于不顾”“这些中国革命年代中成长起来的党员干部的性格”，“也在邓秀梅的形象上留下了痕迹”，但尽管如此，“我们一刻也不会不感到她是一位女性：她是那样同情和关心清溪乡妇女的命运，

---

① ［苏］B. 克里夫佐夫：《〈山乡巨变〉正篇俄译本译者序言》，载李华盛、胡光凡编《周立波研究资料》，知识产权出版社 2010 年版，第 395 页。

她促成刘雨生去接近盛佳秀，表现出内心的机灵和细腻，她也十分热心地倾听盛家翁妈讲述她伤心的家世。小说中所描述的这些细节，使得邓秀梅的形象显得有血有肉，赋予了这位年青的农村女领导干部一些新的特点，不由得引起读者内心对她产生一种怜爱之心”。[①] 不仅邓秀梅是这样，更出奇的是，这部小说还塑造了两位温情、细腻，甚至有些柔和之美的农村男性干部形象。一位是清溪乡支部书记兼乡农会主席李月辉，他为人厚道，脾气好，甚至因此而被人起了个“婆婆子”的外号。初读时，笔者对这个人物不是很理解，但当听到他对自己性格的解释时，才恍然大悟。他说自己之所以没脾气，是因为：“我最怕的是人家怕我。你想想看，从土改起，我就做了乡农会主席，建党后，又兼党支书。党教育我：‘共产党员一时一刻不能脱离群众’，我一逞性，发气，人家都会躲开我，还做什么工作呢？”[②] 原来如此。再想想他对油煎火辣性子的堂客和犟脾气的伯伯都能同情理解，当他们争吵时，会温言以待，使家庭生活保持平静，个中滋味就更加丰富了。另一位是刘雨生。对那位负心背离了他的妻子，他是多么忠厚呀。小说续篇，他跟盛佳秀同病相怜，产生了感情，他动员盛佳秀借肥猪给合作社吃插田饭的那一节，是多么纠结，又多么用心，没有火辣的语言，没有夸张的举止，可是，一对体贴温存、知冷知热的有情人形象跃然纸上。

---

① ［苏］B. 克里夫佐夫：《〈山乡巨变〉正篇俄译本译者序言》，载李华盛、胡光凡编《周立波研究资料》，知识产权出版社 2010 年版，第 400 页。

② 周立波：《山乡巨变》，人民文学出版社 1958 年版，第 105—106 页。

而且，就是这些看似柔和实则有心的人，而不是那些看似果断实则鲁莽的人，支撑起了整个山乡的事业。是他们粉碎了隐藏的坏分子的破坏活动，维护了山乡的稳定；是他们说服、争取菊咬金等落后中农入社，维护了山乡的统一；是他们以身作则、将心比心，教育、帮助落后干部，维护了山乡的团结；是他们指导、引领青年进步，维护了山乡的活力；是他们在山乡生产生活遭遇危机时，奋不顾身，维护山乡利益。这一切都告诉我们，他们虽然温和细腻，却绝不柔弱无能，说白了，他们是百炼钢化为绕指柔。这是作家为中国文学画廊奉献的崭新的人物形象——在我们的文学史上这样的人物形象很少见。

这就涉及我们的本题。在讨论民族形式时，我们往往关注语言、民俗、风景等因素，而忽略了人物形象之于民族形式的重要性。实际上，塑造人物形象是构建民族形式的重要方法，我们正是在托尔斯泰、果戈理等俄罗斯作家的人物形象中领略了俄罗斯风情，我们正是在巴尔扎克、雨果等法国作家的人物形象中窥察了法兰西风貌，我们正是在歌德、席勒的人物形象中体验了德意志精神。我们也是在李白、杜甫、白居易等古典诗人的歌吟中听到了中华民族的过往，在鲁迅、郭沫若、茅盾、巴金、老舍、曹禺等现代作家笔下人物的深沉呼告中看到了在血与火中从半殖民地半封建的旧躯壳中涅槃的现代中国形象。

在这样的文学坐标中，郭全海、邓秀梅、李月辉、刘雨生等人物形象就获得了不一样的意义。塑造什么样的人物形象就讲述什么样的故事，传达什么样的情感，树立什么样的精神。因而，周立波凝神聚力，塑造这样的人物形象大有深意。他是想以此告诉人们，中国共产党带领中国人民进行社会主义革命和建设不仅要大刀阔斧地破坏一个旧世界，而且要耐心细致地建设一个新世界。在新的天地中，中国人不仅勇敢、果决，而且温文、有情。这就是说，中国共产党带领中国人民建设的，将不仅是一个富强的中国，而且是一个有情的中国。这样的有情的中国，需要一个个对人民、对中国、对社会有情的主体来建设。这就是周立波小说人物形象塑造在民族形式方面的重要贡献。

五

笔者只是从自己熟悉的文本出发，以三位文学家的创作为例分析了《讲话》对于中国革命文艺、社会主义文艺的贡献。实际上，在《讲话》影响下，中国各门类的艺术都取得了重大进展。比如，戏剧、音乐方面，《讲话》之后很快就创作出了新编历史剧《逼上梁山》、秧歌剧《兄妹开荒》《夫妻识字》、歌剧《白毛女》等，新中国成立后，更创作出了评剧《刘巧儿》、黄梅戏《天仙配》、昆剧《十五贯》、童话剧《马兰花》、话剧《茶馆》等精品力作，成绩喜人。但我们也不得不遗憾地指出，由于特殊的历史原因，特别是受“文革”冲击，许多作家、艺术家在创作状态最好的时候被迫中止创作，比如，柳青就没能完成《创业史》的整体创作，刚迎来新时期，就抱憾离世。自然，这些作家、艺术家在革命文艺、社会主义文艺方面进行的探索、取得的成绩，也没能得到很好的理论总结。

这是笔者说《讲话》道路“未完成”的第一个原因。这是很让人引以为憾、引以为痛的教训。

但笔者说《讲话》道路“未完成”的更重要的原因，是习近平总书记在关于文艺工作的系列重要论述中，站在中华民族复兴的高度重新认识、阐释社会主义文艺，为我们理解《讲话》提供了崭新的坐标。在这样的坐标中，这些文艺前辈筚路蓝缕开创的道路极富启示意义。比如，在社会主义制度刚刚建立之初，柳青就横下心来，精修苦思，创作了反映这一新生事物来龙去脉及其艰难展开的史诗之作，树立了社会主义文艺在思想和艺术上的高标。现在，中国共产党已成立百年，中国也在经历了革命、建设、改革三个阶段后，开启了建设社会主义现代化国家的新征程。在新的时代条件下，我们更有理由追求社会主义史诗，在更加立体的视野中讲述社会主义在中国的曲折发展，让世界更好地认识社会主义、认识中国。但可惜的是，我们的作家、艺术家好像丧失了柳青那样的苦心和恒心，我们在目前的创作中看不到这样的苗头。又如，赵树理扎根民间，不追求“文坛”名利，而专注于“文摊”事业，终身为满足、提高农民的文艺需求而呼吁、奋斗，创作了许许多多为农民所喜闻乐见的优秀文艺作品，普及了社会主义文艺。党的十九大报告指出，人民日益增长的美好生活需要和不平衡不充分的发展之间的矛盾是我国社会的主要矛盾。解决这个主要矛盾，需要为工人、农民、打工者等无数普通劳动者提供高质量的文艺作品，而且，目前传播媒介高度发达，我们更有条件满足这一需求。但我们的一些作家、艺术家往往习惯于“往上看”，而很少“往下看”。这不能不说是一个巨大的缺憾。最后，从来没有一个时代像今天这样，全球交流如此快速便捷，“世界文学”好像就在眼前；也从来没有一个时代像今天这样，文学的“民族形式”显得如此重要。那么，我们有没有可能像周立波那样，塑造出一个个朴素、舒展、有情的人物形象，让世界人民通过这样的形象了解中国、亲近中国、走进中国呢？

这一切，都是值得我们的作家、艺术家思考的真问题。

第八章

寻找“新时期”及其文艺的人

一

根据“柯岩作品系年”[①]可知，虽然早在1947年就发表过散文作品，但柯岩是在中华人民共和国成立后正式开始自己的文艺创作生涯的，且出手不凡，在早期即发表了不少优秀文艺作品，尤其是儿童诗。因此，在评价柯岩的文艺创作时，既有的研究成果往往从这时开始，予以整体观照。这样的研究不仅很有意义，而且非常必要，因为这能够让我们相对全面、清晰地看到这位一生辛劳的文艺家走过的道路及其取得的成绩。但毋庸讳言，这样的研究也有一个不足，那就是无法凸显柯岩创作的特色与本质，无法在文艺史上给她一个恰当的定位。

我们评价一位文艺家，不仅要看其创作整体生涯，而且要看其创作生涯中最强劲有力、光彩闪耀的阶段，主要根据这一阶段的创作来评价其文艺成就，评定其在文艺史上的地位。如果要求更严格一些，那我们就不仅要看文艺家个人的创作生涯及其中的精彩

---

① 陆华、童欣编:《柯岩研究文集》下，大众文艺出版社2009年版，第1891—1939页。

图 8-1 柯岩像

时段，而且要在现代社会演进的整体历程中，在国家文艺发展的整体历程中，在民族精神发展的整体历程中，即从精神史的高度，看其创作对于现代国家社会发展、文艺进步，特别是对现代民族精神成长所起的作用。

这当然是一个严苛的沙里淘金的标准，但只有通过这近乎无情的淘洗，我们才能对文艺家做出最接近公平的评价，看看哪些文艺家虽曾名噪一时，但由于他们的创作对民族精神成长出力甚少，甚至发挥的是反作用，因而也不过是一闪而过的过渡性人物；看看哪些文艺家虽曾相对低调，甚至不受待见，但其创作却为民族精神成长灌注了心血与光热，助其成长，促其强大，因而是值得长久纪念、学习的对象。

柯岩就是一位对中华民族精神成长发挥了积极作用的文艺家，而且，她主要是在"新时期"以来中国在复杂的环境中重新锚定自己的航向、建立自己的主体位置、激活自己的国民精神的时候，发出了时代的最强音，可以说，她是"新时期"文艺史上一个不容忽视的存在。

二

我们之所以提出上述标准，因为这是中国现代文学诞生以来宝贵经验的总结，一百多年来，那些在中国现代文艺史上真正留下来的作家作品，无不在中华民族精神成长的过程中发挥了不可替代的作用，有的干脆就是民族精神成长的主旋律、最强音，更多的则是其丰富多彩的伴奏、回声。鲁迅之所以被誉为“民族魂”，就是因为他通过自己的创作提出了现代中国最需要解决的“立人”的问题——再造中国精神，重建现代中国。可以说，他用自己的笔撬动了从旧中国向现代中国转换的闸门。艾青的诗歌之所以感动无数人，是因为他眼中常含的不只是他一个人的泪水，而是苦难中国所有被侮辱与被损害的人的泪水，并由此发出了在祖国的土地上幸福生活的渴望——这是民族民主革命时期中国人民最深沉的精神诉求。歌剧《白毛女》之所以高歌一曲天下白，是因为它以高度艺术化的方式将“旧社会把人变成鬼，新社会把鬼变成人”的主题演绎到极致，因而成为嘹亮的革命号角。柳青的长篇小说《创业史》之所以成为社会主义文艺经典，是因为作家虽然写的是互助合作事业，却深刻地把握住了千百年来中国人对美好生活追求的艰难，并将之具象化，成为中国精神图谱最浓郁的底色，引发了普遍的共鸣。这样的作家作品还有不少，我们就不一一列举了。

不过，这里就涉及另一个重要的问题，即文艺家把握民族意识、时代精神的敏锐性与准确性。就像鲁迅谈到文艺与政治的关系时所说的，“文学家是感觉灵敏了一点，许多观念，文学家早感到了，社会还没感到”[①]。的确，这个“感觉灵敏”是文艺家区别于一般人的重要标志之一，或者说，是文艺家的基本素质之一。正因为如此，文艺家往往在“感觉灵敏”方面进行着竞争，感觉越灵敏的文艺家往往越能走在社会前面，走在时代前面，走在同侪前面，甚至成为开一代风气的大家，至少能“独领风骚”一段时间，并且凭此确立自己在文艺界的影响与地位。我们上面提到的文艺家，都堪称这方面的标志性人物。

笔者首先也是从这个角度出发，说柯岩是“新时期”文艺史上不容忽视的人物，也就是说，柯岩在“感觉”“新时期”的民族意识与时代精神方面，走在了社会前面，走在了时代前面，走在了绝大多数同行前面。为了说明这个问题，我们必须简要讨论一下“新时期”的民族意识与时代精神问题。关于这个问题，应该在两个维度上展开：一个是物质的维度，即中国革命解决了“站起来”的问题之后，发展经济，“富起来”就是社会主义建设要达成的基本目标，但由于种种原因，导致虽然社会主义建设进行了近三十年，我们的物质生活仍然很不宽裕，许多地方甚至还很贫困，也就是说，革命所承诺的美好生活的愿景还未能实现，因而“新时期”中国要解决的最大问题就是解放生产力，发展经济，其中的底线，就是解决人民的温饱问题。与这一物质方面的要求相呼应，“新时期”中国要解决的另一个急迫的问题就是精神贫乏的问题，也就是说，打

---

① 鲁迅：《文艺与政治的歧途——十二月二十一日在上海暨南大学讲》，载《鲁迅全集》第七卷，人民文学出版社 2005 年版，第 119 页。

破种种过时的、落后的清规戒律，让人民过上相对丰富的精神生活，拥有相对敞亮的情感与思想空间。

这恰恰是柯岩“新时期”以来文艺创作的核心主题，甚至是她唯一的主题。实际上，细读柯岩的作品就会发现，她的创作主旨就是她的一部长篇小说的标题：寻找回来的世界！是的，“寻找回来的世界”是理解柯岩创作的一个关键词，是打开其文艺世界的一把钥匙。更进一步，我们甚至可以说柯岩是用文艺的方式寻找“新时期”的人。而且，在这个方面，她的“感觉”比绝大多数文艺家都要敏锐，因而起动得也比绝大多数人早，取得的成绩也比绝大多数人好。柯岩最广为人知的作品应是政治抒情诗《周总理，你在哪里》。一看标题，就知道主题是“寻找”——寻找周总理以及他所代表的美好人格与世界。就像柯岩在回答自己为什么在诗中让周总理“永远居住在太阳升起的地方”时所说的，“因为太阳升起的地方最明亮，最壮观，最温暖……只要有太阳升起，就有高山河流，花就会开，草就会长，种子落地就会发芽……只要有太阳升起，人类就可以繁衍生息，创造历史文化……”[①] 这段话给我们描述的，正是一个理想的世界！实际上，这首诗之所以产生那么大的影响，得到那么多人的响应，除了中国人民对周总理的深厚感情外，还有更多深层次的原因，即周总理不仅象征着中国共产党人在漫长的革命中形成的一种高尚人格与珍贵品德，而且象征着中国共产党人在

---

① 柯岩：《关于〈周总理，你在哪里〉——在中南五省优秀教师会议上的讲话》，载陆华、童欣编《柯岩研究文集》中，大众文艺出版社 2009 年版，第 693 页。

漫长的革命中与中国人民形成的同心同德的鱼水关系，以及这种关系所内蕴的美好生活，因而寻找周总理就是寻找这种高尚人格与珍贵品德，寻找这种黄金关系，“寻找回来的世界”！

我们知道，这首诗写于周总理逝世后不久，1976 年 10 月青年艺术剧院就“以集体诗朗诵的形式，在大型晚会《英雄的十月》中首演。1977 年 1 月 8 日公开在《人民日报》、《北京日报》发表”[①]。我们还知道，刘心武的《班主任》和卢新华的《伤痕》是“伤痕文学”的代表作，并通常被看作“新时期文学”开端的标志，但这两篇作品，前者发表于 1977 年第 11 期的《人民文学》，后者发表于 1978 年 8 月 11 日的《文汇报》(上海)。我们并无扬此抑彼之意，只是想提醒大家，柯岩在对“新时期”民族意识和时代精神的感觉、表现方面，是远远走在前边的，甚至早于被视为“新时期文学”开端的代表作。而且，这首诗无论在思想性还是艺术性方面，水准都相当高。从这个角度看，《周总理，你在哪里》在“新时期”文艺史上应有一席之地。

不仅如此，柯岩在寻找“新时期”的过程中对许多问题的认识，比同时期的一些文艺家要辩证、深刻得多，表现也细腻、生动得多。《寻找回来的世界》是柯岩的长篇小说处女作，发表于 1983 年 10 月出版的《十月》长篇小说专刊第 1 期，群众出版社 1984 年 8 月推出了单行本。客观地看，这应该是“新时期”文艺的一

① 柯岩:《关于〈周总理，你在哪里〉——在中南五省优秀教师会议上的讲话》，载陆华、童欣编《柯岩研究文集》中，大众文艺出版社 2009 年版，第 694 页。

个重要收获，如果考虑到当时长篇小说创作数量有限的情况，则这部作品的重要性就进一步凸显出来。不过，与当时大多数作品主要反思“伤痕”不同，这部作品既以极大的力度在深广的社会空间中反思“伤痕”，又上下求索，倾情寻找——为失足少年寻找回来的世界，在更宽广的意义上，就是寻找未来。仅此一点，这部作品的见识就比同类题材作品高出一筹。

但笔者重点要谈的不是这个问题，而是作品为我们塑造了一些在当时应该不常见而后来却不能说少见的人物，即谢悦的母亲、继父和于倩倩的前男友。前者是一对政治投机主义者，在“文革”的极端年代，一个出卖了自己的丈夫、抛弃了自己的孩子，一个出卖了自己的老师——谢悦的父亲，走到了一起，当造反派，写大批判文章，呼风唤雨，风光无限，也害人不浅；可等到风向一转变，他们又迅速以新派人物自居，鼓吹极端个人主义、无政府主义，以继续呼风唤雨，立于时代潮头。好像无论时代怎么变，他们永远都是弄潮儿，永远拨弄别人的命运。对这样的人物，柯岩的认识很清楚。2000 年 5 月接受吴其南电话采访时，她提到一个有意味的词语——“油花子”。她说，“每一次运动，都有些来得快的人。我对这些人本来就有些看法，那时我经常下乡，常听老乡说，漂在水面上的都是油花子，每一次运动来时，最先涌现出来的都不是积极分子，而是这些油花子”[①]。访谈中，柯岩是在谈自己对“大跃进”的

① 吴其南：《柯岩访谈录》，载陆华、童欣编《柯岩研究文集》下，大众文艺出版社 2009 年版，第 1678 页。

认识过程时谈到的这个问题，但考虑到具体访谈时间，柯岩已久经考验，是个“老运动员”了，因而她这个反思就更有意味了。说到底，我们这个国家、社会之所以经历那么多挫折、磨难，原因有很多，但在笔者看来，在每次挫折、磨难中，这些“油花子”都发挥了极坏的作用——即使在今天，我们的生活中，恐怕也不乏这样的“油花子”吧？而柯岩 1983 年就在小说中塑造了这样的“油花子”的典型形象，虽然所占篇幅不多，而且多是侧面呈现，但给人的启示无疑是深刻的，这比一般的反思要深刻得多。

于倩倩的男朋友是一个极端的物质主义者、享乐主义者。因为于倩倩去工读学校工作，与他一味腾达的人生设计不同，就逐渐疏远、背弃于倩倩，很快投入人生的投机之中。为了满足自己的欲念，他不仅背着于倩倩与另外有背景的女性谈起了恋爱，而且偷偷地引诱于倩倩的学生宋小丽——一位正在“寻找回来的世界”中彷徨的美丽女生。当事情败露后，他竟然将怀了孕的宋小丽诱骗到城郊一处在建的楼房中，告诉她自己将带她到乡下去成家立业，而实际上是想等风头过去后骗她去打胎，在最坏的情况下，甚至铤而走险，杀人灭口。这是一种多么卑劣的人格！作家很会写细节，通过细节让我们见识人物的内心。当他移情别恋被于倩倩发现后，他很快就把于倩倩交给他准备结婚用品的存折送了回来，还附着一张账单。于倩倩和妈妈看后禁不住惊怒交加，“原来，他不但把他们共同买的那些物件，统统算在了倩倩账上，而且没有忘记他们几次因为赶不回来吃饭，在外边用餐的账目，没有忘记倩倩多吃的几个冰激凌，甚至，甚至还有那套打碎了的茶具”[①]。我们再通过于倩倩的眼睛看看他的衣柜：“一个彩色缤纷的世界骤然闯入眼帘，打翻了的调色盘不足以形容其色彩的斑驳：红的，绿的，紫的，蓝的，鲜黄，碧翠，乳白，银灰……互相交错叠印，而且夹金镶银。”[②]这些衣服，“还都是成套的：套服，套裙，旗袍，连衣裙，睡衣，寝服，晨装，晚服，甚至还有两套猎装……如果不是在电影上看过，小说里读过，倩倩简直会叫不出它们的名称”[③]。可怜于倩倩还以为这些衣服是给自己买的，其实那是他买给新欢的。读着这样的情节禁不住想：这也是用于倩倩存折上的钱买的吗？略微想想就知道，作家写这些五彩斑斓的衣物，是为了写人物油腻的内心。

“新时期”伊始，生活相对宽松，适度追求消费，是人之常情，可以理解，但像于倩倩前男友这样极端利己、油腻的物质主义者应该不多见，可这样的人对社会的危害却不容小觑，因为这是心灵腐败的开始，而一旦心灵腐败必然会带来社会腐败。后来柯岩又写了一部中篇小说《道是无情》集中讨论这个问题[④]。小说写一位聪明美丽的女大学生玉凤（上大学后因为“追求像风一样自由自在、轻

---

① 柯岩：《寻找回来的世界》，载《柯岩文集·第一卷·小说》，四川文艺出版社2009年版，第200页。

② 柯岩：《寻找回来的世界》，载《柯岩文集·第一卷·小说》，四川文艺出版社2009年版，第192页。

③ 柯岩：《寻找回来的世界》，载《柯岩文集·第一卷·小说》，四川文艺出版社2009年版，第192页。

④ 柯岩1989年冬完成初稿，1992年夏天定稿。两三年内修改这部小说，可见柯岩对这个问题的重视。

松愉快的心态”[①]而改为“如风”了）因为过度追求物质享受，被一帮活跃于海关的“倒爷”设了个圈套陷在里边，帮他们倒卖物资，差点做了他们的替死鬼。这就是说，当极端利己主义才刚刚露出苗头的时候，柯岩就已经敏锐地感觉到了，并用批判的笔触揭示出来，以引起疗救的注意。

之所以如此，是因为柯岩敏锐地认识到，如果不注意、解决这些问题，或许，我们永远也找不到回来的世界，即永远无法建设好“新时期”。正是对于建设“新时期”的强烈愿望，对于寻找回来的世界的高度责任感，使柯岩比绝大多数文艺家都看得远、看得深、看得细，看到了许多人看不到或者视而不见的人与事。比如，《他乡明月》中婚姻失意的紫薇被在美国创业的台湾富商精心设计圈套包养的故事，在20世纪90年代末以来的一个时期，在中国，特别是在东部沿海经济发达地区被以各种版本拷贝、上演、蔓延。在笔者看来，柯岩之所以写得那么痛心、那么焦灼、那么伤感，或许是因为她意识到了，如果不注意，这样的圈养人生一定会到处发生，带来种种悲剧、滑稽剧。想一想，这部小说构思于1986年，定稿于1990年，她的感觉是何其敏锐！而现在，当像于倩倩前男友那样的油腻男女穿行于大街小巷，当紫薇笼中鸟般的故事不时见诸媒体时，这更反衬出柯岩文艺感觉的敏锐与超前。

① 柯岩：《道是无情》，载《柯岩文集 · 第四卷 · 小说》，四川文艺出版社2009年版，第171页。

三

说柯岩是寻找“新时期”及其文艺的人，还表现在其寻找的强度与韧性上。柯岩不仅寻找“新时期”文艺，而且通过文艺的方式寻找“新时期”所急需的人物与品格。这鲜明地体现在她对文体的选择上。上文已提到，柯岩原来以写儿童诗闻名，她“归来”后发出的第一声，是政治抒情诗《周总理，你在哪里》，但很快，她就把报告文学作为自己的主要手段，而后又主攻小说，特别是长篇小说创作，以及电视剧创作，成为文艺界的多面手。关于这个问题，她自己有过解释，归纳起来看，原因有三：首先，她认为生活是文学的源泉，而生活又如此丰富多彩，“中国，我的祖国，她是这样的古老，又是这样的年轻，有着最崇高的美，也有令人十分愤怒和不能容忍的丑恶事物，生活中有这么多错综复杂的矛盾需要解决，有这样多的是非美丑需要明辨”，因而“单单使用任何一种文学样式就远远不够了”，“生活在多样化，反映生活的手段也应多样化”。[①] 也就是说，她怕浪费生活，所以选择了多样的笔法。其次，是为了文体融合，既拓展表现空间，又保持自己创作的新鲜度和形式感，即在柯岩看来，“文学的各种样式都有它的特点和长处”，“尝试着从各种样式中吸取长处，让它们互相作用、产生变化”，“是非常有趣的工作”，这样她“就可以在各种变化中表现自

---

① 柯岩:《在中美作家会议上的发言》，载陆华、童欣编《柯岩研究文集》中，大众文艺出版社 2009 年版，第 1164—1165 页。

己的特点，努力做到既不重复别人，也不重复自己”。[①] 但实际上，还有更重要、具体的原因，简言之，即柯岩对“新时期”之后的文学，特别是对“伤痕文学”有不同的看法，她曾坦言：“伤痕文学刚一热，我就向权威人士表示过疑惑。我说红军为什么要长征呢？因为白区损失了百分之百，红区也损失惨重，可我们的前辈并没有坐下来抚摸伤痕，而是‘掩埋了同志的尸体，揩干了身上的血迹，又继续前进了’。那为什么我们除了伤痕，就是伤痕，一时伤痕文学简直成了文学的主流，而不把注意力放到那些坚持斗争或保持沉默的人身上呢？”[②] 而且任由“伤痕文学”蔓延，会产生负面效应，会使人迎合，制造“准伤痕”乃至“假伤痕”，柯岩就曾提到过一个这样的短篇小说，“写姐弟二人，受迫害分手后，彼此不认识了，隔河通奸”[③]，柯岩通过细致的分析指出这样的写作很不真实，是迎合之作。进而言之，这样的作品多了，容易使本就迷惘的青年产生信仰危机，所以，“我想告诉他们，他们对生活看得过于简单片面，生活中有丑恶，但主要是光明，还是有许许多多好人，优秀的人，只不过好人不总是浮在表面，要深入下去，才能找到”[④]。面对这一

---

① 田心整理：《生命之树——柯岩答客问》，载顾志城、陆华、童欣编《柯岩研究文集》上，大众文艺出版社 2009 年版，第 623 页。

② 吴其南：《柯岩访谈录》，载陆华、童欣编《柯岩研究文集》下，大众文艺出版社 2009 年版，第 1682 页。

③ 吴其南：《柯岩访谈录》，载陆华、童欣编《柯岩研究文集》下，大众文艺出版社 2009 年版，第 1684 页。

④ 吴其南：《柯岩访谈录》，载陆华、童欣编《柯岩研究文集》下，大众文艺出版社 2009 年版，第 1682 页。

任务，诗歌，尤其是儿童诗难以胜任，正巧《人民文学》约稿，她就写起了报告文学。

现在看来，柯岩对“伤痕文学”的认识有其深刻的一面，但在当时这不仅是石破天惊之语，甚至是违逆潮流、冒天下之大不韪的言行。因此，有必要就此多说几句。正如人体一样，社会也可被视为有机体，经历了一路的跋涉，备受挫折、磨难，特别是经历了“文革”的严酷伤害之后，中国社会犹如任何一个正常人一样，需要正视自己的伤口，舔舐自己的伤口，需要战栗，需要哭泣，需要抚摸，甚至需要挣扎，需要嘶叫，以缓解疲劳、疼痛，特别是纠正这疲劳、疼痛带来的心灵的扭结，对这样的行为当然不能简单地批评为“缺德”[①]。但我们同样也不要忘记，一个人受了伤，如果不是在哭喊后尽快包扎伤口，积极疗救，而是一味地哭喊，这对他的身心肯定也没什么好处。人是这样，社会也是这样。明白了这个道理，就能理解柯岩的苦心：她是要用自己的报告文学创作为中国的“新时期”寻找最需要的人！没有这样的人，中国的“新时期”恐怕仍会遥遥无期，甚至半途而废。

这清楚地体现在她的报告文学所选择的对象身上。《奇异的书简》写的是“文革”期间，两位科学家陆琰与罗辽复为了祖国的科技发展，冲破障碍，鸿雁传书，探讨科技问题，前前后后共写了两

① “伤痕文学”出现后，就有争论，其中李剑的文章《“歌德”与“缺德”》(《河北文艺》1979 年第 6 期）因为批评“伤痕文学”“缺德”，且用语过激，曾引起极大的争议，甚至成为社会关注的公共事件。

千多封信。看着这些“奇异的书简”，我们不能不反思“文革”给我们带来的“伤痕”，但我们却同样不能不为这两位科学家的顽强意志和科学精神所感动，想像他们一样，迅速投入“新时期”的科技事业中去。《船长》写的是远洋航行的“汉川号”船长贝汉廷，他是多么的可敬呀！是他带领自己的团队以严谨的工作精神、高超的业务能力使一向有条不紊、按部就班、如乐队演奏般稳定的汉堡港改变了自己的节奏。大家都来参观“汉川号”，因为他们的装载技术国际一流，堪称艺术。是他用诚意和产品质量说服、打动了伦敦港的工人，使他们改变规定，“凡是挂着五星红旗的船上的滑石粉，只要包装不破，伦敦港一律管卸”[①]。是他发现了我们从国外购买的船质量有问题，并找出症结所在，使卖方返修，而且返修的不只是他使用的这条船，而是一同购买的四条船……但就是这样“第一流的头脑，外加一副铁腕”[②]的人物，“文革”期间也难逃厄运。读着这样的文字，我们不能不反思“文革”给我们带来的“伤痕”，但我们却同样不能不为贝汉廷的人格和精神所感动，所振奋。《美的追求者》写的是画家韩美林的故事，“文革”期间他吃了多少苦、受了多少罪呀，腿被压断了，筋被勒折了，被关了四年零七个月，可即使如此，他仍然相信未来，就是在监狱里也没有忘记“回想他生活中一切美好的事物”，没有忘记“追求任何一个美好的形

---

① 柯岩：《船长》，载《柯岩文集 · 第六卷 · 报告文学　散文》，四川文艺出版社 2009 年版，第 44 页。

② 柯岩：《船长》，载《柯岩文集 · 第六卷 · 报告文学　散文》，四川文艺出版社 2009 年版，第 47 页。

象”。[①] 大概就是因为这样，他才能够一恢复自由就继续从事美的事业吧。看了这样的遭际，我们不能不反思“文革”给我们带来的“伤痕”，但我们却同样不能不为韩美林对美的执念、对美的固守所感动，想与他一样，创造美，捍卫美，让我们的生活变得美一些，再美一些。《葡萄承认》写的是从 20 世纪 50 年代开始就扎根吐鲁番的农业科技工作者王惠珠，她走到哪里，哪里的葡萄就增产，“乡亲们传说这个姑娘有魔法呢，只要这姑娘的手指一指，葡萄就会增产”[②]。可即使在偏远的边疆地区，她也没能逃脱被批斗的厄运，而且由于生性耿直，在柯岩采访她的 1984 年，她的状况仍然不怎么好，可当柯岩劝她跟人搞好团结时，她竟然回答：其实我也并不是非要他们承认不可，我要求很少，只要“葡萄承认就行了”[③]。多么朴素的人物，多么朴素的道理！想着这句话，我们不能不反思“文革”给我们带来的“伤痕”，但我们却同样不能不为王惠珠所感动——是呀，只要“葡萄承认”，只要我们的事业承认，只要人民承认，就足够了，因为这才是最平凡也最伟大的承认。

但很快，报告文学这一文艺的“轻骑兵”也无法满足柯岩的需要了，无法容纳柯岩面对、思考的现实了，她必须选择新的文艺形

---

① 柯岩：《美的追求者》，载《柯岩文集 · 第六卷 · 报告文学　散文》，四川文艺出版社 2009 年版，第 89—90 页。

② 柯岩：《葡萄承认》，载《柯岩文集 · 第六卷 · 报告文学　散文》，四川文艺出版社 2009 年版，第 152 页。

③ 柯岩：《葡萄承认》，载《柯岩文集 · 第六卷 · 报告文学　散文》，四川文艺出版社 2009 年版，第 156 页。

式：小说，尤其是长篇小说。在回答读者对自己第一部长篇小说《寻找回来的世界》所涉时空过于宽广，特别是涉及“文革”后路线斗争的内容是否妥当的疑问时，柯岩明确地回答，这不仅不是这部小说的缺点，反而是这部小说的优点，“恰恰因为它没有囿于学校这一个小圈子，就学校写学校，就教育写教育”，“这本书之所以还有一点与众不同之处，还有一点深度的话，就因为它把青少年犯罪放在了一个世界性问题的高度和广度上，指出了它的规律性。这当然就不可能离开产生这些故事、人物、情景、情节的时代和大环境，不可能脱离整个社会和党内的斗争了”。[①] 柯岩这是夫子自道，个中缘由，她如鱼饮水，冷暖自知。我们上文已约略提及，“新时期”伊始，人们主要在对极左政策，特别是在对“文革”的反思中纠正偏向，寻找未来，但很快反思范围就进一步扩大，不仅新中国成立后的历史，就是中国革命乃至辛亥革命也都被纳入反思之中，与之相对应，革命文艺甚至也成为应该被反思甚至抛弃的东西，因为它们是非文艺乃至反文艺的，而且到后来，连以鲁迅为代表的“五四新文艺”，特别是“左翼文艺”也成为被反思的对象。这种反思并未局限在文艺界，而是成为一种社会思潮，影响很大。客观地讲，忽视人的多样性，忽视人的需求的多样性，过于整齐划一，过于强求一律，甚至以理想、信仰、道德等的名义进行思想和情感控制，必然会使理想、信仰、道德（其实是伪理想、信仰、道德）贬

① 吴其南：《柯岩访谈录》，载陆华、童欣编《柯岩研究文集》下，大众文艺出版社 2009 年版，第 1687 页。

值，必然会引起强烈的反感、反拨、反弹。民主、自由在“新时期”那么迷人，成为潮流，就是因为它们内蕴的理想、信仰、道德焕发出的绚烂光彩。但必须指出的是，进入 20 世纪 80 年代中后期，我们的反思在取得了极大进展的同时，也确实在一定程度上犯了如鲁迅所说的泼洗澡水泼掉孩子的错误，而且随着改革开放大门的打开，欧美的一些思想观念随着现代化商品一起进入中国，给人以五色目迷、五音乱耳之感，这让中国何去何从重新成为问题。

在这种情况下，柯岩要想寻找“新时期”可就没有那么容易了，她不仅要清理极左时代的遗存物——有时候影响还很强大，还要捡回来并照顾那些被泼洗澡水泼掉的孩子——这是多么可惜的事情呀，更要观察这种种新思旧想发展的动态，窥察其走向——我们在上文分析《寻找回来的世界》时已经提到过，柯岩之所以塑造谢悦的母亲和继父、于倩倩的前男友等人物就是为了回答这个问题。这样，柯岩就不得不面对社会主义文艺的核心理论命题——社会主义新人问题，以之回答新时期提出的新问题。这样，她就不得不在更加广阔的时空中思考这个问题。而这就是柯岩的小说创作，特别是长篇小说创作的重要意义之所在。在《寻找回来的世界》中，柯岩就是在比较宽广的时空中，因而也是在比较复杂的社会网络中，特别是在与迟威、薛人凤、谢悦的母亲和继父、于倩倩前男友等反面人物的反复较量中，塑造了徐问、黄树林、吴家驹、于倩倩这样的社会主义新人形象，以及在他们教育、引导下正在回来的世界上或快或慢，但一律往前走着的谢悦、向秀儿等学生们。还是丁玲厉害！她给柯岩的通信虽然不长，却一下子就抓住了这部小说的本质，即这部小说是写社会主义新人的，而且明确指出什么样的人才是社会主义新人："我听到有人曾经对某些作品评论，好像只要主人公勤于职守，毫无怨言，默默无闻，就认为是社会主义新人。我不以为然。我只认为那是正派人，是好人，是可以同情的人，是说明我们社会主义还有缺点，但这不是社会主义新人。社会主义新人是有自觉的人，并不只是能忍受一时痛苦，而是明知有牺牲也甘心愿意去受苦的人，是认为应该为人民服务，无所谓牺牲，不怕受委屈的人。"① 而且正是因为《寻找回来的世界》塑造了一系列社会主义新人，丁玲才盛赞这是一本有"气派"的书。

诚如丁玲所言，社会主义新人不一定是完美无缺的人，但一定得是自觉的人——自觉追求理想、信仰的人，自觉追求真理、克服自身缺点的人，自觉投身于社会主义建设事业的人。可以说，这是柯岩长篇小说创作一以贯之的主题，也是她对"新时期"及其文艺的最大贡献。她的最后一部长篇小说《CA 俱乐部》由于关注癌症病人群体，特别是其主题、人物与其发表于《北京文学》1982 年第 7 期的报告文学《癌症≠死亡》高度一致，因而一般读者往往在抗癌的意义上解读这部作品，但其实往深处看，这部小说之所以感动那么多人，发挥了那么积极的作用，特别是对癌症病人及其亲属而言，是因为作家将抗癌这一捍卫生命的行动与捍卫理想、信仰的行动紧密地联系了起来，或者说，正是因为信仰、理想的支撑才

---

① 《丁玲致柯岩》，载陆华、童欣编《柯岩研究文集》中，大众文艺出版社 2009 年版，第 767 页。

使那些病人能正确地面对疾病，捍卫生命。表面上看，抗癌明星柴禾和自美国归来向他求助的嫦娥之间的情感故事是这部小说的主线，但实际上，柴禾和发妻胜利的故事才是这部小说真正的主线，因为他们的爱情故事同时就是信仰故事，正是因为情感与信仰水乳交融，他们才能克服重重困难，走到一起，爱在一起，在一起的时候相濡以沫，而胜利去世前又希望柴禾对她能相忘于江湖，而柴禾却对她心心念念，始终不能忘怀。更重要的是，正因为他们是有信仰的人，是社会主义新人，他们才能把自己从生命中凝结的美好情感、生存经验，把自己的光和热传递给需要的人，甚至舍己为人。也因此，我们才能在柴禾身后看到丽月、小江、闵惠芬、小郭以及远在美国的小托尼（嫦娥的儿子）等抗癌先锋——这既是健康的传递，更是信仰的传递！明白了这一点，我们才能理解柴禾为什么最终拒绝了嫦娥的爱，尽管这是一份青梅竹马的感情，一份迟来的感情，因而格外弥足珍贵的感情——他要把美好的生活和情感，而不是痛苦留给她。我们也才能理解他留给嫦娥的遗言中的这句话：“而我，也不曾辜负你们对我的爱。因为我从小到大，无论处在何等境地，从未背叛过我的人生理想：为人类彻底的解放而奉献自己的一切。”[①] 这明明白白地告诉我们：这不仅仅是爱的宣言，也是信仰的宣言呀！

---

① 柯岩：《CA 俱乐部》，载《柯岩文集 · 第三卷 · 小说》，四川文艺出版社 2009 年版，第 360 页。

图 8-2 柯岩《他乡明月》书影

柯岩的另一部长篇小说《他乡明月》，由于写的是“中国人在美国”的故事，无法直接涉及信仰问题，但小说的主题却始终围绕着自我的成长、成熟，即如何找回自我，如何建立自我的主体性展开，因而，在一定程度上，也可被视为理想、信仰的美丽回声，因为一个没有理想、信仰的人永远是一个无根的人，一个随风飘荡的人，一个容易为不幸所捕捉的人。实际上，朵拉与紫薇之所以误入歧途，试图通过“洋插队”的方式摆脱人生困境，固然有旧体制桎梏的原因，但也不能说没有她们太过单纯、幼稚，即没有理想、信仰支撑的原因，以为可以一嫁了之，一出国解千愁。特别是紫薇，她原本拥有一份美好的爱情，可就是因为对朵拉的依赖，也因为对美国的向往，使她轻率地放弃了。也因此，她们在美国历尽千难万险，找回自我，找回正确的人生道路就格外感人，也格外有启示意义。朵拉原本就较有主见，经历了错误的婚姻后，逆势而起，终于学业、事业都小有成就，也终于迎来了真正的爱情——尽管还要通过艰难的考验，她给周峻“改抄”的歌词《母亲的河》重新谱曲、演唱，表达的可不只是她一个人的心声：

茫茫世界上
有千条万条河
只有一条——
贯通我全身的血脉。

她带着我
故乡泥土的芳香；
她用乡音向我诉说
人民的嘱托。

啊，故乡的河，
母亲的河——
她日日夜夜
对我歌唱。

她能给怯懦者
以坚强；
也能给勤奋者
以收获。

只要你梦里
能枕着她的波涛睡呀，
生生啊那个死死——
都有了着落……[①]

而且，在这样的歌声中，我们感受到的不仅是故乡的呼唤、亲情的呼唤，而且是祖国的呼唤，甚至就是理想和信仰的呼唤。正是这深沉的呼唤唤醒了朵拉，让她更勇敢地直面生活，更强劲地成长。那一向优柔，连爱情和婚姻都是好友朵拉帮她决定，到了美国后又因没有主见、精神空虚被大卫引诱，离弃丈夫，堕入温柔乡，而后发现这温柔乡不过是一场骗局之后百无聊赖的紫薇，又何尝不是在这样的召唤下一步步成长，一步步找回自我，一步步寻找回来世界的呢？而且，由于她的寻找更加艰难，更加一波三折，更加血泪交织，因而也就更加感人。在小说结尾，当我们听到她告诉朵

① 柯岩：《他乡明月》，载《柯岩文集 · 第二卷 · 小说》，四川文艺出版社 2009 年版，第 294—295 页。

拉“我只是——想自己独立起来罢了”[1]时，禁不住长长地舒了一口气：这个一向优柔的女子终于在生活的风吹雨打之中长大了，她一定会寻到回来的世界。

需要补充说明的是，为了达成自己的文学抱负，柯岩不仅写作长篇小说，而且长驱直入，突进到电视剧写作领域——考虑到电视剧很快将代替小说成为新世纪的公共文本，这是多么有远见的做法呀！她的长篇小说《寻找回来的世界》就被改编成电视剧，产生了极大的影响。后来，当20世纪90年代一些不健康的社会思潮渗透进教育领域，师德师风等面临严峻考验时，她又创作了电视剧本《仅次于上帝的人》(播出时改名为《红蜻蜓》)，单刀直入，讨论信仰、理想、道德问题。由于片头的那段对话那么诗意，那么美丽，又那么直白，那么坚定，很能显现柯岩的忧患意识及其性格、信仰与美学，因而笔者摘录如下：

> 丈夫：(粗重的男声，在静夜里显得格外响)“该睡了，还不睡吗？全城都睡了。”
>
> 女人：“总得有人醒着。”
>
> 女人站起来，抱起在床上已睡熟的儿子，把他放进作为他睡处的壁橱。恰在此时，灯熄了。
>
> 丈夫笑了起来：“停电了，真黑呀！这回可没法干了吧？”

---

① 柯岩：《他乡明月》，载《柯岩文集·第二卷·小说》，四川文艺出版社2009年版，第406页。

女人划亮火柴，点燃一支蜡烛，也微微笑着说：“越黑——就越需要光明。”

丈夫：“就你这一支小小的蜡烛，能支撑多久？”

女人：“怎么会只是一支呢？光亮从来是互相照耀的。”

就像呼应一样，对面黑洞洞的楼群里错落地亮起一支支烛光，黑魆魆的长夜顿时有了生气。

满天星斗，突然飞过一两颗流星。

地上点点的烛光，突然也像流星一样奔驰，划过黑夜，慢慢地聚集到一起，组成各种美丽极了的蜡烛图案，燃烧着，每一支蜡烛都似乎是熊熊的火炬。

与此同时，画外音：

丈夫：“唉，你呀——没听见时下最流行的一句话么：‘人人为自己，只有上帝为大家’。”

女人挺起身来，眼睛辉映着烛光，悠悠地说：“那我就是——仅次于上帝的人！”①

这哪里是电视剧本，简直是一首唯美的抒情诗！而且，这简短的对话中包含着多么丰富的信息呀，似乎一切都在旋转、迷失、沉降，唯独这位“仅次于上帝的人”冷静、坚定、执着，虽千万人吾往矣！这段对话，是对柯岩创作主题最好的说明，也是对她人生的最佳注释。

---

① 柯岩：《仅次于上帝的人》，载《柯岩文集 · 第九卷 · 戏剧　影视》，四川文艺出版社2009年版，第2—3页。

四

我们说柯岩是寻找“新时期”及其文艺的人，在“新时期”文艺史上具有不容忽视的重要性，论述到这里，我们需要回答一个最核心的问题了，即与“新时期”其他文艺家相比，柯岩的独特性体现在什么地方，或者说，她对“新时期”文艺做了什么样的独特贡献？毕竟，诚如别林斯基所言，我们“得把某一作家的全部活动范围加以探讨，断定他对于同时代人及后代的影响的程度，分析他的作品的总的精神，而不是其局部的美点或缺点，考虑他的生活环境，以便知道他是不是可以比自己做得更好，并且说明他为什么这样做，而不是那样做；把这一切加以考虑之后，就可以断定他应该在文坛上占据怎样的位置，应该享有怎样的名望”[①]。而这主要靠其独特性来判断。

柯岩创作最鲜明的特点，或者说，其最独特的品格，就在于其实践性。这是马克思主义关于文艺的基本观点，马克思主义经典作家无不强调这一点，比如，在谈到“绝对的批判”时，马克思和恩格斯就明确强调，“想要站起来，仅仅在思想中站起来，而让用思想所无法摆脱的那种现实的、感性的枷锁依然套在现实的、感性的

① ［俄］别林斯基：《文学的幻想》，载《别林斯基选集》第一卷，满涛译，上海译文出版社 1979 年版，第 36 页。

头上，那是不够的”[①]。这就是说，要想实现精神的解放，必须经过物质的解放。这一要求，对于马克思主义文艺来说尤为重要，文艺不仅要让人在精神世界、理念世界中站立起来，而且要在物质世界、感性世界中站立起来，即文艺不仅是认识世界的重要手段，也是改造世界的重要手段，至少，要让人认识到这种改造的必要性、重要性，萌生改造的冲动。这一理论在中国现代文艺，特别是革命文艺中得到了长足发展，或者说，虽然始终有“为人生”和“为艺术”的争论，但中国现代文艺的主潮却始终是“为人生”的，因而在改造人生、改良社会方面发挥了重要作用。鲁迅坦陈自己之所以从事新文艺，就是为了“听将令”，就是为了“肩住了黑暗的闸门”放“孩子们”到“宽阔光明的地方去”，“此后幸福的度日，合理的做人”。[②]这对于我们的启示是极深刻的。这一“为人生”的理念在革命文艺中得到普及、升华，文艺工作成为中国革命中极其重要的一翼，只要想一想《黄河大合唱》《白毛女》等经典作品在民族民主革命中产生的深远影响，这个问题就无须多论。

然而，物极必反，由于新中国成立后，在社会主义建设过程中，文艺工作时时遭遇来自政治以及具体政策的干扰，产生一些冤假错案，特别是经历了“文革”的严重挫伤之后，许多文艺工作者

---

① ［德］马克思、恩格斯：《神圣家族，或对批判的批判所做的批判 驳布鲁诺·鲍威尔及其伙伴（节选）》，载中共中央马克思恩格斯列宁斯大林著作编译局编译《马克思恩格斯文集》第一卷，人民出版社 2009 年版，第 288 页。

② 鲁迅：《我们现在怎样做父亲》，载《鲁迅全集》第一卷，人民文学出版社 2005 年版，第 135 页。

对文艺与政治的关系、文艺与现实的关系，进而对文艺的实践功能心生疑惧，所以“新时期”之后不久，在愈演愈烈的现代、后现代转向中，去政治化、去现实化，进而回避文艺的实践功能在文艺领域渐成潮流，文艺的视域越来越收缩，功能越来越单一，力量越来越弱小，甚至成为文艺家的心灵独语。就是在这样的过程中，文艺的实践性被让渡出去了。关于这个问题，有必要多说一句，即如果文艺为错误的观念所控制，其实践性往往带来伤害性后果，但如果文艺中活跃的是正确的观念，那它带给我们的自然也是有益的成果。可惜的是，由于一朝被蛇咬十年怕井绳，“新时期”以来的文艺家很少有人思考这个问题，以为只要不想，这个问题就会自动消失了似的。实际上，这种让渡是极其片面的，或者说，是犬儒的表现——如果我们能够让正确的观念在文艺中开花结果，芬芳生活，我们又有什么理由不这样做呢？简言之，90 年代以后，我们的文艺——主要是以精英自居的“纯文艺”——越来越不及物了，更别说改良人生、改造社会了，就连传统民间文艺中“劝善戒恶”的实践性也少之又少。但实践性问题却从未消失，而只是换了个舞台继续表演，且惟妙惟肖、活灵活现。是的，笔者指的是广告。现在的广告“文学性”可真强，“实践性”也真强。不过，尽管千音万调，喊的却是同一个字：买！买！买！换句话说，被文学主动让渡的“实践性”被资本当作宝贝捡去了，而且千方百计地给它穿上“文艺”的外衣，让它看起来千姿百态、千娇百媚，因而好把人内心各种各样的欲望呼唤出来。值得一提的是，在“严肃文学”退化为“纯文学”的过程中，消费主义文艺趁机兴起，对人的感官、欲望、身体的调动也不无行动性，即使最低调的，也充满了各种花招、暗示、诱惑。在这样的现状面前，我们多么想念那有益于人生社会、世道人心的文艺！当然，这样的文艺一定要如浮士德所说的那样，有“发自心灵”的“真情实感”，并且“以充满原始力量的快意去打动所有听众的心”。①

柯岩就是这么做的。当一批又一批文艺家从文艺的实践领域撤退时——里边有不少人，曾经是革命文艺的践行者，甚至是佼佼者，她却逆流而上，满腔热情地投入火热的生活中，投入实践中，从中汲取营养，创作出一部部充满生活实感、生命感悟，因而产生了深远影响的作品。我们知道，《寻找回来的世界》就是柯岩深入生活的成果。早在 1955 年，北京成立第一所工读学校时，她便以“一个青年教师”的身份深入工读学校生活了将近两年，当她因工作需要返回原单位后，学生们还常常想念她，以为她出差了，或者调离了。可以说，那时她对这种生活已经很熟悉了，可她“苦思冥想，多次结构，却始终未能成书”②。“文革”结束后，工读学校恢复，她再次去深入生活，“那正是十一届三中全会前那一段新旧杂陈、徘徊与奋进彼此交叉、互相渗透的日子”，这时，“新的生活，旧的记忆，人物命运的悲欢离合才以一种全新的面貌呈现在我的眼

---

① ［德］歌德：《浮士德》，绿原译，人民文学出版社 1994 年版，第 17 页。结合上下文看，这里“充满原始力量的快意”应指不要粘贴拼凑别人的观点，而是要诚心诚意地对待读者，用诚实、正确、朴素的见解打动人。

② 柯岩：《失落与追求》，载《柯岩文集 · 第一卷 · 小说》，四川文艺出版社 2009 年版，第 364—365 页。

前，才和我们整个的社会生活，和祖国的历史与前途紧密地结合起来，使我更清晰地听出历史的脚步，看见新时代的光辉”。[①] 也就是说，只有到这时，她才真正地理解了生活的意义，因而才能够拿起笔，一气呵成，完成创作。通过这部小说的创作过程我们就可以看出，柯岩是为了推动“新时期”向前发展才“朝花夕拾”的，也正是因为她为这一题材灌注了鲜活的时代精神，才使这一题材焕发出了崭新的光彩，产生了深远的影响。

这部作品于 1983 年由中央人民广播电台《文学之窗》节目播出，1986 年又被改编成 12 集电视连续剧在中央电视台播映，更是插上了翅膀，飞入千家万户，产生了深远的影响。比如，贵州有机厂的魏德全就给《文学之窗》节目写信，说《寻找回来的世界》是“社会主义新中国的教育史诗”，是“净化灵魂的东西”。[②] 山东听众刘淑梅是一位 22 岁的少女，因高考失败，她的“心一下子凉了半截”，“从此不再幻想啦”，但她认为：柯岩《寻找回来的世界》“就像一股春风温暖了我的心，点燃了我青春的火花，我决心从现在开始，把丢失的世界寻找回来”。[③] 南昌听众吴可意刚刚从江西师范大学毕业，听了《寻找回来的世界》“得益匪浅”，因为从

---

① 柯岩：《失落与追求》，载《柯岩文集 · 第一卷 · 小说》，四川文艺出版社 2009 年版，第 365 页。

② 叶子：《文学之窗》，载陆华、童欣编《柯岩研究文集》中，大众文艺出版社 2009 年版，第 697 页。

③ 叶子：《文学之窗》，载陆华、童欣编《柯岩研究文集》中，大众文艺出版社 2009 年版，第 698 页。

中“学到了很多处理一些后进生中出现的意外情况的办法”。[①]北京一零一中学的沈健同学看了电视剧《寻找回来的世界》后写信说：“以前，我觉得社会是冷冰冰的，不会有大家庭般的温暖，可是从这里，我却幸福地同谢悦、向秀儿……他们共享了徐校长、黄老师、于老师的关怀之情。什么是新型的人际关系，什么是人的尊严，什么是人与人之间能体现的温暖，什么是真、善、美，这部剧都揭示得生动、具体而又不教条。”[②]北京丰盛中学高一学生黄然也说：《寻找回来的世界》“教我更热爱生活，爱生活中善良的人们，它使我懂得珍惜我‘尚未失去的世界’”[③]。这样的来信还有很多。读着这些真情洋溢，散发着光和热的文字，笔者禁不住感慨：这是多么美好的力量呀！难怪有教育工作者将柯岩的作品称为“放心文学”，并呼吁中国的文艺家多为孩子们创作这样的作品，而非“拳头加枕头”的作品。[④]想想现在的一些所谓名家创作的作品里边充斥着色情与暴力，越来越多的读者不满，不禁发出了这些作家敢不敢把自己的作品给自己的孩子们看的追问，柯岩的创作是多么的独特，又是多么的可贵呀！

---

① 叶子：《文学之窗》，载陆华、童欣编《柯岩研究文集》中，大众文艺出版社 2009 年版，第 701 页。

② 《北京观众来信谈〈寻找回来的世界〉》，载陆华、童欣编《柯岩研究文集》中，大众文艺出版社 2009 年版，第 720 页。

③ 《北京观众来信谈〈寻找回来的世界〉》，载陆华、童欣编《柯岩研究文集》中，大众文艺出版社 2009 年版，第 724 页。

④ 参见冉乃彦《呼唤放心文学》，载顾志城、陆华、童欣编《柯岩研究文集》上，大众文艺出版社 2009 年版，第 49—53 页。

柯岩的另外两部充分体现其实践品格的代表作是报告文学《癌症≠死亡》和长篇小说《CA俱乐部》。这两部作品可以说是柯岩住院的“意外收获”：1981年，她身体不适，怀疑是癌症，在医院癌病区里待了一年，后来排除了，但就是这一年的经历，使她“接触到了很多生离和死别、痛苦与折磨”，使她“能进一步地透视人生”，使她有许多“无限感动的故事要向人们讲述”，用她自己更形象的说法来说就是，她在这些癌症病人中发现了无数精神英雄——中国的海伦·凯勒，她要把他们的事迹讲述出来，[①] 用他们的事迹鼓舞癌症病人，鼓舞所有生病的人，甚至鼓舞所有的中国人，尤其是代表未来的年轻人，正确地面对生命、生活、生存，走好人生的每一步路。[②] 正是由于这样的似火芳心，使她的这两部作品一出来，就感动了无数读者的心，特别是给无数癌症患者燃起了希望的

---

① 陈潇：《与抗癌勇士并肩作战的女作家柯岩》，载陆华、童欣编《柯岩研究文集》中，大众文艺出版社2009年版，第988页。

② 参见柯岩《我写〈CA俱乐部〉》，载《柯岩文集·第三卷·小说》，四川文艺出版社2009年，第417—418页。在这篇创作谈中，在回答自己为什么写作这部作品、是为了谁写作这部作品时，柯岩直言：“也许，你们想不到的，我是为了你们，我的广大的年轻的朋友们”，“因为看一个国家的未来是什么样子，很重要的一点是要看她青年一代的精神面貌是什么样子，看她年长一代在用什么意识形态教育他们”，因此，“如果这本小书里凄美的爱情故事能吸引你们的目光，故事里主人公们曲折的生活道路，面对艰难险阻一往无前的勇气，享受痛苦并超越痛苦的智慧，临终前还要用自己最后的生命之火，为后来者点燃指路明灯的博大胸襟……能令你们动容，愿意把他们当做自己人生的参照系，从而也能找到快乐生活下去的秘密的话，那才是我写作《CA俱乐部》的初衷；也才是我，一个写书人，无与伦比的幸福啊！”考虑到柯岩写作《CA俱乐部》时，已是76岁高龄，且诸病缠身，她的这段话可谓杜鹃啼血，至真至善，句句动情，字字感人。

火把，走上正确面对、治疗癌症的道路，并鼓舞许多癌症患者把这希望的火把传递下去，比如，李英伟就发愿带着《癌症≠死亡》和《CA俱乐部》这两本书和康复了的病友一起，“骑着自行车走遍胶东半岛、走遍山东的每一个角落，把这两本书送到正在病床上挣扎的癌症病友的手中，把柯岩老师这盏希望的‘灯’送到每一位病友心里……把‘抗癌明星’们那不屈的精神、不死的信念，以及他们用生命总结出来的这条具有中国特色的群体抗癌、综合治疗的道路，向更多的人、向更远的地方传播出去”[①]。且不谈柯岩教育、引领年轻人的宏愿，仅就这两部作品在病人中引起的反响来看，我们就可以说这是件功德无量的事。这给中国“新时期”文学，甚至给整个中国文学带来的启示也是极其深刻的：这是真正救苦救难的文学呀！[②]这样的文学真的是太少了，尤其是“新时期”以来。

与实践性相关，柯岩文艺创作的另一个显著特征就是其公共性。这仍然与“新时期”以来的文艺转向有关，即由于担心政治等对于文艺的干预，“新时期”之后不久，文艺就开始“向内转”，开始对“传统的美学观念常常表现出一种不驯服的姿态”，开始“不屑于做时代精神的号筒，也不屑于表现自我感情世界以外的丰功伟绩”，开始“回避去写那些我们习惯了的人物的经历、英勇的斗争

① 李英伟：《一篇不死的宣言》，载陆华、童欣编《柯岩研究文集》中，大众文艺出版社2009年版，第1010页。

② 祝东力于2021年10月21日在“柯岩逝世十周年追思暨学术座谈会”上的发言中的观点。

和忘我的劳动的场景”，“不是直接去赞美生活，而是追求生活溶解在心灵中的秘密”。[①] 这种“新的美学原则”流行之后，我们的文艺越来越远离现实，越来越远离公共问题，越来越变成情绪的自我表达，甚至变成内分泌的自我流淌。

这个问题仍然需要一辩。当公共议题笼罩整个社会，笼罩文艺空间，变成了对个人情感、心灵空间的遮蔽乃至压抑时，个性话语的追求、个人的心灵呼喊、个体情绪的表达，乃至个人欲求的表现，都是可以理解的，因为在这种情况下，这些看似“个体”的话语其实已不再是“个体”的了，反而具有相当的公共性，甚至就是公共情绪的表达。说句实在话，当时“三个崛起”看似不那么严谨的表述之所以引起那么大的反响和同情，一个重要的原因就是他们站在了公共情绪一边。但问题在于，当个人主义盛行，成为流行情绪、潜意识之后，甚至遮蔽、压抑了公共空间，那么，特定情形下为公众所厌弃、远离的公共议题的重要性，特别是理想、信仰、道德等公共议题的重要性，换句话说，“外部空间”的重要性就会再次凸显。社会和文艺也如自然一样，就是在这样的风雨、阴晴中保持着自身的和谐与稳定的。况且，说到底，哪里又有泾渭分明的“外部空间”和“内部空间”呢？一切优秀的文艺作品无不是贯通内外两个世界的，无不是在这两个世界中给人以启迪，给人以感动，给人以升华的。否则，就难言优秀！

---

① 孙绍振：《新的美学原则在崛起》，载中国作家协会、诗刊社编《中国新诗百年志·理论卷·下》，中国工人出版社 2017 年版，第 22—23 页。

柯岩的创作在“新时期”的独特性就这样凸显出来。当绝大多数文艺家告别宏大叙事，告别纷繁现实，告别理想信仰，一味追求“溶解在心灵中的秘密”时，她却毅然决然地关注公共议题，关注社会民生，为“新时期”文艺保留了一片难得的公共领地——想一想，如果几十年的“新时期”文艺史上都是个人情绪、欲望的呼唤与细语的话，又该是多么的单调、乏味呀，特别是我们的个人主义叙事佳作极少。而且，就像我们上文所说的，柯岩的创作绝非单纯地关注“外部世界”而不关注人的“内在世界”。她的《寻找回来的世界》之所以被誉为“教育诗”，不就是因为她在宏阔的社会时空中关注了人的心灵成长吗？她的《他乡明月》之所以那么感人，不就是因为她在中美文化比较中把朵拉和紫薇心灵成长的历程如心电图一样精细地描画出来了吗？她的《CA 俱乐部》之所以产生了那么大的感染力，不就是因为她把自己对祖国对未来的忧患与爱灌注到“抗癌明星”的事迹中吗？不也正因为如此，才使她的文字具有了穿越心灵壁垒的无形力量吗？

最后，需要略微提及的是，柯岩“新时期”创作的独特性还表现在她辩证的叙事态度上。通读柯岩的作品，就会发现，她对“左”的错误的批判如果不是强于“新时期”以来的绝大多数文艺家的话，那至少也不比他们中的哪一位差，即使是“伤痕文学”的代表性作家。但柯岩的辩证之处在于，她既看到了问题的严重性，也没有丧失希望，或者说，正是因为对未来对社会主义抱有强烈的希望，她才更严肃地剖析问题。这一认识使她在批判与肯定之间保持了极其有益的平衡，也使她的叙事既情感饱满又态度辩证。比如，她的长篇小说《他乡明月》构思于1986年，定稿于1990年。这一时期，出国潮正在高涨，对于出国的认识，特别是对于欧美等现代资本主义国家的认识，也是社会热点。在这一背景下，相关题材作品也引发社会关注，成为热点。其中最著名的是曹桂林的长篇小说《北京人在纽约》。小说中有一句名言：“如果你爱他，就把他送到纽约，因为那里是天堂；如果你恨他，就把他送到纽约，因为那里是地狱。”[①]这句话其实很能体现当时中国人对美国——纽约是其象征——的态度：爱它的，觉得那里是天堂；恨它的，觉得那里是地狱。基本上是两极分化。明了这一背景，就会发现柯岩的辩证平和之处。在柯岩笔下，美国既不是“天堂”，也不是“地狱”，而是另一个与中国有很大不同的“人间”。在这个“人间”里，既有富商大卫与妻子奎恩尔虞我诈、彼此折磨的故事，也有看似风光实则满是暗疾的生活，比如与疯女儿住在一起的美丽的Rosie太太——她靠情夫供养生活，几乎天天歌舞，夜夜笙歌，但实际上就像张爱玲所精妙比喻的，她的生活是一袭华美的袍，但上面爬满了蚤子，她的女儿之所以疯了，就是为她的情夫侮辱所致；再如犹太富婆莎丽妲，她的生活是另一个版本的“阴谋与爱情”，看上去珠光宝气，实际上千疮百孔，因而她的举动才那么怪异。但这并不是美国的全部，朵拉的表哥一家虽然琐屑，但却平和，林达夫人一家则是和谐、欢乐、向上的，而且真心实意地帮助来自异国他乡的朵拉。

---

① 曹桂林：《北京人在纽约》，人民文学出版社2014年版。小说封面和扉页上都印着这句话。

在柯岩笔下，中国社会也是瑕瑜互见的“人间”。比如，如果没有省歌舞团团长“老狼”的打压，朵拉与紫薇怎么会走上充满血泪的“洋插队”之路，如果我们的经济体制灵活些，德才兼备的周峻怎么会在国企大厂压抑那么久？这样的形象比较，让我们意识到美国与中国只是社会制度不同、文化不同、习俗不同，各有优缺，本可取长补短、美美与共，但在当时，这却成了一个严峻的问题。现在，这早已是常识了，再也没有人为此纠结，而我们也更能理解柯岩创作的高明之处。这种辩证的态度体现在柯岩的所有创作中，限于篇幅，我们不再赘述。

五

我们已经讨论了柯岩对“新时期”文艺的独特贡献及其地位问题，但遗憾的是，在当时的主流评论中，特别是在中国当代文学史写作中，柯岩却是一个近乎无名的存在，或者说，是一个文学史上的“失踪者”。

产生这一现象的原因，一部分是当时的一些研究者往往从具体作品或某个角度切入评论柯岩的创作，缺乏整体的文学史视野，但更重要的原因是当时的主流评论家及文学史研究、书写者，与柯岩对文艺的理解很不相同，甚至势如冰炭，因此，在一定程度上可以说柯岩是被有意识地给“遗忘”了的。对此，柯岩心知肚明，她在接受吴其南采访时就曾直言“北京的评论界”对她的作品关注不多，原因主要有两个：“一是文学界在多元化思潮的冲击下，有些评论家转向了‘新潮’”，另一个原因就是“北京是个相当前卫的地方，那会儿‘告别革命’啊，‘躲避崇高’啊闹得正凶”。[①] 应该说，柯岩的这个认识还是很清醒、客观的。而且，不只对柯岩一人如此，对当时坚持社会主义文艺、人民文艺的作家、艺术家——大多是老同志，主流评论界、学术界大都持漠视的态度。实际上，早在1980年丁玲就意识到“现在对老作家的作品，不都是很公正的”，这“不正常”。[②] 究其原因，就在于此。

对于这些主流的观点、做法，柯岩肯定关注、重视，但也绝对不会把这当作评价自己的唯一标准，甚至是重要标准。在更高级的意义上，可以说柯岩等坚持社会主义文艺的作家、艺术家不仅是在纸上写作，而且是在中国的大地上、在人民的生活中写作，因而他们更看重人民的反映和评价。不过，尽管有很大的主观性，但文艺评论，特别是文艺史写作毕竟是一门学科，是讲究科学、客观的——尽最大努力追求科学、客观。要求当时处于具体情势中的人完全抛弃个人情感，“零度写作”，在文艺史写作中对柯岩等进行客观评价，也过于乡愿。现在，已时过境迁，理性亦应回归。我们这些后来的评论家、研究者是不是应该补上这一课，对柯岩等文艺家进行全面研究、准确评价？或许，这也是文学评论、文学史研究的科学性得以体现的方式之一。

---

① 吴其南：《柯岩访谈录》，载陆华、童欣编《柯岩研究文集》下，大众文艺出版社2009年版，第1689页。

② 丁玲：《生活·创作·时代灵魂》，载张炯主编《丁玲全集》第8卷，河北人民出版社2001年版，第102页。

结　语

在新的要求面前，我们应该怎么办？

我常常想，相比于其他人，作家、艺术家是幸运的，因为他们比其他人多了一种生命——艺术生命。正是这艺术生命，使他们的人生更精彩，甚至使他们能够永远地活下去，活在他们的作品中，也活在人们心中。

我们都知道，鲁迅先生不高，但我们却本能地觉得他很高很高，高得需要仰视才能一睹他的容颜。之所以会产生这样的感觉，是因为鲁迅先生的确就是一位巨人——文艺的巨人、思想的巨人。是他的艺术生命升华了他的现实生活、物质生命。他是站在自己的作品之上的，更准确地说，他是扎根于自己的作品中的。因为他的作品是“高峰”，所以鲁迅先生在我们心中很高。这高度，令人仰望的高度，是他一笔一画、一字一句写出来的，是他用自己的心血创造出来的。一句话，这高度是靠他作品的质量树立的。

其实，何止鲁迅，古今中外那些优秀的作家、艺术家，哪一位不是如此呢？哪一位不是靠自己的作品——优秀作品，超拔于世的呢？

也因为这，我又常常觉得，相比于其他人，作家、艺术家是不幸的。创作或许是简单的，或者说，并不十分难，但创作优秀文艺作品却很难，很难很难，难于上青天。需要作家、艺术家投入全部精力，倾注全部心血，孜孜以求。需要作家、艺术家“独上高楼，望尽天涯路”，需要作家、艺术家“衣带渐宽终不悔，为伊消得人憔悴”，需要作家、艺术家“众里寻他千百度，蓦然回首，那人却在，灯火阑珊处”。

这里边容不得半点虚假。靠花架子，或许能风光一时，但不可能风光一世。其实，在明眼人那里，风光之时，就是现眼之时。而明眼人只会越来越多，到最后，几乎所有人都眼明心亮，洞若观火。这就是为什么有些所谓的名家，所谓的大家，所谓的新秀，靠烧钱，靠造势，靠表演，极力捧高自己，人们却不以为然，甚至反感的原因。他们看上去可能很高，可人们已经看到，他们是站在架子上，站在棉花上，站在浮云上，而不是站在自己的作品——优秀作品上。他们看起来很风光，可一有风吹草动，他们就摇晃起来，就要倒了。

我之所以强调这一点，是因为习近平总书记《在文艺工作座谈会上的讲话》发表马上就要十周年了，这十年间，文艺界发生了许多变化，好的变化，但整体来看，以作品质量安身立命，以优秀作品——精神食粮——奉献人民的理念还没有真正落到实处，转化为自觉行动。

这里边的原因很多，但最大的原因主要有两个：态度与认识。

就态度来说，能把文艺当作饭碗，能意识到这个饭碗不是铁饭碗，更不是金饭碗，而是瓷饭碗，是玻璃饭碗，很薄，很脆，很不牢靠，一不小心就有可能打翻、打碎了，因而十分珍惜，这还是好样的。可悲的是，有的人不但把文艺当作饭碗，而且想在上面“雕花”“镀金”，把它当作敲门砖，当作化缘的钵盂，把文艺界变成“名利场”。可文学艺术不仅仅是个人爱好、是职业，而更是志业，是以梦为马。

就认识来说，20 世纪 90 年代之后，我们的确太过于把文艺当作“个体户”的事业了，太当作“高兴时的游戏或失意时的消遣”了，而忘记了文艺的“公共性”，忘记了文艺是有关世道人心的，忘记了文艺是有关民族精神的，忘记了文艺是有关人类命运的。正因为此，我不仅从解决我国社会主要矛盾、实现中华民族复兴、社会主义文艺发展内在要求三个层面讨论新时代为什么需要优秀文艺作品，而且在讨论我们需要什么样的优秀文艺作品时，着力从“有情”和“有思”两个层面展开论述，即主要讨论“写什么”而非“怎么写”的问题。

这一方面是因为“怎么写”是个微观层面上的问题，不同作家、艺术家有不同的心得，不好一概而论。在这个问题上泛泛而谈，不妥。另一方面则是因为在我看来，相对于“怎么写”，“写什么”才是第一位的问题，而且，“写什么”本身就是个美学问题、形式问题。比如，你要写老虎，就不能采用写老鼠的形式——内容会撑破形式；反过来也一样，你要写老鼠，就不能采用写老虎的形式——内容撑不起形式。

长期以来，我们混淆了这种逻辑关系，以“怎么写”压制“写什么”，把“怎么写”作为文学艺术创作的圭臬，排斥“写什么”的思考，而且把“写什么”的问题狭窄化狭隘化，以为仅仅是主题、题材问题。这是 20 世纪 90 年代以来中国文艺变得“小气”“小心眼”的一个内在根由，这个问题不解决，创作优秀作品，创作大作品，很难。我当然不是说我们只需要“大作品”，我们需要各种各样的作品，不管是“大”的还是“小”的，只要优秀，只要好，只要美，都需要。但客观地看，我们的确更缺乏优秀的“大”作品，就像一个动物园里，只有猴子、兔子，没有老虎、大象，令人不爽一样，文艺界也一样。

与“写什么”相关，带出来一种文学方法：感时忧国！

与有些学者——比如王德威，他的《想象中国的方法》的一个主要论点就是“感时忧国”伤害了中国现代文学，使“小说”变成了“大说”乃至“空说”“假说”——看法不同，我认为恰恰是“感时忧国”成就了中国文艺，赋予中国文艺“现代”特质——目光向下，眼中有人；目光向前，眼中有国。正因为“感时忧国”，才使得中国现代作家、艺术家“感时花溅泪，恨别鸟惊心”，才使得他们的作品有筋骨有风度、有形象有精神。其实，认真想想，那些“大说”“空说”“假说”之所以会出现，并不是因为“感时忧国”，而恰恰是因为背离了这一原则，先是不敢爱不敢恨，到后来不会爱不会恨了，只能假只能空。

因此，真正有理想有抱负的中国作家、艺术家，应该像鲁迅先生提倡的那样，要“感时忧国”，“得像热烈地主张着所是一样，热烈地攻击着所非，像热烈地拥抱着所爱一样，更热烈地拥抱着所憎——恰如赫尔库来斯（Hercules）的抱紧了巨人安太乌斯

（Antaeus）一样，是因为要折断他的肋骨。”[①]

我期待这样的作家、艺术家出现。

我愿竭心尽力，为之鼓，为之呼。

鲁太光

2024 年 3 月 28 日

① 鲁迅：《再论“文人相轻”》，载《鲁迅全集》第六卷，人民文学出版社 2005 年版，第 348 页。